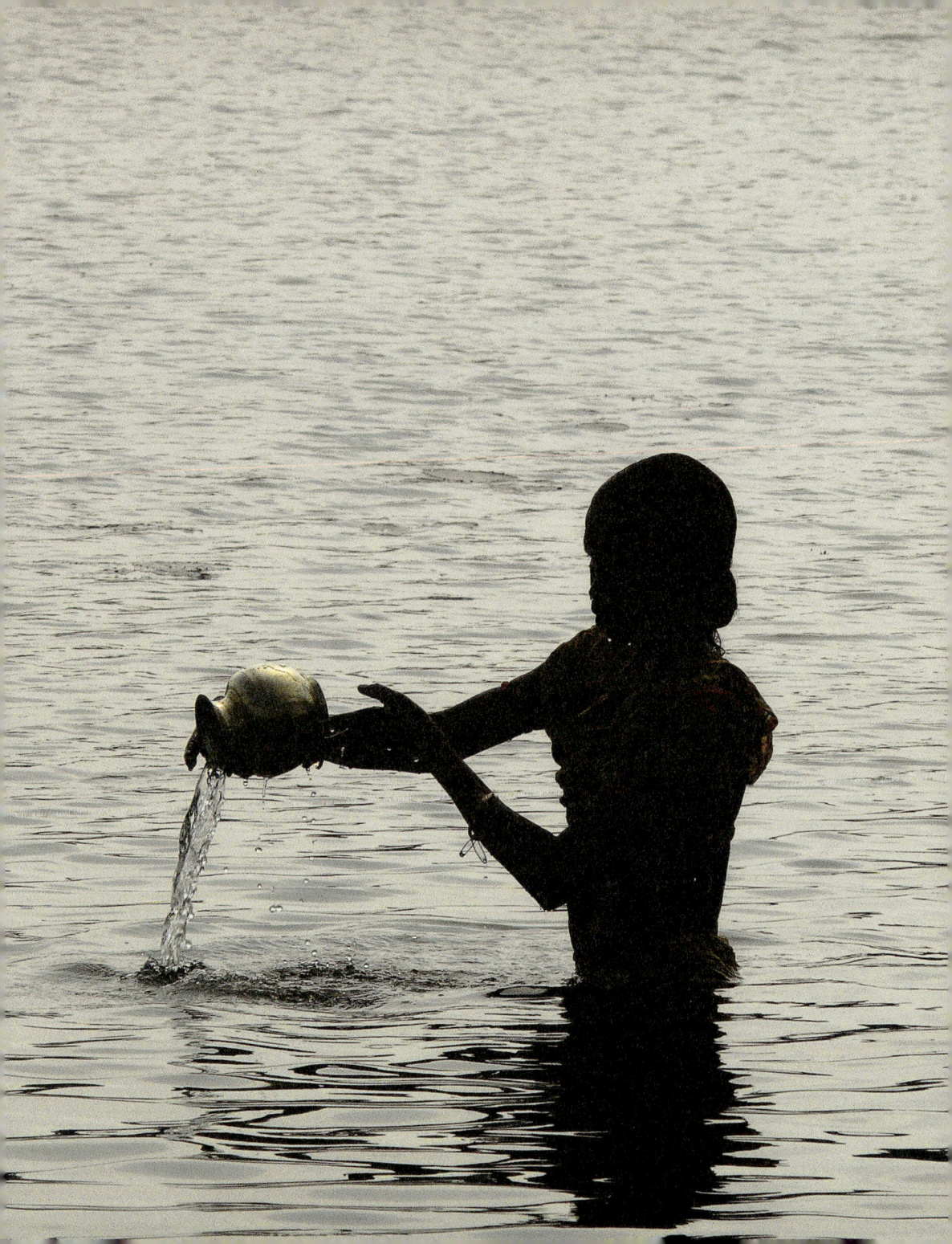

# 따뜻한 슬픔

2007년 9월 15일 초판 1쇄 발행. 2016년 7월 25일 초판 5쇄 발행. 조병준이 글을 쓰고 사진을 찍었으며, 이홍용과 박정은이 기획 편집하여 펴냈습니다. 사진 편집은 허익이 하고, 본문 교정은 박선희가, 표지 및 본문 디자인은 박소희가 하였으며, 이지현이 마케팅을 합니다. 인쇄 및 제본은 상지사에서 하였습니다. 출판사 등록일 및 등록번호는 2003. 2. 6. 제10-2567호이고, 주소는 서울시 마포구 성미산로16길 18, 전화는 (02) 3143-6360, 팩스는 (02) 338-6360, 이메일은 shantibooks@naver.com입니다. 이 책의 ISBN은 978-89-91075-42-9 03800이고, 정가는 15,000원입니다.

이 도서의 국립중앙도서관 출판시도서목록(CIP)은 e-CIP홈페이지(http://www.nl.go.kr/ecip)와 국가자료공동목록시스템(http://www.nl.go.kr/kolisnet)에서 이용하실 수 있습니다.(CIP제어번호: CIP2016017000)

# 따뜻한 슬픔

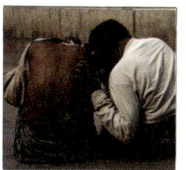

조 병 준, 사 진 으 로
사 랑 을 노 래 하 다

【산티】

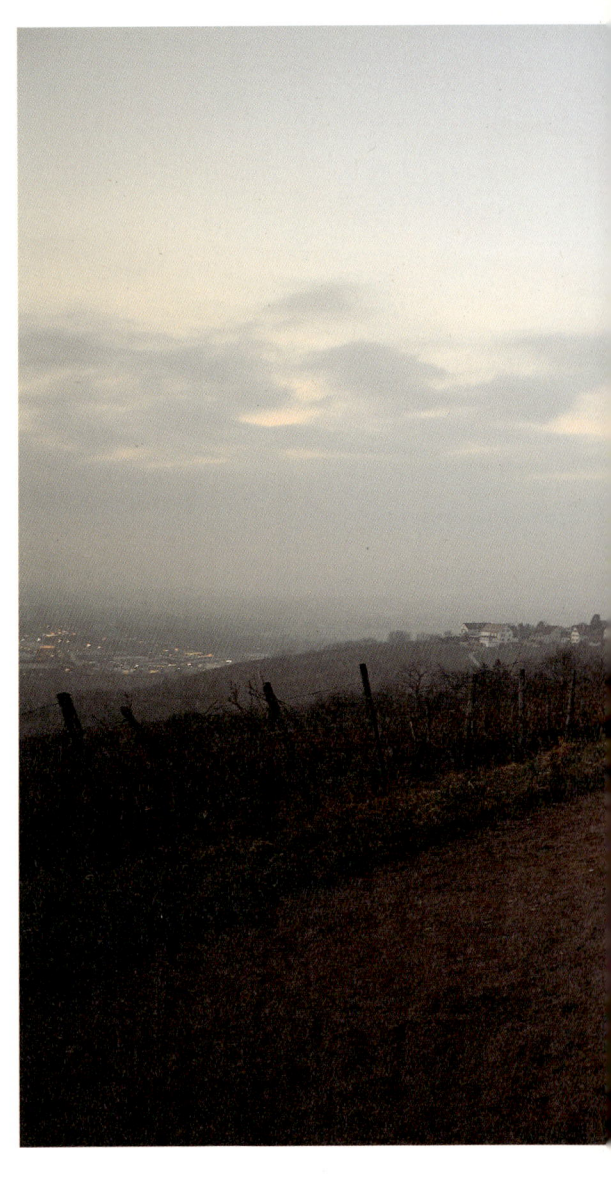

그저 서둘러 그 앞을 지나면 된다.
아니면 아무 말 없이 잠시  앉 아 주 면   된 다.

벤치가 바라는 건 그뿐이다.

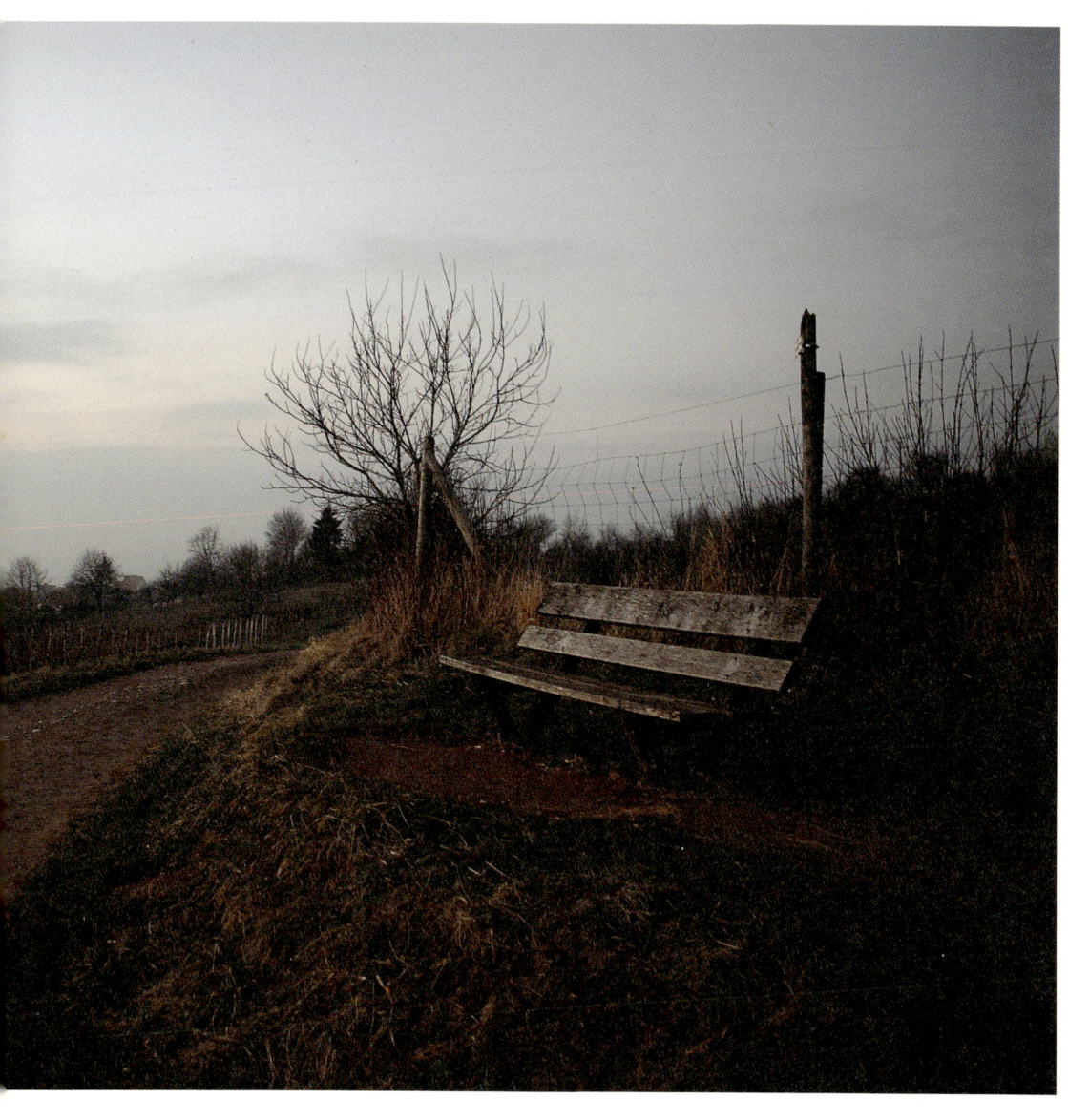

차
례

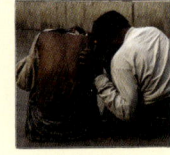

따뜻한
슬픔

조 병 준 사 진 으 로
사 랑 을 노 래 하 다

시간의 한 점 10

뒤　　돌　　아　　보　　다

사 　 랑 　 의 　 인 　 사

# 길 이 여 , 안 녕 한 가

## 시간의 한 점

사진은 시를 닮았다.
생의 한 순간을 담는 프레임들, 시, 사진.


카메라 메고 떠돌아다닌 세상 하나 둘 셋 넷……
날마다가 환생이라고,
그러니 한 평생이 아니라 셀 수 없는 생을 살다 가는 것이라고
말했던 그 사람, 누구였는가.
그 숱한 생에서 내가 사냥한 또는 사냥당한 순간 하나 둘 셋 넷 다섯……


아주 사소한, 그러나 구체적인 사건이 때로 삶을 통째로 뒤흔든다.
갑자기 삶이 견딜 수 없을 정도로 무거워졌다.
또는 무서워졌다.
삶이 나를 튕겨내지 않도록, 손톱 끝으로라도 매달릴 무엇인가가
정말로 절실히 필요했다.
참 한심하게도 허술한 것에 매달렸다.
나, 그것밖에 가진 것 없었다. 말, 말, 말…… 시
찰칵, 찰칵, 찰칵…… 사진

슬픔을 치유하는 유일한 힘은 슬픔이다.
지긋지긋하지만 어쩔 수 없다, 진실이다.
슬픔끼리 끌어안기, 슬픔으로 슬픔 쓰다듬기.
마찰은 마찰이니, 따뜻해진다, 조금은 따뜻해진다.

사랑이여, 조금이라도 따뜻하기를……

2007년 가을 문턱, 조병준

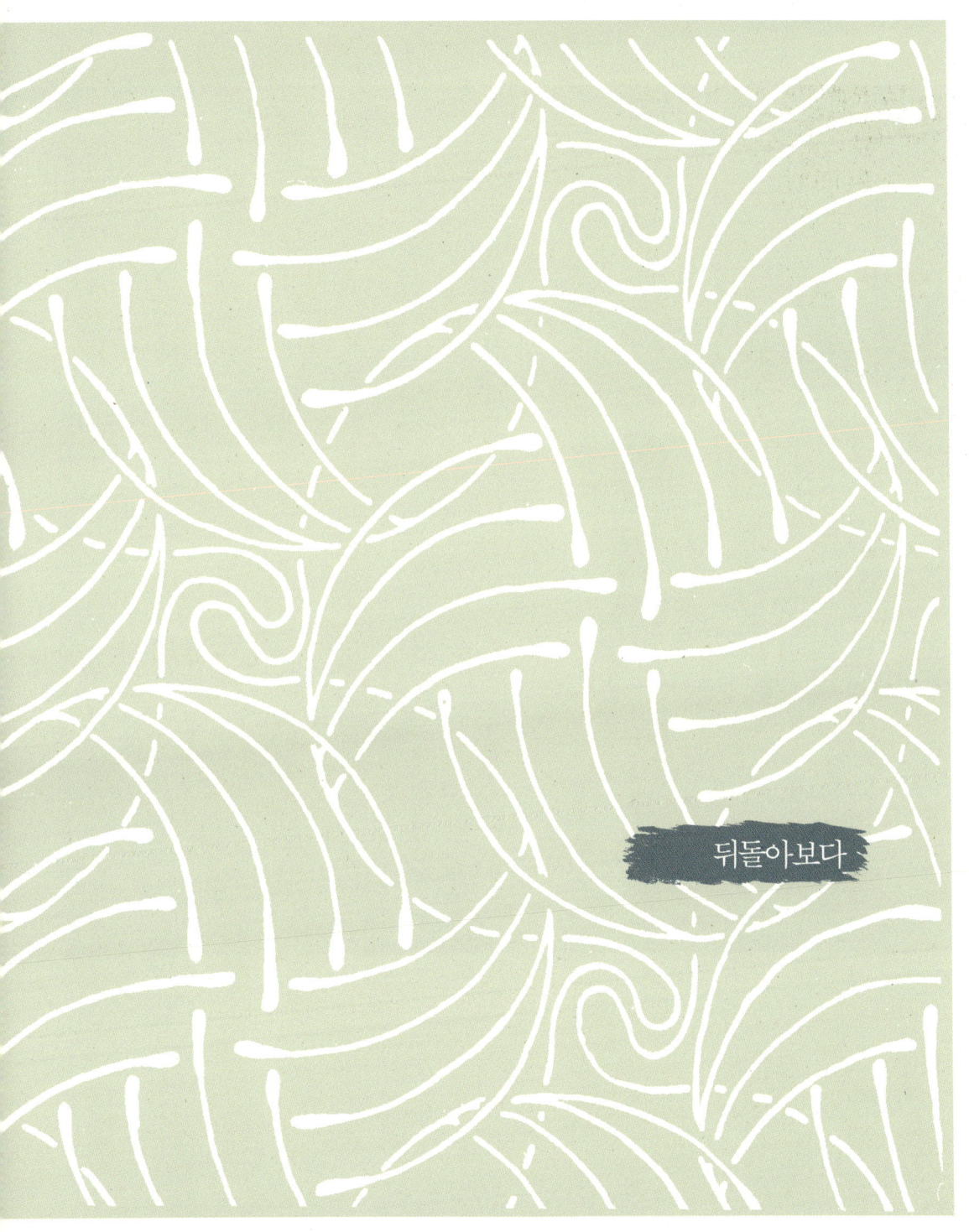

뒤돌아보다

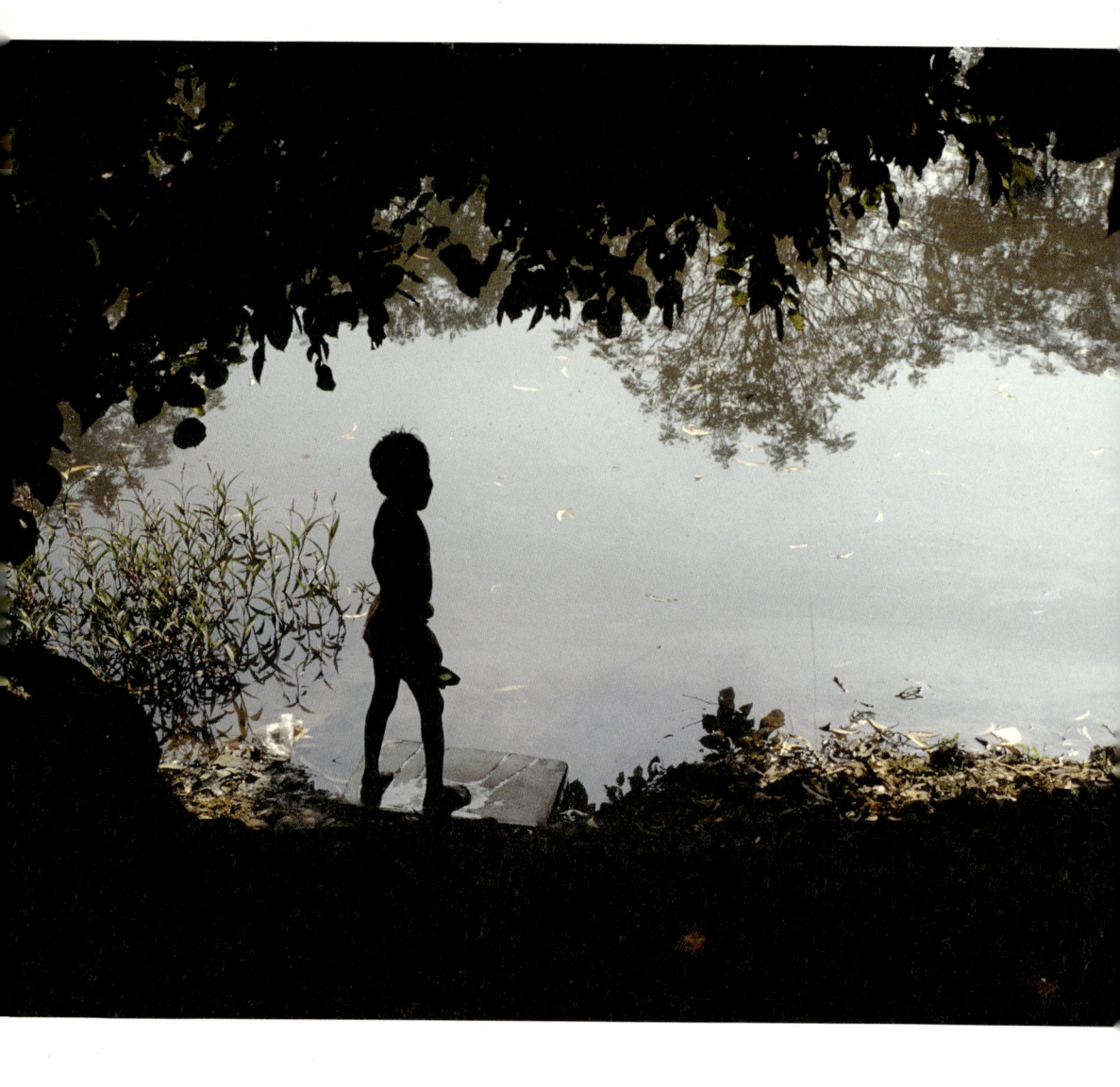

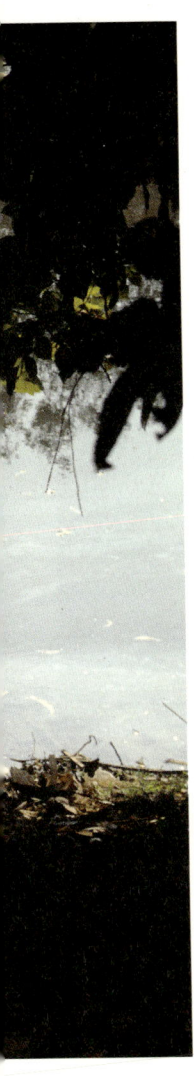

## 뒤돌아보다

모래 한 알에 담기는 우주를 본 적 있는가.
뜨겁게 햇살 내리꽂히는 한낮
작은 개울에 흐르는 백억 광년짜리
은하를 본 적 있는가.
그 별들 속으로 뛰어내리는 일이
얼마나 쉬운 일인지
가슴 터질 것 같았던
그 무서운 각성의 순간,
스쳐보냈던 적 있는가.
뒤돌아보다가 뒤돌아보다가
끝내 뒤돌아보는 자로 남겨진 생,
살아본 적 있는가.

그러면 되었다.
뒤돌아볼 사랑 없던 생보다야
백억 배 낫다.

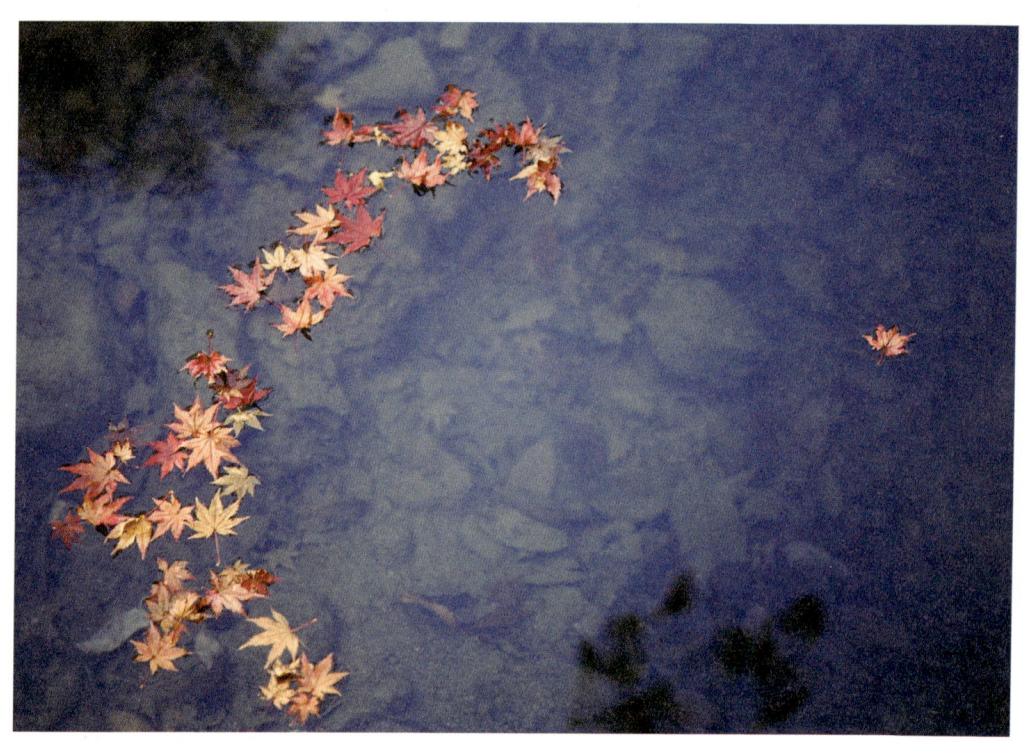

# 외로운 행성

어쩌다가 그렇게 늦게서야 선암사에 갔느냐고
당신이 의아해 하신다면
계곡물에 떠 있는 저 단풍잎들을 만나러
숱한 봄여름가을겨울을 보내고서야
그해 가을에야 갈 수 있었노라고 답하렵니다.

물에 떨어진 단풍잎이야 어디에는 없더냐고
당신이 한심해 하신다면
홀로 떠 있는 저 외로운 잎에
잠시만 마음을 보내달라고 부탁하렵니다.

그 사이에 놓인
저 진공의 우주를 멸시하지 말아 달라고
그 까마득한 거리를, 그 아득한 외로움을
눈치 채 달라고 요구하렵니다

그러면서 당신에게 물으렵니다.
숱한 봄여름가을겨울의 생에서
우리 모두 저렇게 무리지어 흐르다가
원치도 않았고 애쓰지도 않았으나
하필 그 시절, 하필 그 자리에서
홀로 떨어져 흘러가지 않느냐고

당신 흘러간 자리에 대고 중얼거리렵니다.

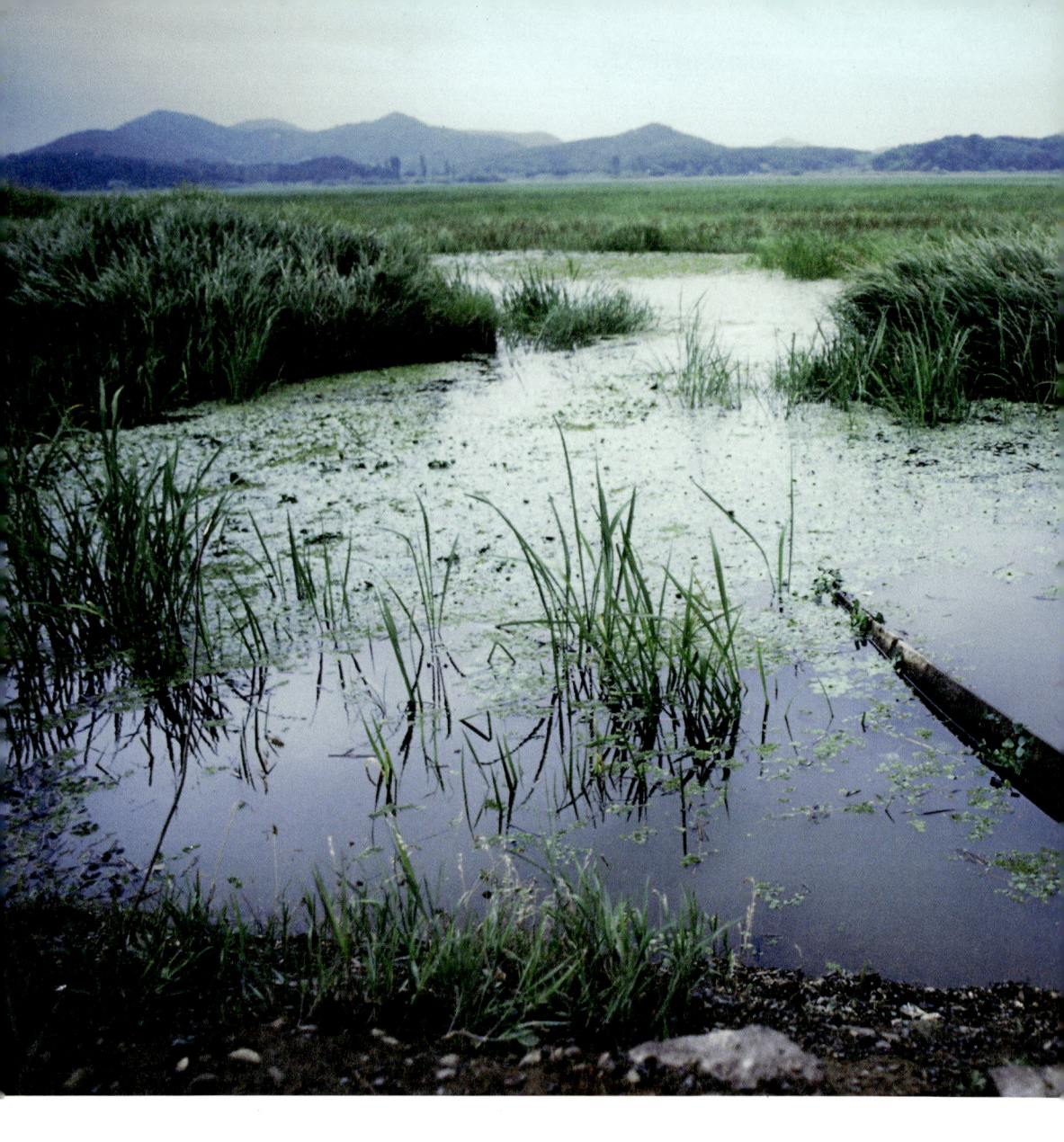

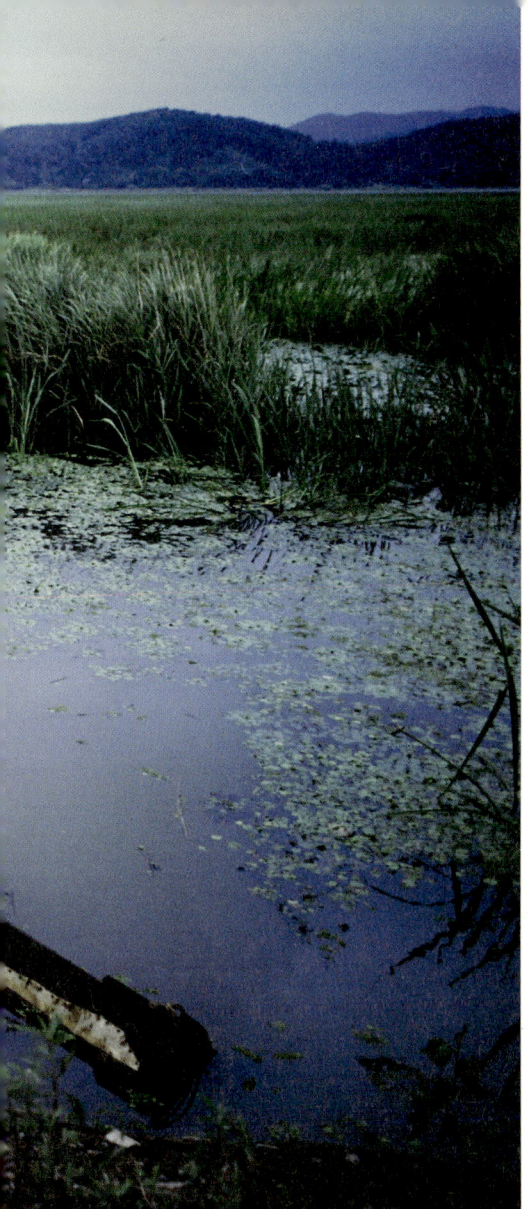

늪

당신, 저 늪에 섣불리 뛰어들지 말라고
당신의 뿌리는 저 물풀들처럼 깊지 않으니
절대로 저 늪을 건널 수 없다고
소리쳤는데, 악썼는데, 욕 퍼부었는데
당신, 결국은 저 늪에 뛰어들었지
꼴 좋아, 당신
더 오래 썩으라구
오래오래 푹푹 썩다보면
누가 알겠어
당신 안에 갇힌 오기들, 오만들
다 퉁퉁 불어터지면, 흩어지면
그때 당신, 둥둥 떠서 저 늪 건너가게 될지
나, 당신 안에 갇혀서 함께 저 늪 건널 수 있을지

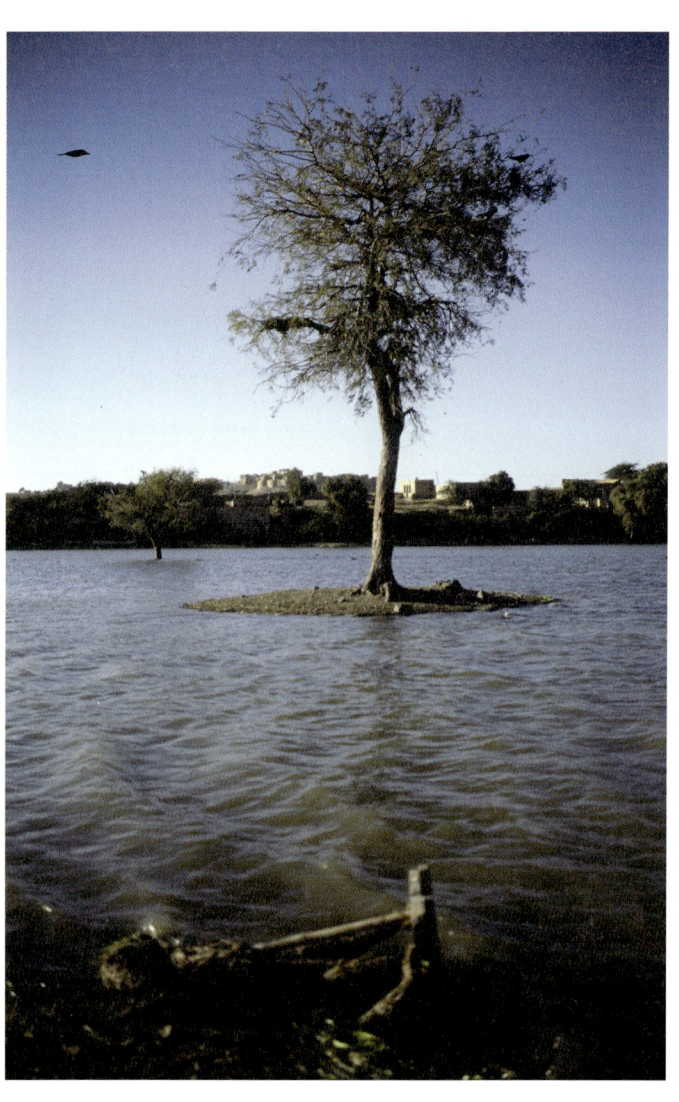

## 물 속의 나무

네, 미친 것 맞습니다.
물에 허천 들린 것 맞습니다.
마른 땅에서 자라야 하는 천성 따위 엿먹이고 싶었습니다.
굴러 굴러 물가로 갔고 거기에 뿌리내렸습니다.
몇 년에 한 번씩 홍수 찾아와도 뿌리 악물고 버텼습니다.

네, 미친 것 맞습니다.
물에 허천 들린 것도 아니었습니다.
천성 따위 내 알 바 아니었습니다.

마른 땅에 자라는 나무에는 내려앉지 않는
당신들, 날개 달린 종자들이 그리웠습니다.

## 고요

고요를 오래 기다렸더니
아무리 기다려도 오지 않더라니
기다림 반으로 접어 서랍에 넣어두고
소란 속으로, 소동 속으로, 소음 속으로 갔더니
약속도 없이, 예고도 없이,
고요가 오더라니

그 고요 앞에서까지 흔들리더라니

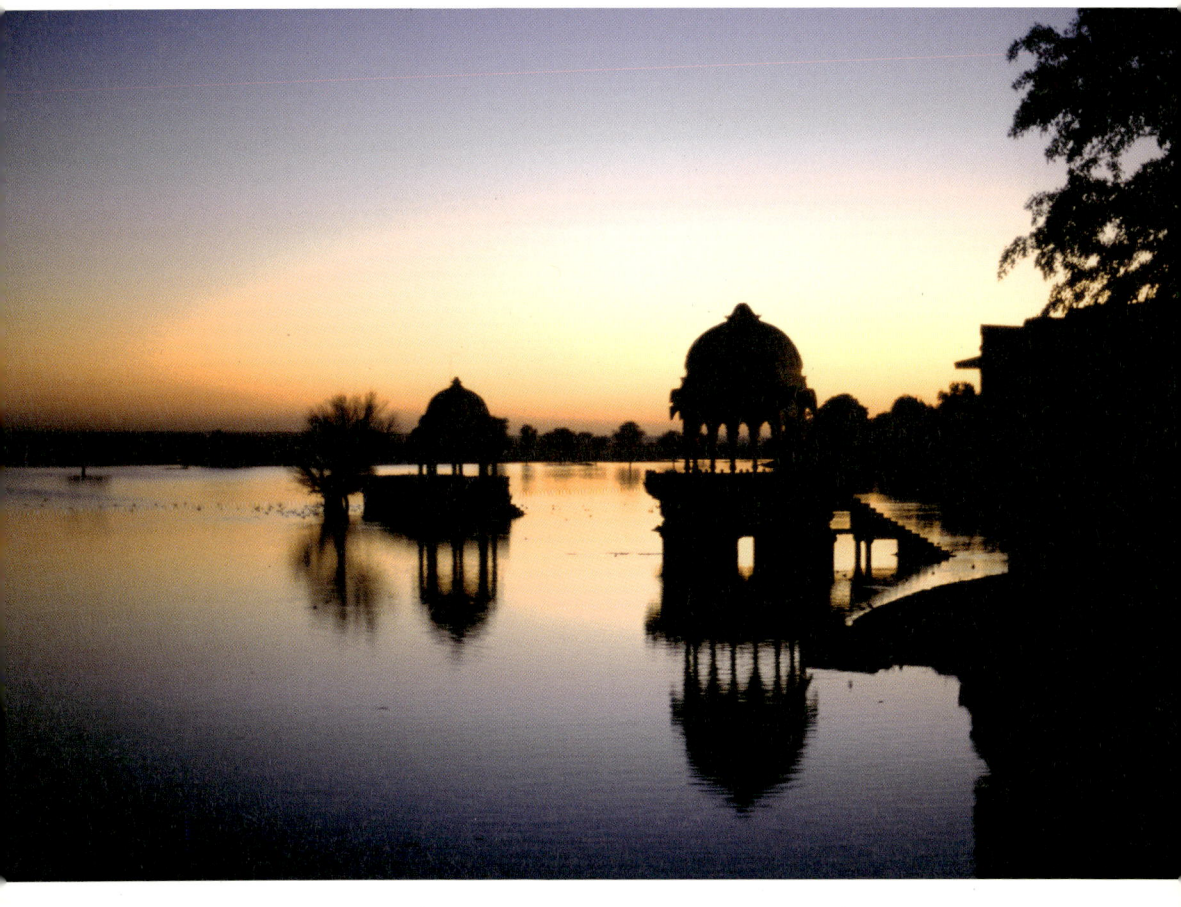

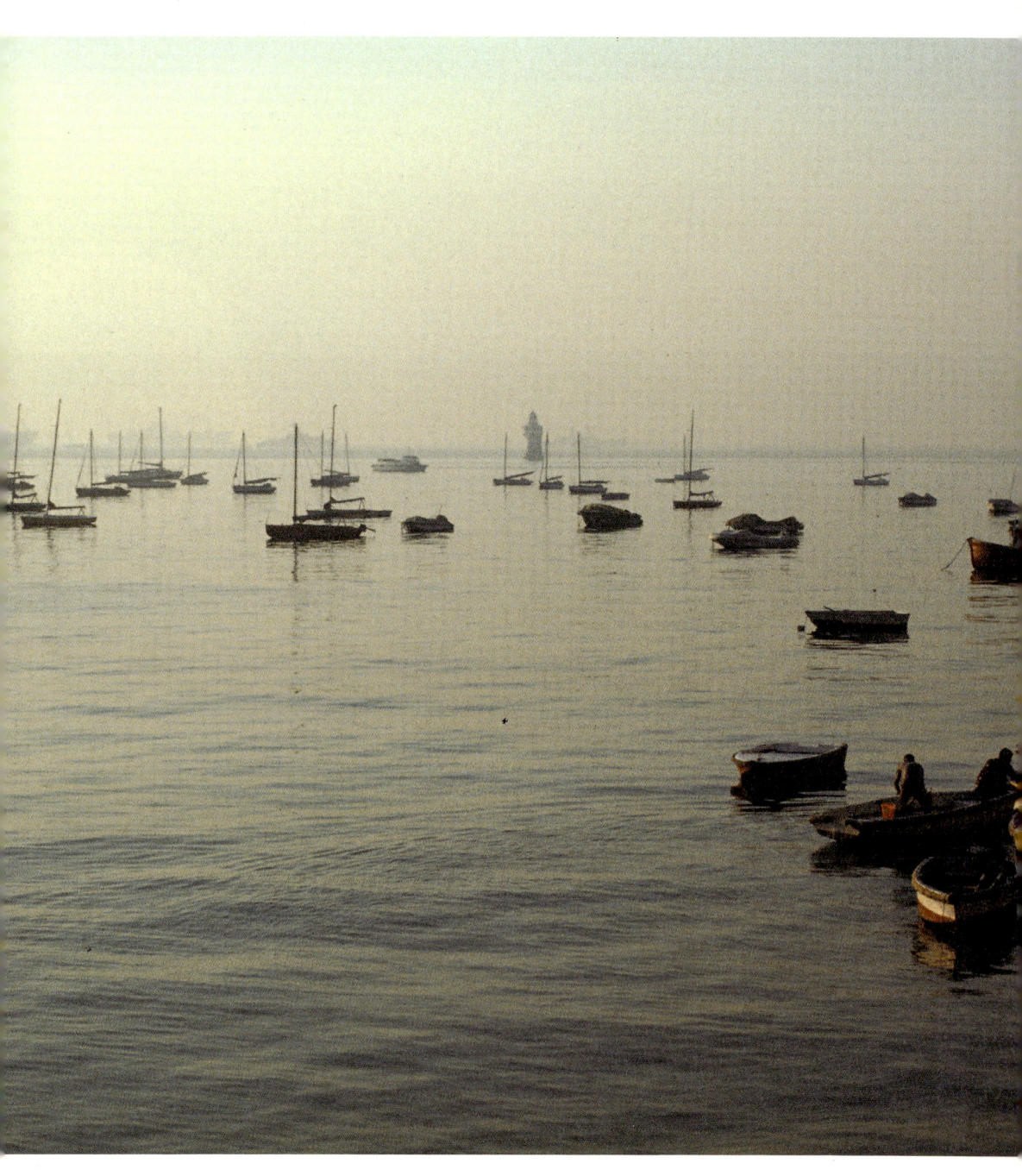

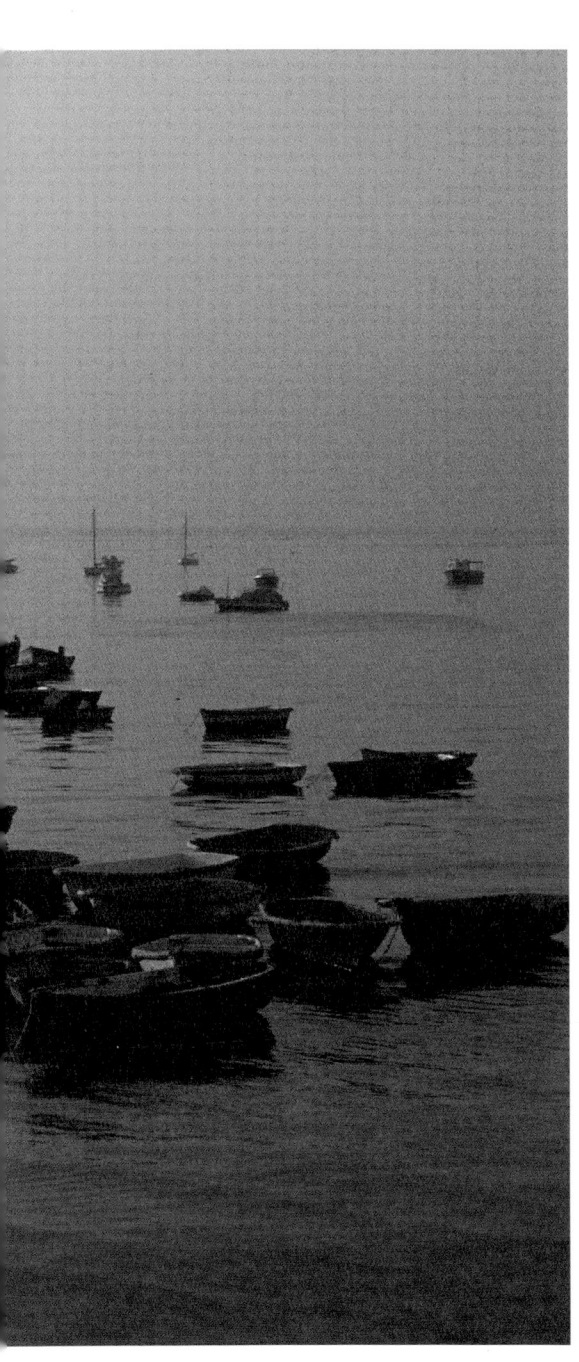

## 떠 있는 것들, 떠나는 것들

떠 있는 것들은 아마 떠나고 싶어할 것이다

떠나서 떠돌고 있는 것들은
그냥 그 자리에 떠 있기만 해도 좋을 것이라
후회할 것이다

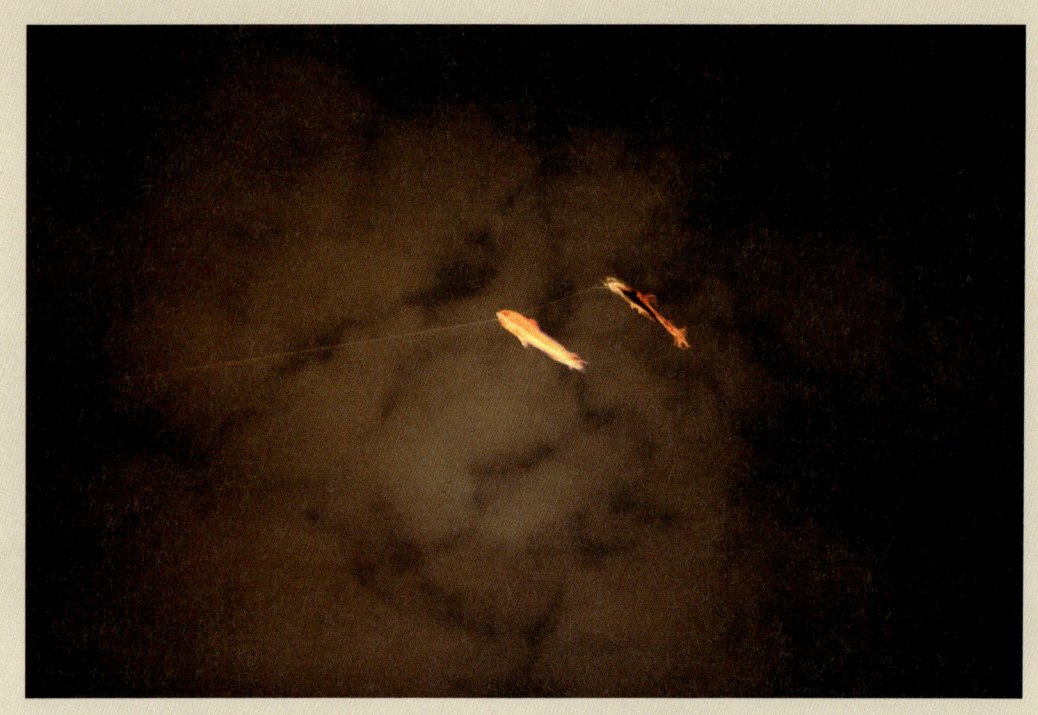

## 불온하다

불온하다, 그 꿈
물에 붙들린 생, 하늘로 오르려는 물고기의 꿈
그 불온한 꿈 엿본 뒤 종이연으로 띄운 자, 누구인가
끊어지지 않는 질긴 실에 매달아 하늘로 날린,
땅에 붙들린 인간, 어쩌려고 그리 했는가
칼 들어 끊을 뜻도 용기도 없으면서
어찌하여 애꿎은 물고기의 꿈에 끼어들었는가
불온하다, 그 꿈
어지럽다, 붙들린 것들의 몸부림

# 생

겨울이거나 봄이거나 둘 중의 하나인
또는 동시에 겨울이기도 하고 봄이기도 한,
그런 시간이 있을 것이다.

그와 마찬가지로
사랑이거나 무심이거나 둘 중의 하나인,
또는 동시에 사랑이며 무심이기도 한
그런 마음이 있을 것이다.

누가 시간을 알 것이며
누가 마음을 알겠는가.
시간이 흐른 뒤에야
마음이 떠난 뒤에야

아, 봄이었구나,
아, 사랑이었구나,

탄식할 수 있을 뿐.

그리하여 철철 피 흘리면서도 생은 계속되는 것이니.

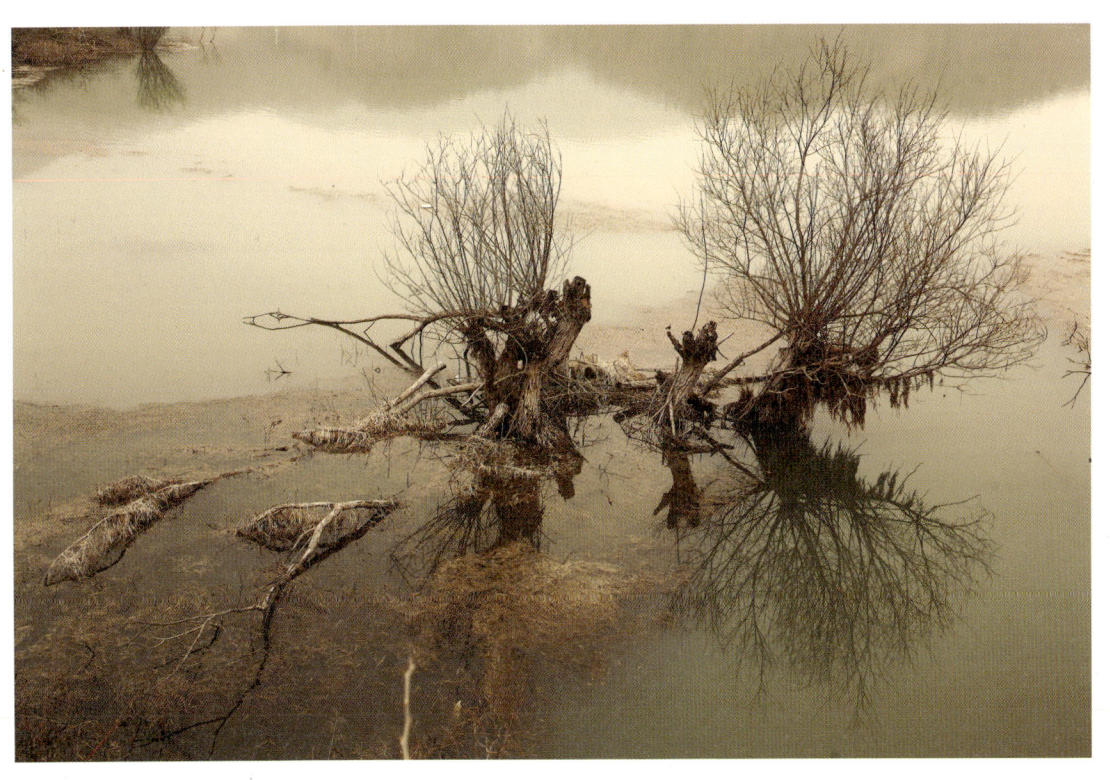

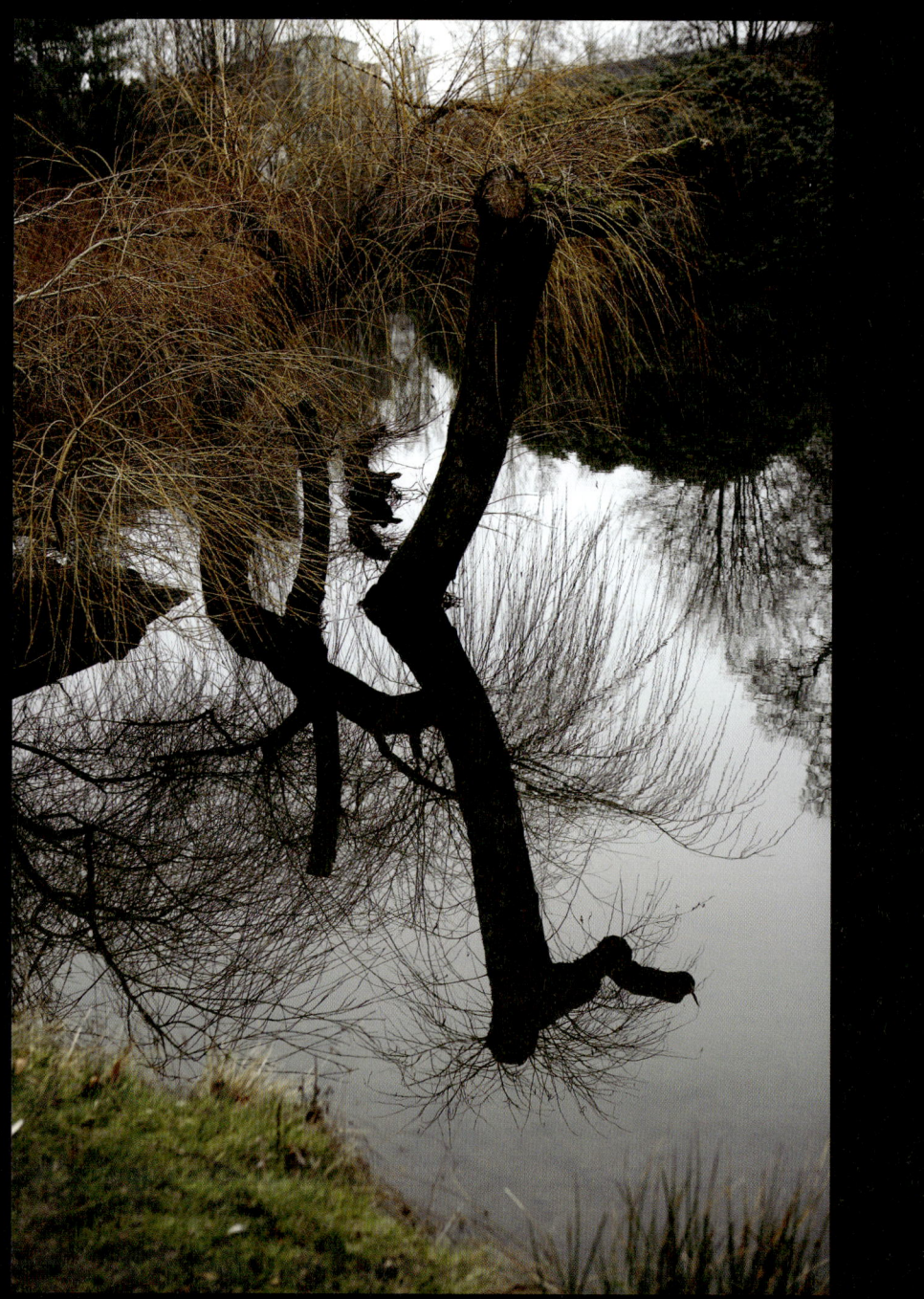

## 깊고 충만한 슬픔

세상엔 얕은 슬픔도 있는가.
결국 모든 슬픔은 깊은 슬픔이다.

물 속에 뿌리내린 나무처럼
어떤 생은 슬픔에 뿌리내린다.

살아남으려면
살아서 그 슬픔에
제 얼굴 비춰보려면
아주 깊이 뿌리내려야 한다.

깊고 충만한 슬픔으로
살아남은 생 하나.

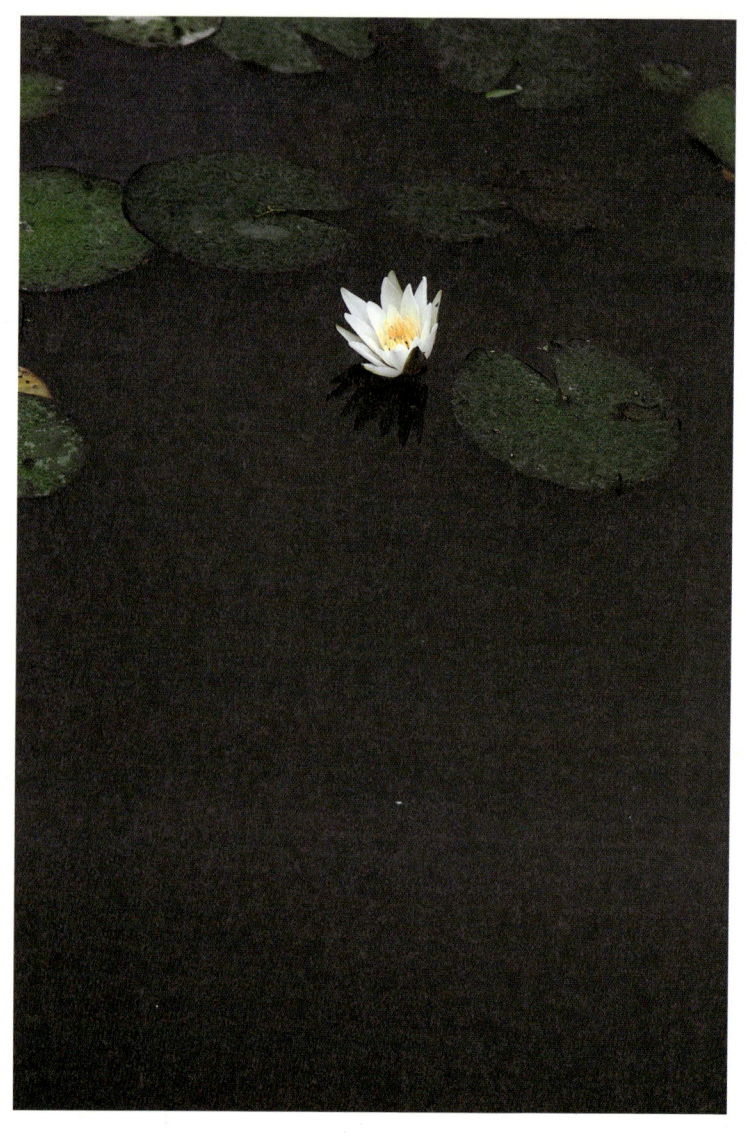

# 연

꽃이 필 자리를 알아서 피었겠는가
연緣이 하필 그 시간을 알아서
그 모퉁이에 서성였겠는가

꽃 핀 자리 아득하고
연 다한 자리 싸마늑하니

빈 자리

저리 고요하다

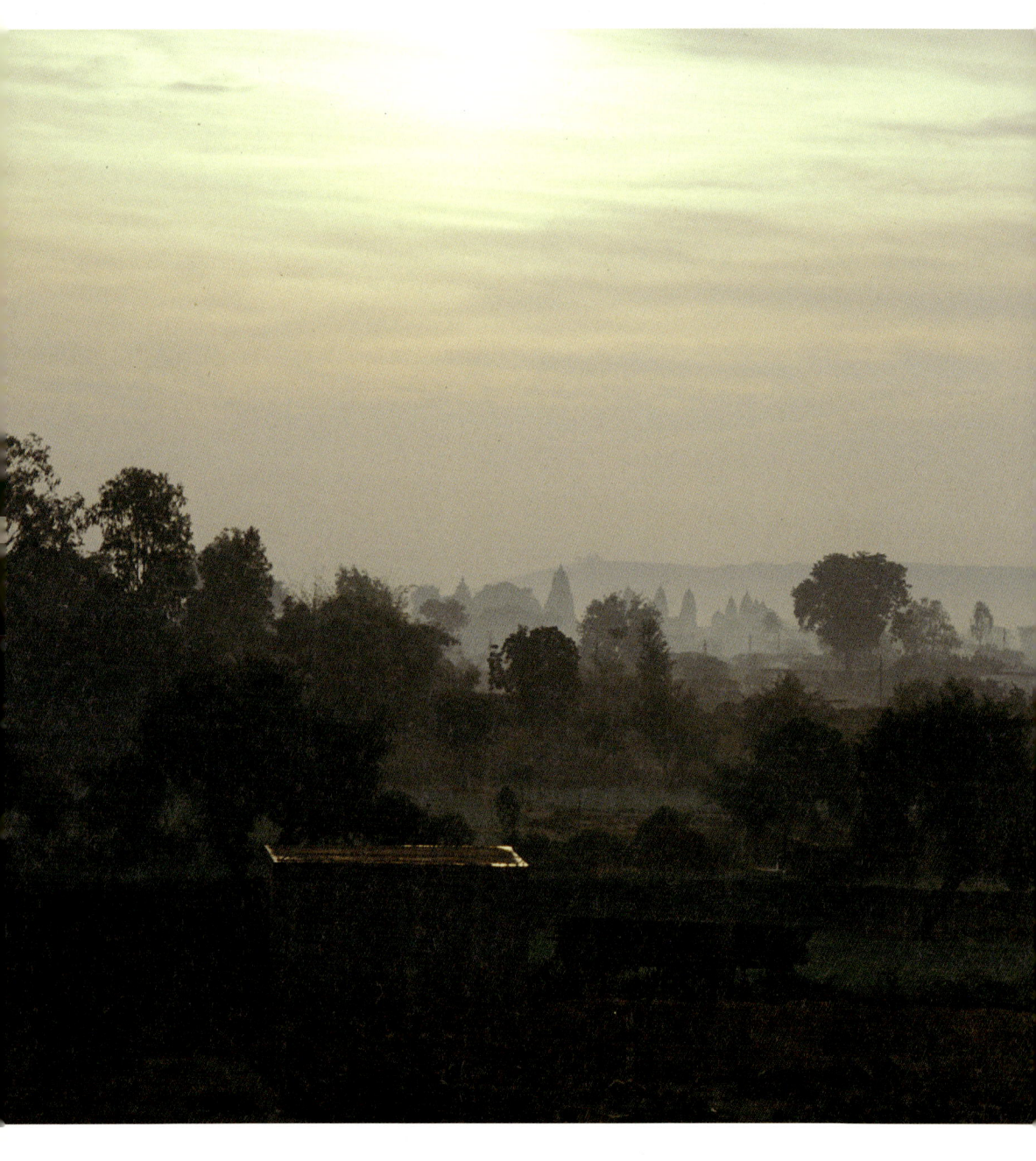

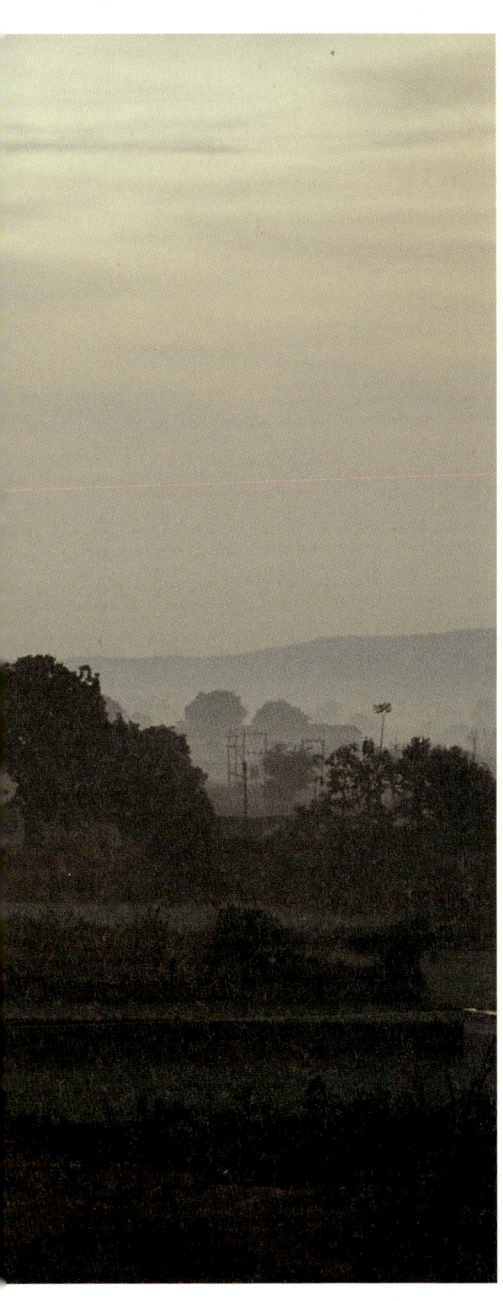

## 세상의 모든 아침

일어나요, 잠꾸러기 내 사랑
당신이 잠든 사이에 나는 들로 나갔어요
밤새 안개를 지었어요
당신이 눈 뜨면 걷히기 시작해
저 낡고 낡은 세상을
또 첫 세상으로 만들어주고 사라질 안개를 지었어요
그러니 어서 눈을 떠요
당신이 전날에 흘린 땀으로 내가 밤새 지은 저 안개가
다 걷히기 전에 바라봐줘요
당신의 노동과 나의 유희가 빚어낸
저 첫 세상의 아침을

세상이 끝나는 날까지 반복될 저 아침들을

# 힘찬 순환

들어봐요!
숲에 들어가면 들을 수 있어요
뿌리에서 잎으로 솟구치는 물의 소리
중력을 거역하고 하늘로 달음질치는
저 무수한 물들의 깔깔대는 웃음소리를

보세요!
숲을 나서면 볼 수 있어요
다시 뿌리로 들어가 잎으로 솟구치려고
그 현기증 나게 오래된 왕복달리기를 준비하며
웅성대는 구름들의 힘찬 호흡을

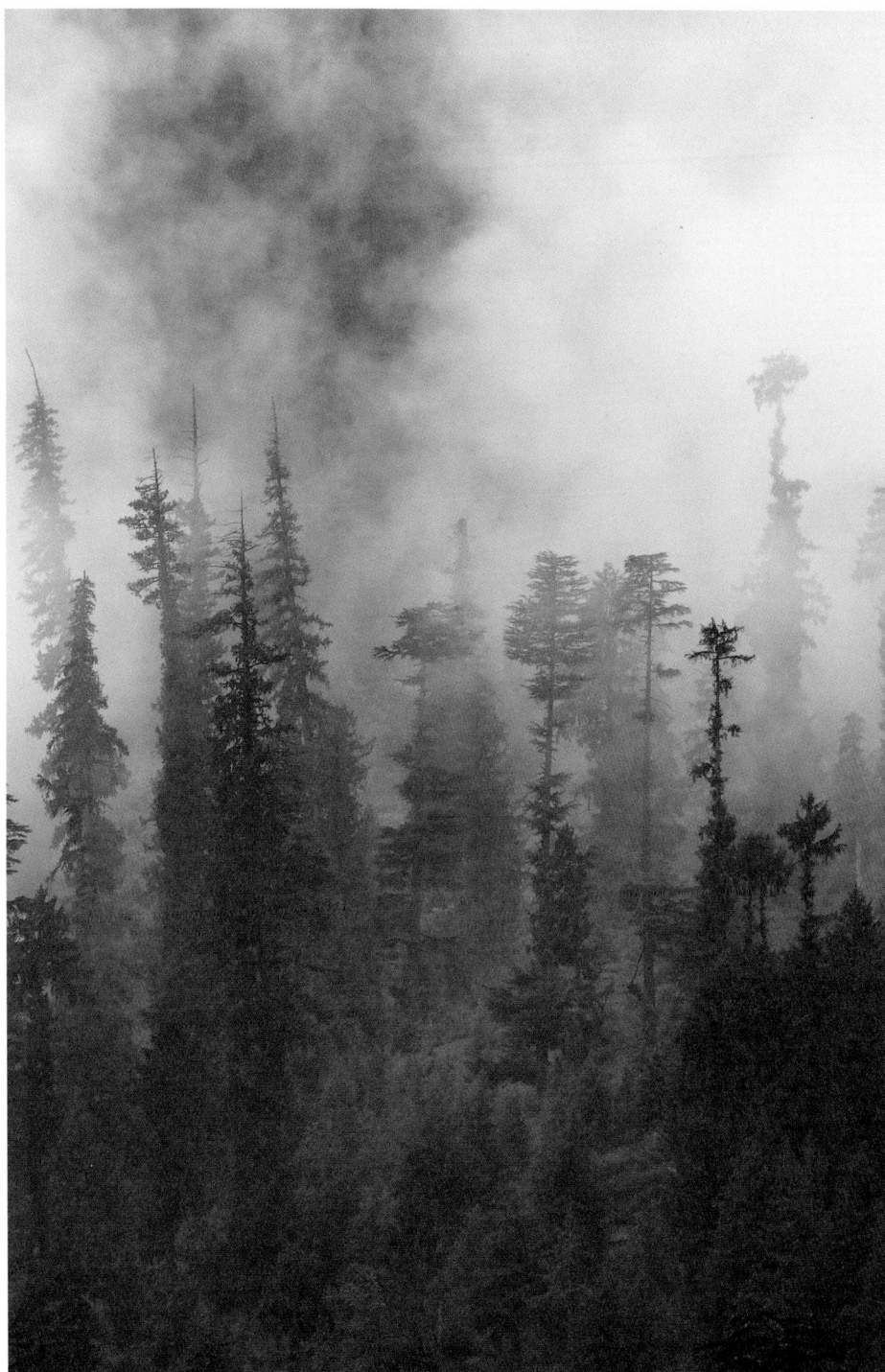

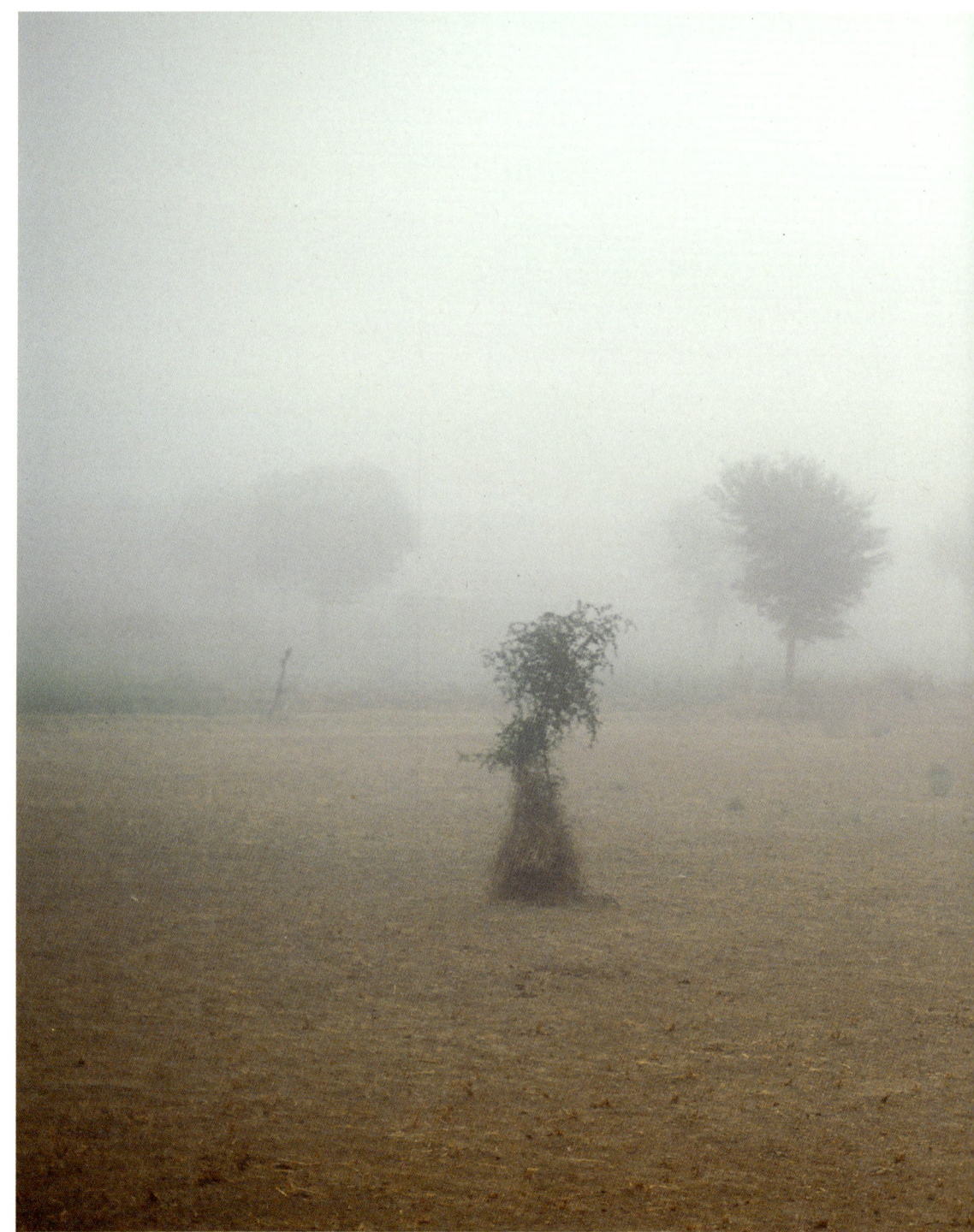

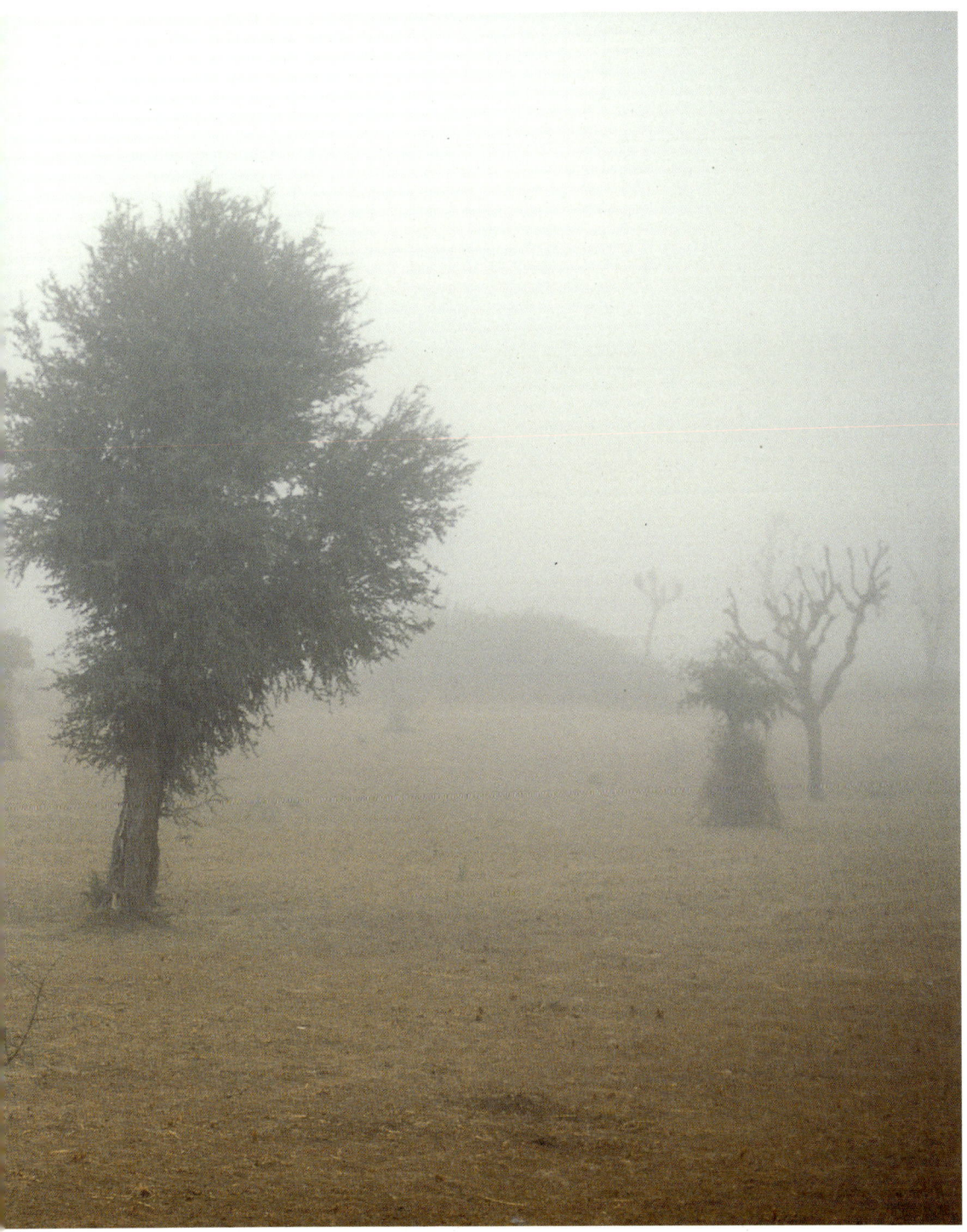

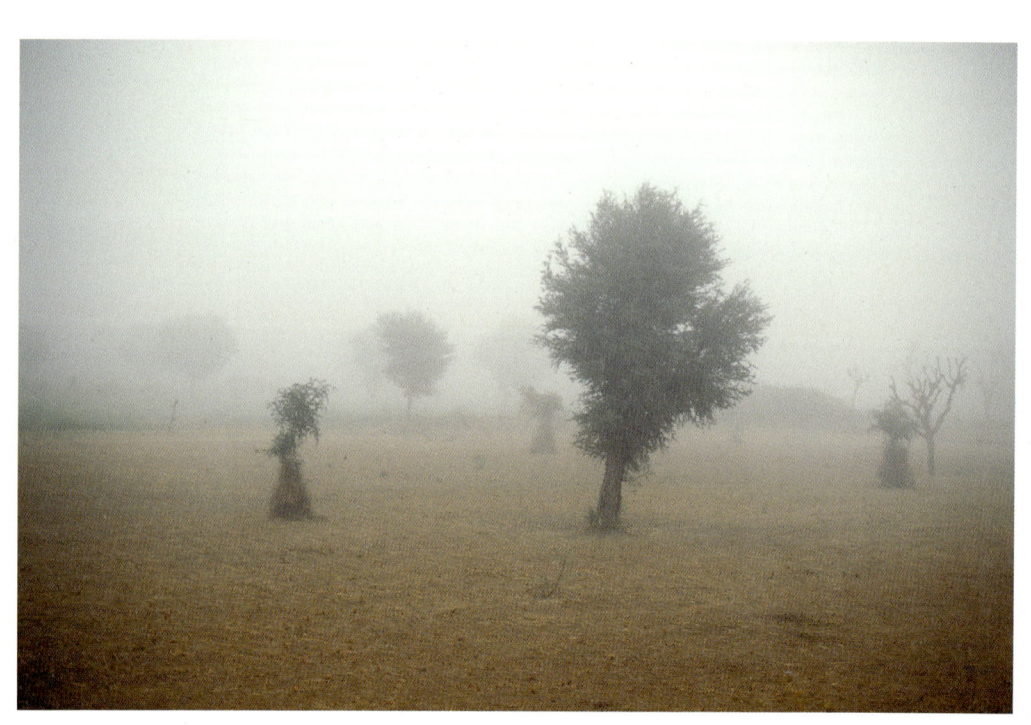

## 안개 속의 풍경

무엇이 등 떠밀어
사막으로 가는 3박4일짜리 기차에
짐짝처럼 구겨져 갔는지
이제 말하지 않아도 된다.
사막에서 돌아오던 3박4일 동안
그 기억 지워졌다.

네 번째 아침, 사막이 멀지 않았던 아침,
눈곱 떼지 못한 흐린 눈 속으로,
안개 속으로
다가왔다 멀어지던
그 풍경에 대해 이제 말해도 된다.

언제나 안개 속 풍경으로 남는,
사막을 닮았던 사랑에 대해
이제 침묵해도 된다.

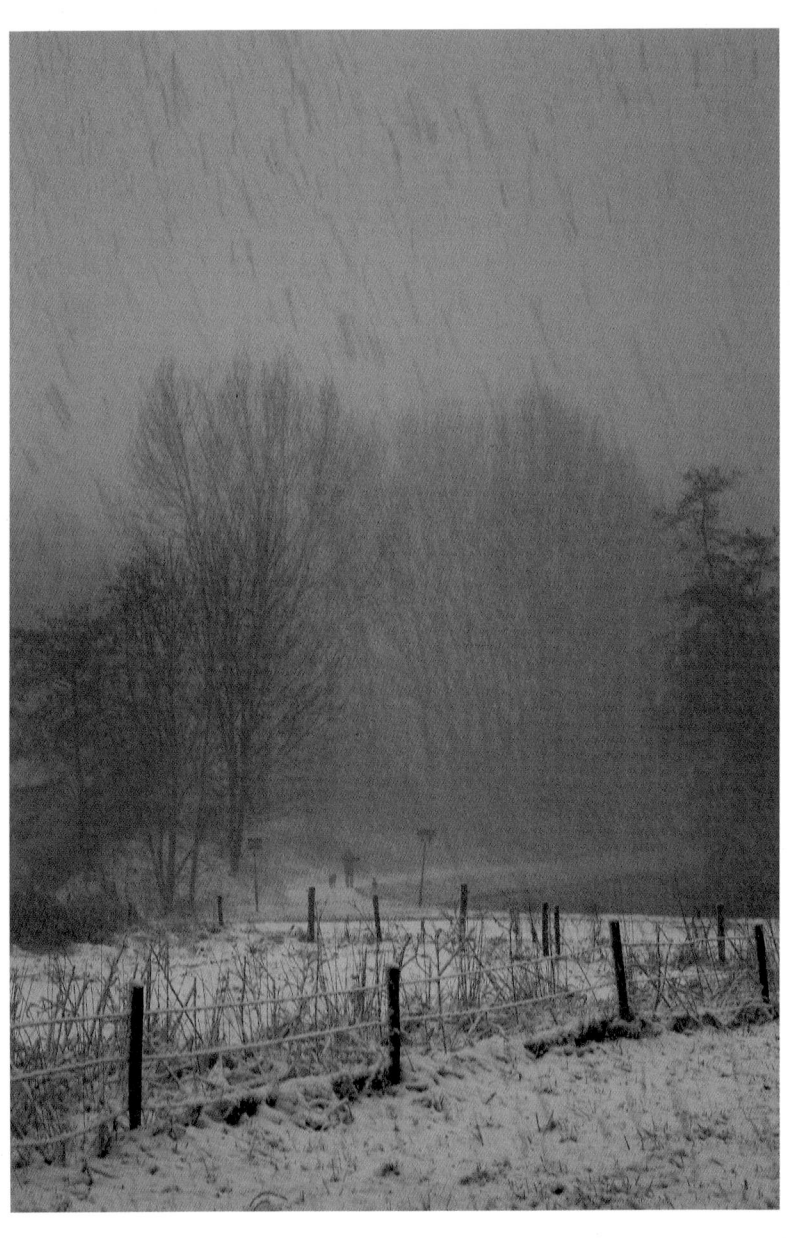

## 대설大雪

대설주의보, 내리지 않았다
성큼 봄이 왔다고 모두들 큰소리로 기뻐했다.
서둘러 봄소풍 가자고 그대를 재촉했으니
나, 어리석고 성급했다

내 눈 속으로 큰눈 퍼부었다
그대 눈 속에도 큰눈 쌓였나
겨울 내내 보지 못했던 큰눈
봄소풍 나온 길에 보게 되니
좋지 않냐고 너스레 떨었다
그대 얇게 입고 나온 몸, 덜덜 떨었다

그대, 큰눈 속으로 떠나갔다

봄, 돌아오지 않았다

# 분별

안개의 힘.
모든 경계를 부드럽게 또한 단호하게
흐려버리는 안개의 힘.
모든 색채, 스펙트럼의 경계조차
흐리게 지워버리는 안개의 힘.

분별分別:

1) 사물을 종류에 따라 나누어 가름.
2) (무슨 일을) 사리에 맞게 판단함, 또는 그 판단력.
3) 화학에서, 혼합물을 단계적으로 분리하는 일.

분별하지 않고 살기,
불가능하다.
불가능한 것을 꿈꾸는 생,
고단하다.

저 안개 속 강처럼, 나무들처럼,
분별없이, 분별하지도, 분별당하지도 않으며 살고 싶다는,
흐릿한 욕망.

## 고래의 숨

일생에
한 번
떠오릅니다
당신, 난파당하지 않았는지
아니면 아예 돛 펴지도 않았는지
그 자리에 없었습니다
괜찮습니다
숨
한 번 쉬었으니 되었습니다
다음 번 일생에
또 한 번
떠오르면 됩니다

# 곶

세상 어느 바다 끝에 있단들
간절하지 않은 곳 있으랴

일곱 큰 바다 밑바닥을 다 휘휘 돌아
하얗게 탈색한 뼈가 되었단들,
아홉 큰 땅 저잣거리를 허이허이 휩쓸며
질긴 목숨 잇는 거렁뱅이가 되었단들,
돌아오마 떠난 사람을
기다리다
허리 길게 늘어나지 않는 곳이 어디에 있으랴

마흔아홉 물길 닿는 생애마다
돌아오마 약속하고 떠나는 사람이란들
기다리다 기다리다
허리 끊어져 섬이 되는 곳
세상 이느 바다 끝엔들 없으랴

## 태양의 해변 Costa del sol

태양의 해변에 비 내렸다.
애인은 운 없었다.
태양의 해변에서 비바람만 만났다.
확률이 지배하는 우주에서
그런 불운은 매우 사소한 것이다.
어떤 이들은 그런 확률을
우아하게 다른 이름으로 부르기도 한다.
우연이라고.

어리석은 태양 하나가 가로등에 매달려
맹렬하게 타올랐지만
이미 승부는 정해져 있었다.

1년에 열흘도 비가 내리지 않는 해변에
비 내릴 확률을 계산할 필요는 없다.
그저 사소한 불운이었을 뿐이다.
어떤 이들은 그런 불운에
걸맞지 않은 이름을 붙이기도 한다.
운명이라고.

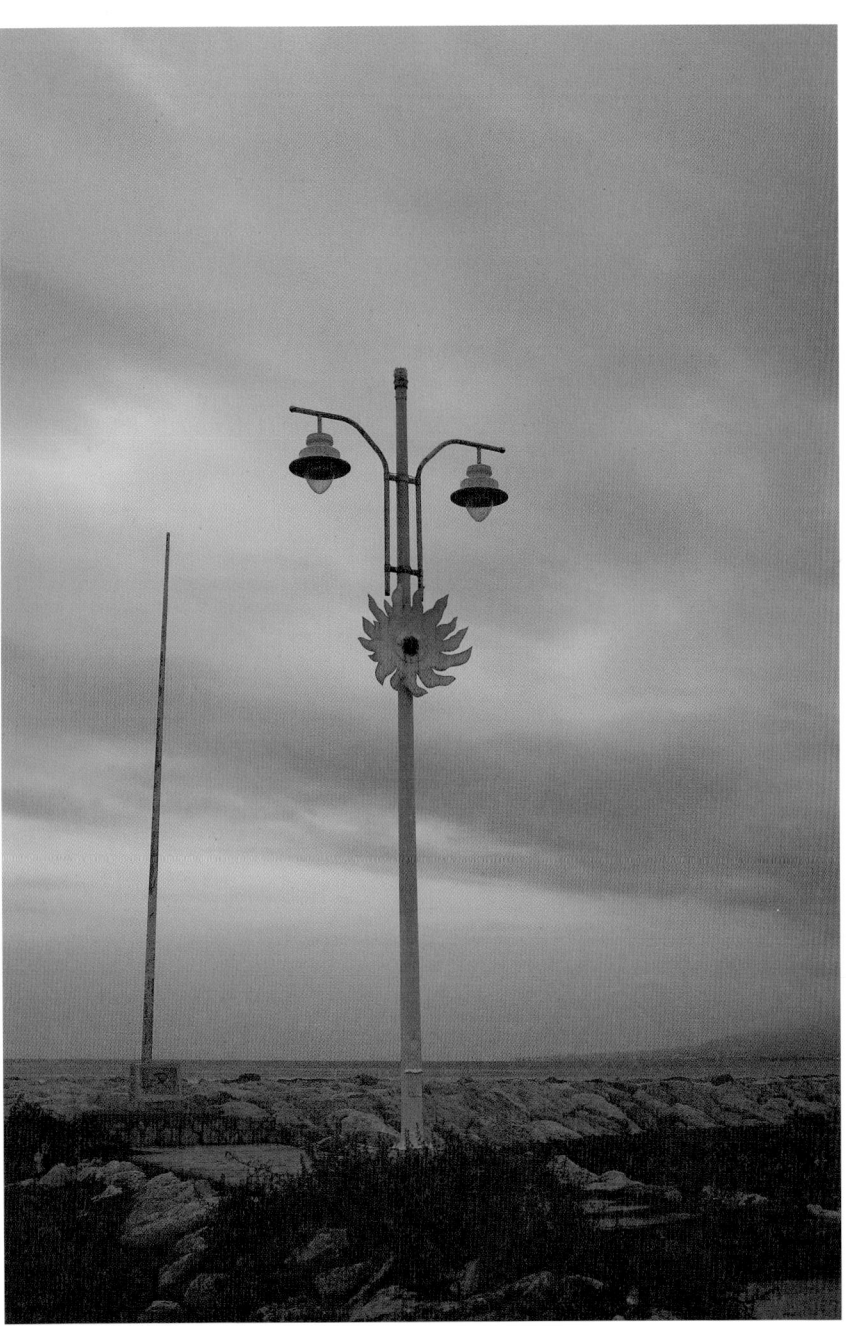

## 등대

어리석은 마음이
등대 하나 세웠다고
환히 타올랐다
어린 배 하나 길 잃을 일 없으니
마음바다 평안하리라
훨훨 타올랐다

사십 낮과 밤을 비 내렸다

구름이 한 마디 전했다
그 어린 배 돌아오지 않는다
바람이 한 마디 보냈다
네 어리석은 마음이 등대 세운 것도 모른다

사십억 낮과 밤을 비 내린다

어리석은 마음이 세운 등대
무너지지도 않는다

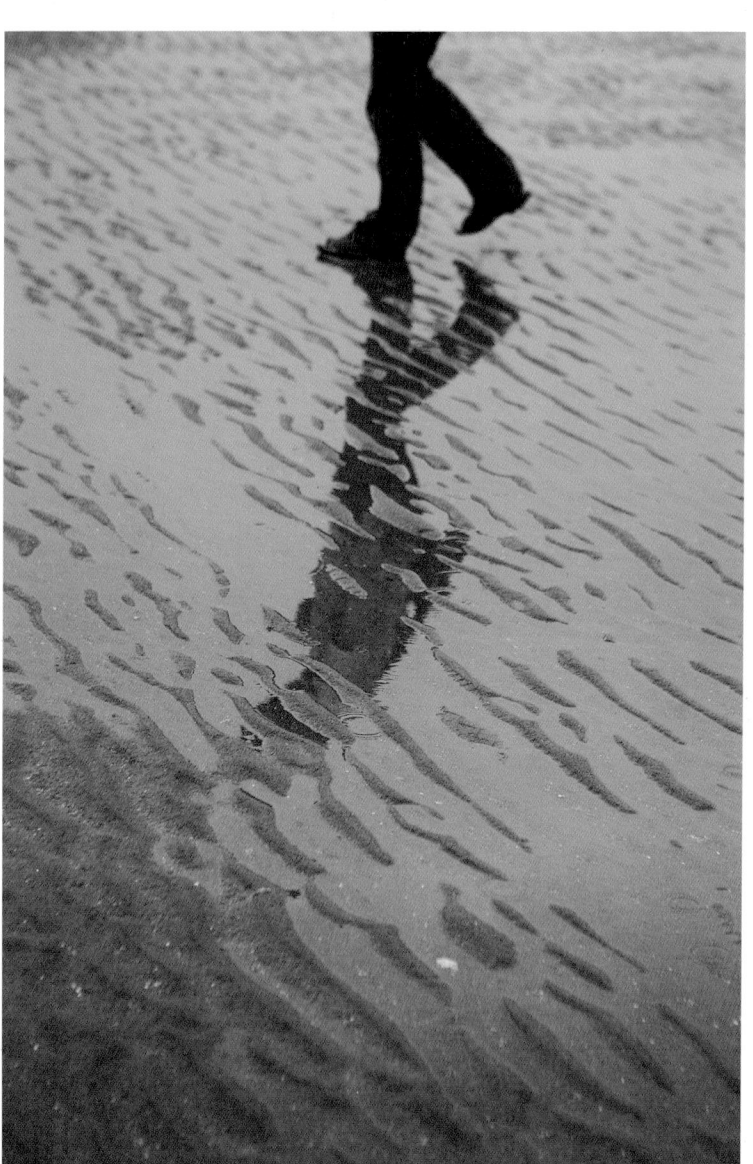

## 들다 나다

밀고 들어와 썰고 나가면
아프지 않은 마음 어디 있으랴

모래밭 같은 마음밭
그림자 거느리고 걸으며
서늘하지 않은 마음 어디 있으랴

## 물, 새

바다야 멀었다손 쳐도
강물은 그리 멀리 있지도 않았는데
그대 지쳤던 게지요.
겨울비, 독하게 소낙비로 내리니
아팠던 게지요.
그대 가는 발목 겨우 잠길 웅덩이,
그 알량한 물에서라도
잠시 쉬어가고 싶었던 게지요.

혼자 날아가는 생
잠시 해 나고
누구의 그림자 하나
멈추는 자리에
그대도 잠시 멈추고 싶었던 게지요.
그대 외로웠던 게지요
쉬었다가
날아가고 싶었던 게지요.

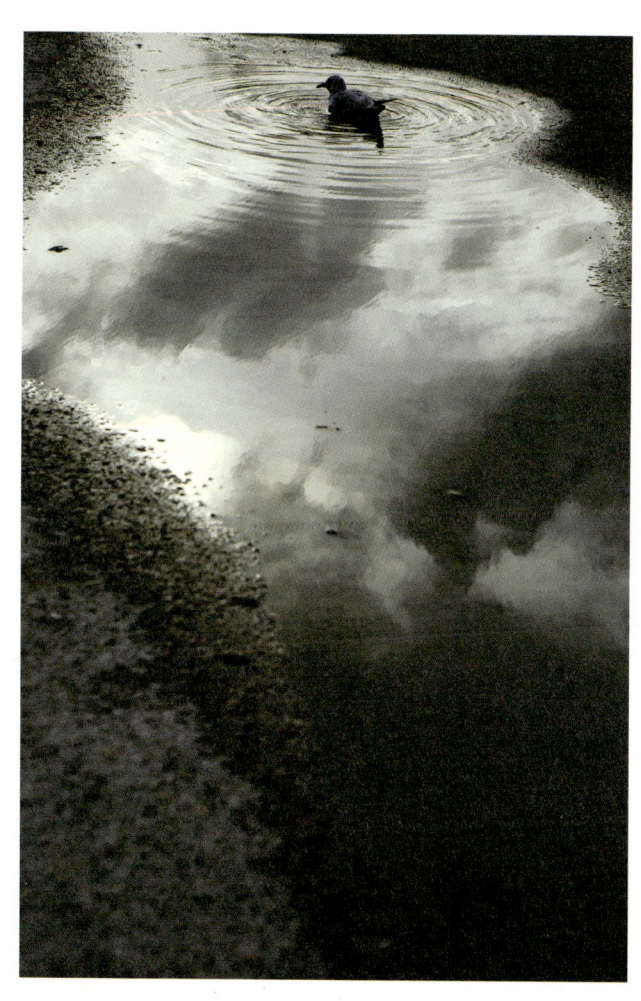

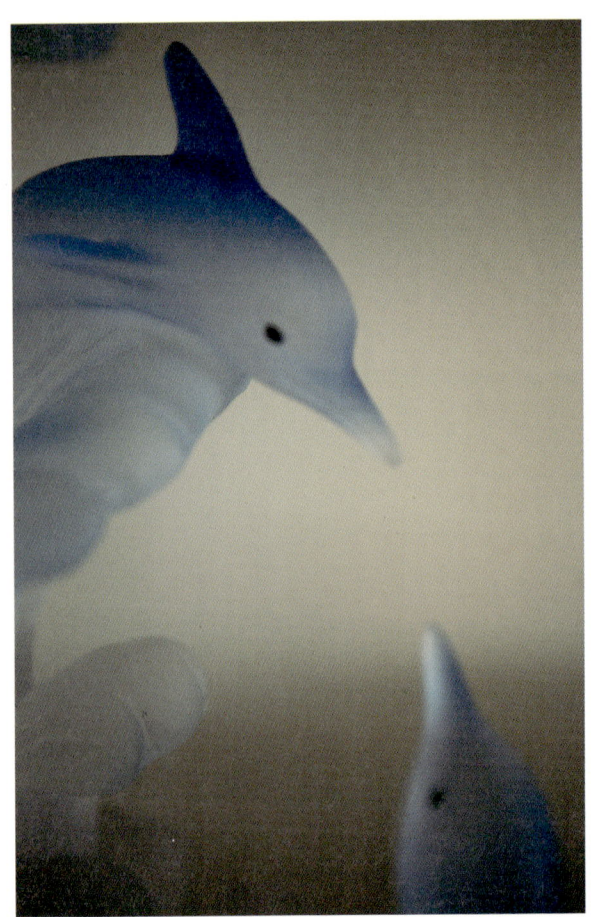

# 꿈

푸른 새벽
당신이 또 꿈에 왔습니다
내가 알지 못하는 어느 먼 땅에서
당신, 홀로 울고 있었습니다
꿈과 생이 다르지 않은
푸른 새벽이었습니다

꿈으로 돌아가고 싶었습니다
푸른 새벽, 떠나고 있었습니다
꿈과 생, 서로 멀어지고 있었습니다
흐린 아침에 쫓겨
서로 다른 방향으로 달아나고 있었습니다

꿈이 서럽고 생이 서러워
나도 울었습니다

꿈에서 당신이 흘린 눈물
생에서 내가 흘린 눈물
합쳐져 푸른 바다가 되지 못했습니다

까마득한 어느 옛날에
당신과 내가 서로의 눈물 속에서 헤엄쳤던
그 푸른 새벽은
꿈이었던가요 생이었던가요

## 기다린다

기다려야 할 때가 있다.

천지사방이 온통 눈으로 덮여
눈 뜬 것과 눈 감은 것이 다르지 않을 때
홀로 눈밭에 서서 기다려야 할 때가 있다.

누구도 다가오지 않는 시간,
그래서 멈춘 시간 속에 함께 멈춰 있어야 할 때가 있다.
기다리는 것 말고는 다른 어떤 일도 할 수 없을 때가 있다.
그런 기다림의 시간을 겪어본 사람은 알 것이다.
그것은 형벌의 시간이며 동시에 축복의 시간이다.

당신, 지금 기다리고 있는가?

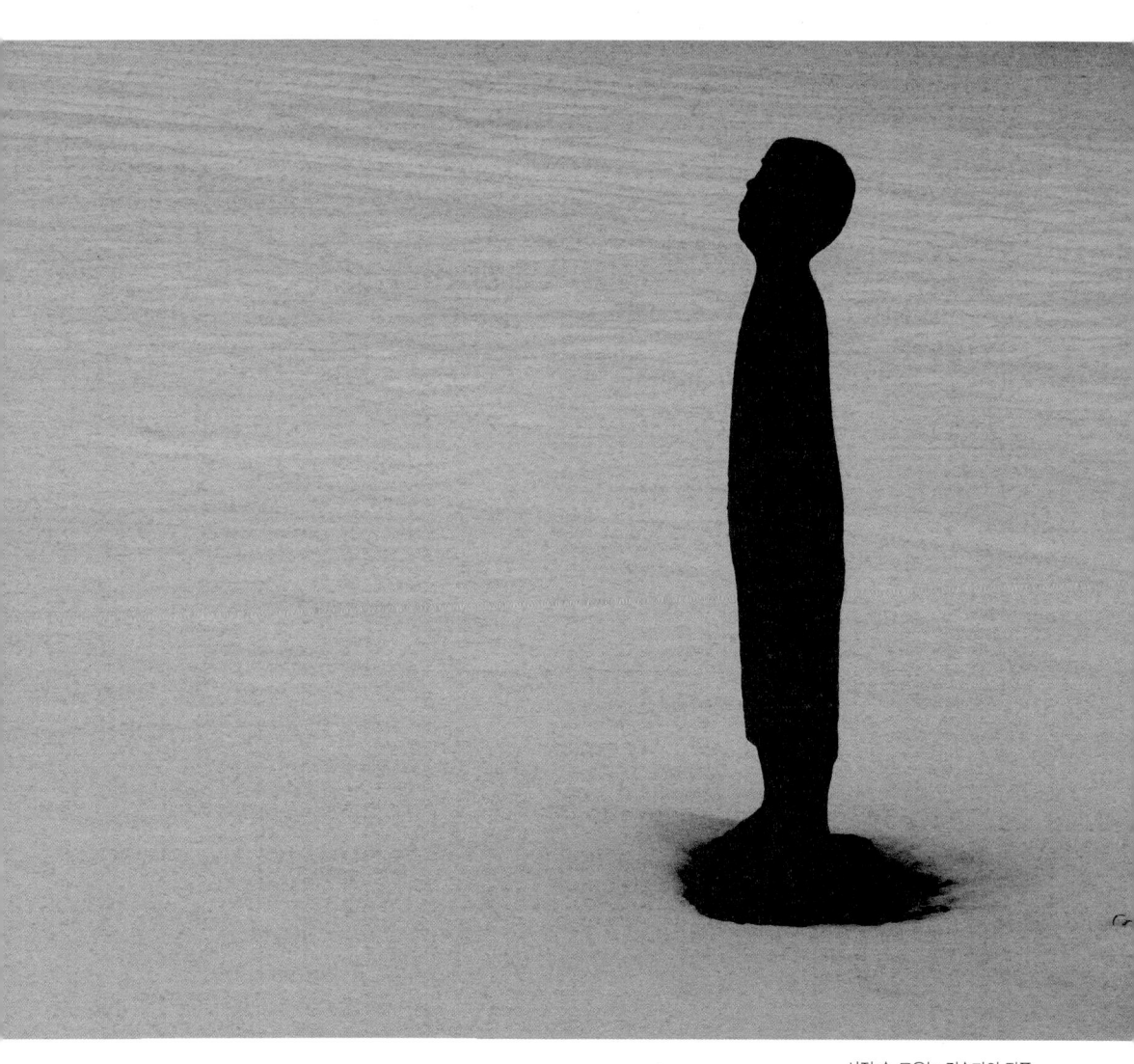

사진 속 토우는 김숙자의 작품

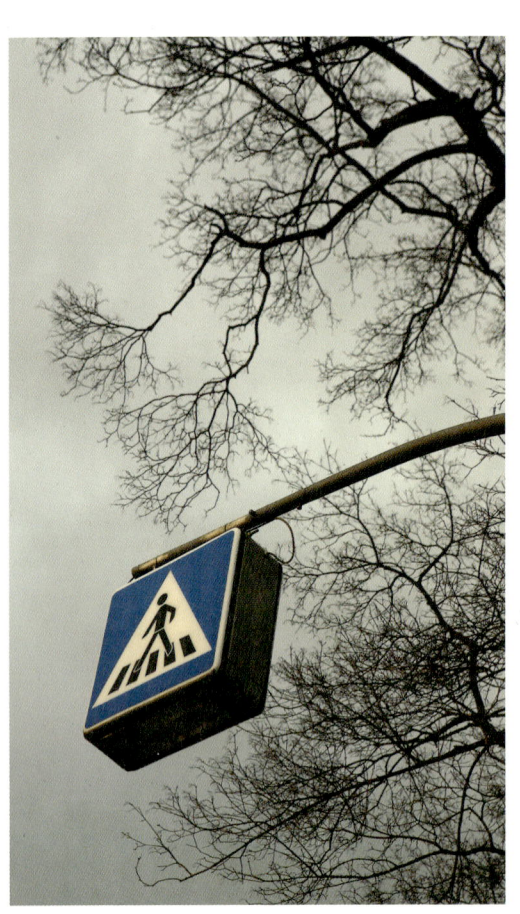

# 내 마음의 지도

오래 시간이 지나야 보이리라.
내 마음에 그어진 길들.
길을 걷는 건
가슴속에 날카로운 철필로
어지러운 미로를 긁어 새기는 것.

그 생채기, 잘 곪고 잘 자라서
어떤 마찰에도 지워지지 않을 흉터로 굳어지면
그때 피부 위로 떠오르리라.
어지러웠던 미로들은 여전히 감추어진 채로,
정화된 길들만 보이리라.

내 마음의 지도가 그려지는 방식,
내가 선택하지 않았다,
누구도 강요하지 않았다,
그저 그렇게 되어진 것뿐이나.

# 새, 나무

비 그친 도시에 내리던 마지막 햇빛.
그 추운 햇빛 아래 겨울 나무 한 그루 서 있었고
그 나무에 날개 젖은 새 한 마리 있었다.

내가 나무였는지 새였는지는 중요하지 않다.
누구의 생인들 나무였던 적, 새였던 적 없을까.
상대가 나무이길 원하면 새가 되고
새이길 원하면 나무가 될 수밖에 없는,
그런 시간들, 누구에겐들 찾아오지 않을까.

추운 겨울비 속을 날아온 새 한 마리 위해
겨울비 그친 저녁의 차가운 햇살 가려줄
이파리 하나 없는,
참 한심하게도 가난한 나무,
내가 그 나무일지도 모른다,는 생각에
추워졌다.

너와 나, 숲으로 가자꾸나, 새야

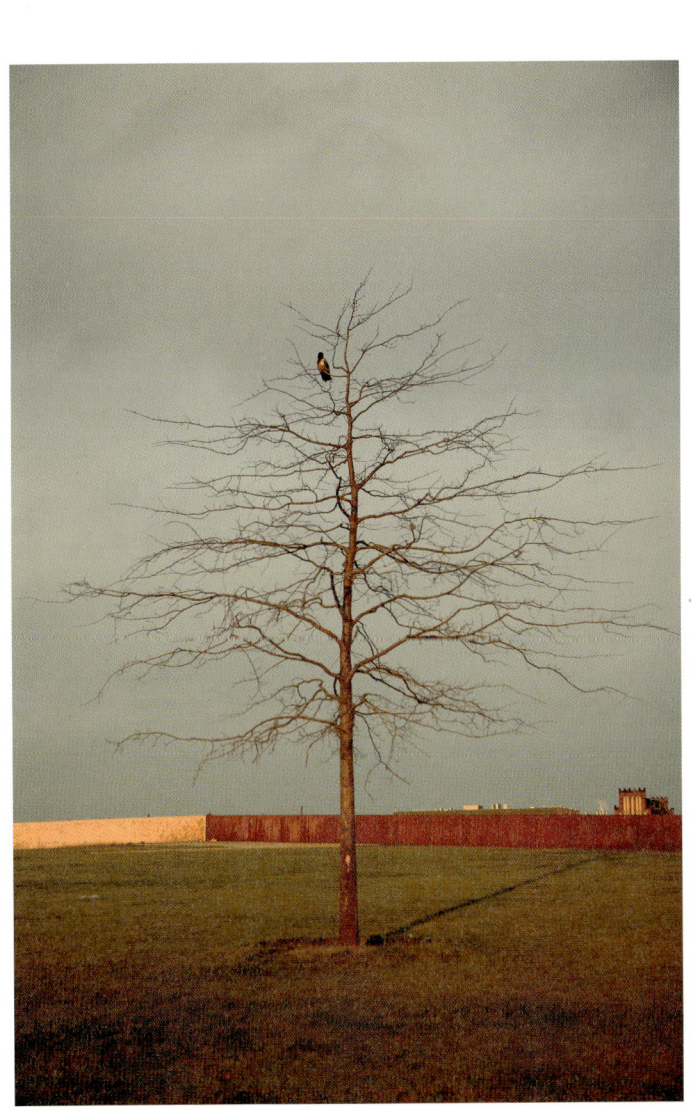

# 나무새, 새나무

오래 나무와 세월 보낸 새는
잎을 닮는가봐요

새와 오래 세월 보낸 나무는
깃털을 닮는가봐요

얼마나 오래면
그렇게 될까요?

나무의 한 생애로 아니겠죠?
새의 한 생애론 턱도 없겠죠?

오래오래 닮다보면
한 생, 두 생, 세 생, 겁나게 먼 생
다르지 않겠죠?

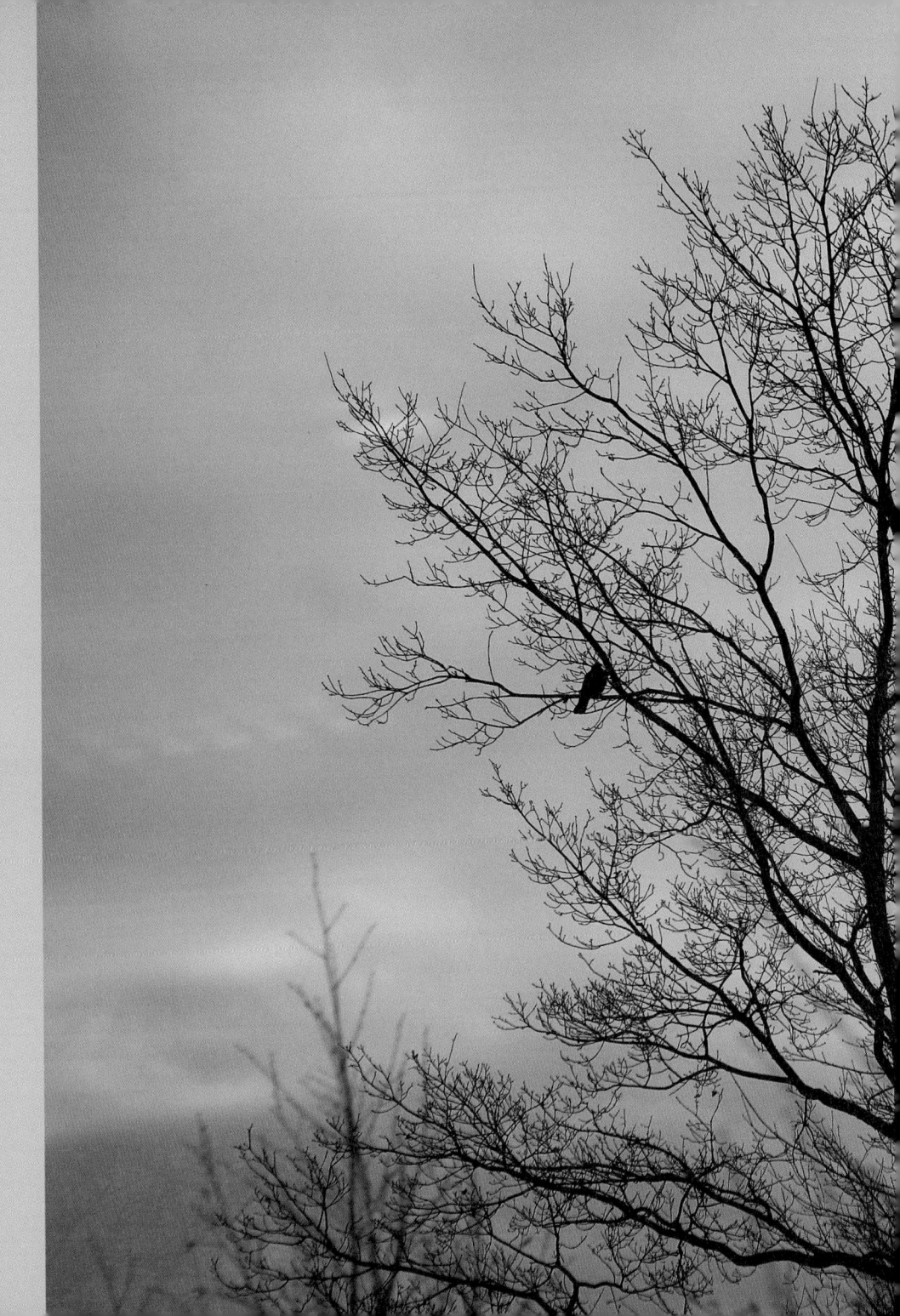

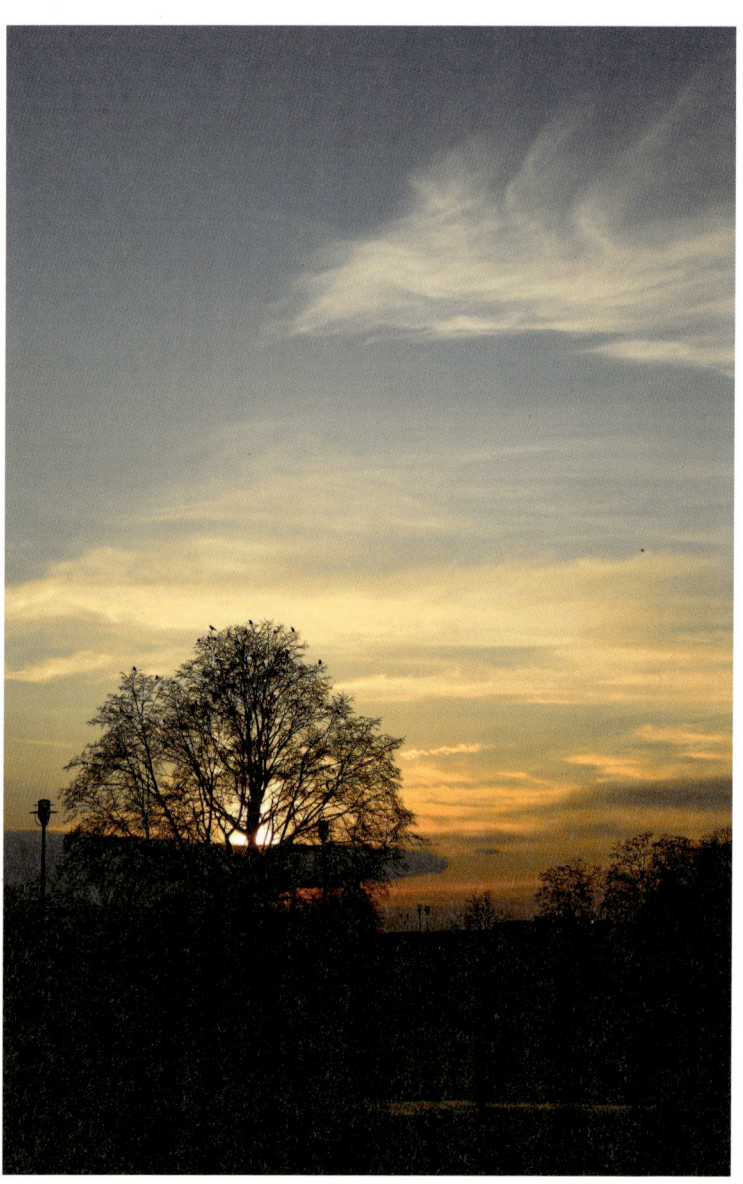

# 불의 나무

노을 지는 저녁이면
새들이 꼭 나무 위로 날아오더라
멍청한 나무는
뿌리까지 뒤흔들며
활활 타오르더라

노을 지고 난 밤이면
나무는 재로 흩어지더라
검은 밤 지나고 아침이면
새들은 재를 뒤집어쓰고 날아오르더라

## 늙은 아카시아 나무

나무가 늙으면 가시도 부드러워지는가
가시가 부드러워지면 잎 키우기도 힘겨워지는가
그렇게 높은 가지 죽어야
새 한 마리 쉴 자리 겨우 만들어지는가

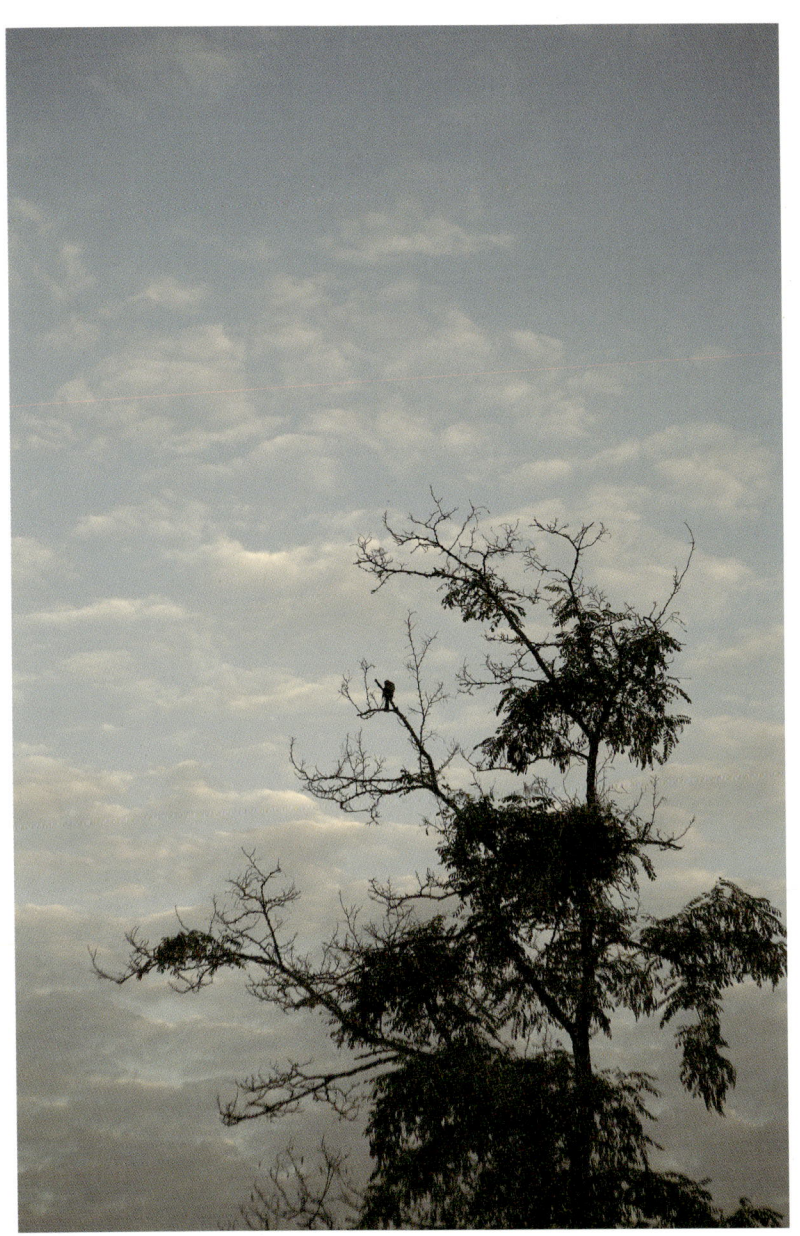

따뜻한 슬픔

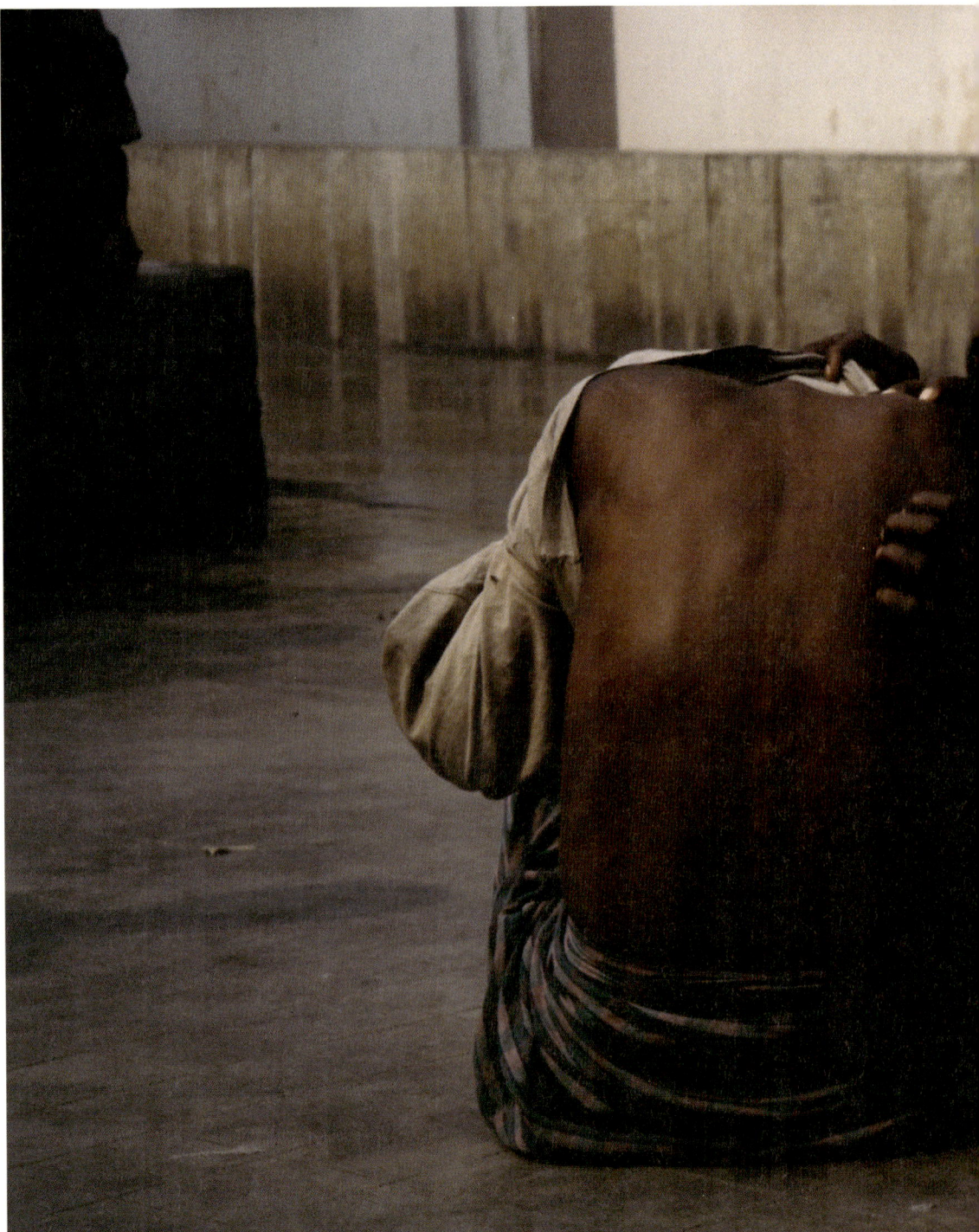

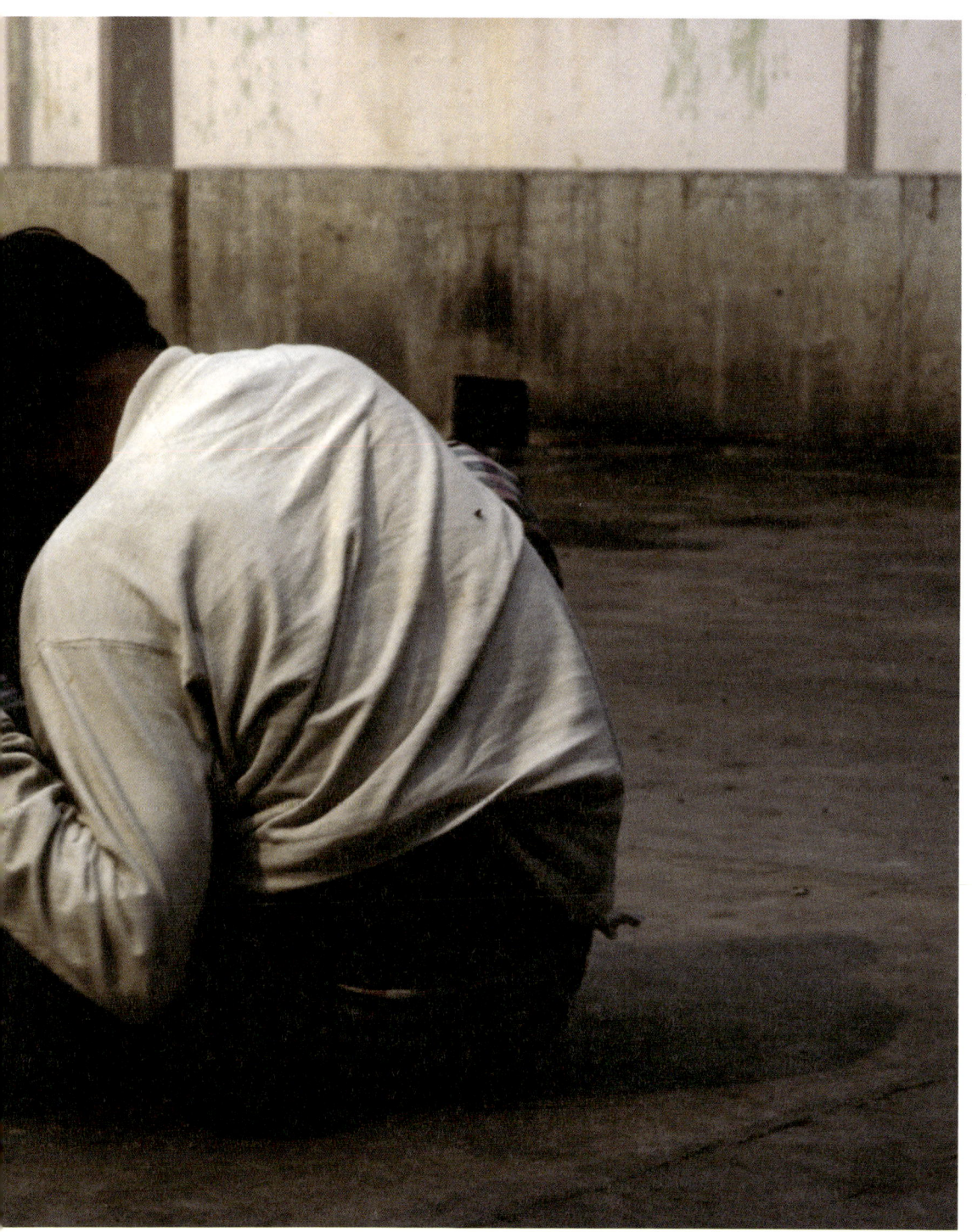

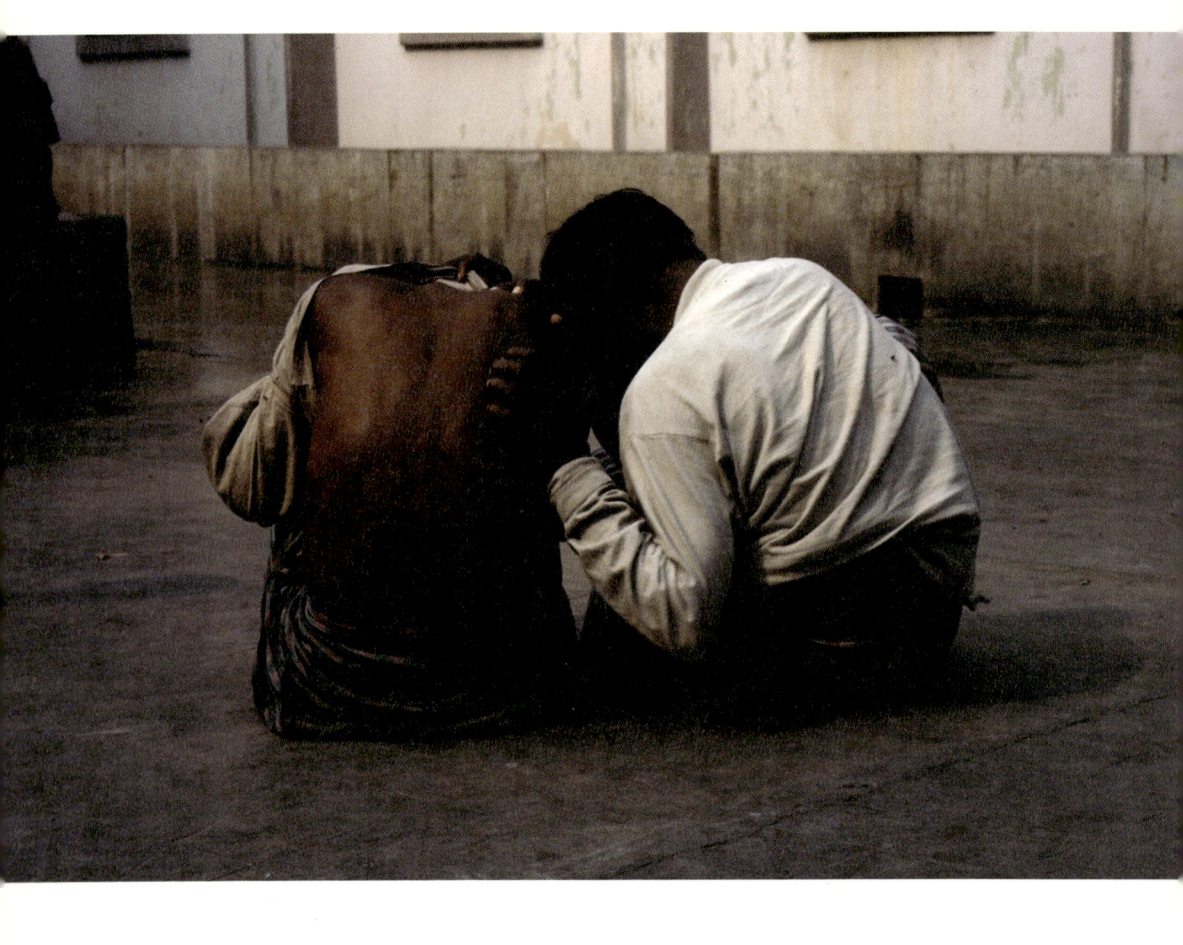

# 따뜻한 슬픔

따뜻한 슬픔.

어떤 슬픔들은 따뜻하다.

슬픔과 슬픔이 만나 그 알량한 온기로
서로 기대고 부빌 때,
슬픔도 따뜻해진다.

차가운, 아니다, 이 형용사는 전혀 정확하지 않다.
따뜻한 슬픔의 반대편에서 서성이는 슬픔이 있다.
그 슬픔에 어떤 형용사를 붙여주어야 하는가.
시린 슬픔?
아니다, 여전히 부족하다.

기대고 부빌 등 없는 슬픔들을 생각한다.
차가운 세상, 차가운 인생 복판에서 서성이는 슬픔들……

## 물에게

물에게 물을 바칩니다
그것이 제 사랑의 방식이기를 빕니다
당신에게 다시 당신을 보태어
언젠가 당신이 뚝방을 넘쳐 먼 세상으로 흘러가는 날이 오면
그날엔 제 눈물도 보탤 수 있기를 빕니다

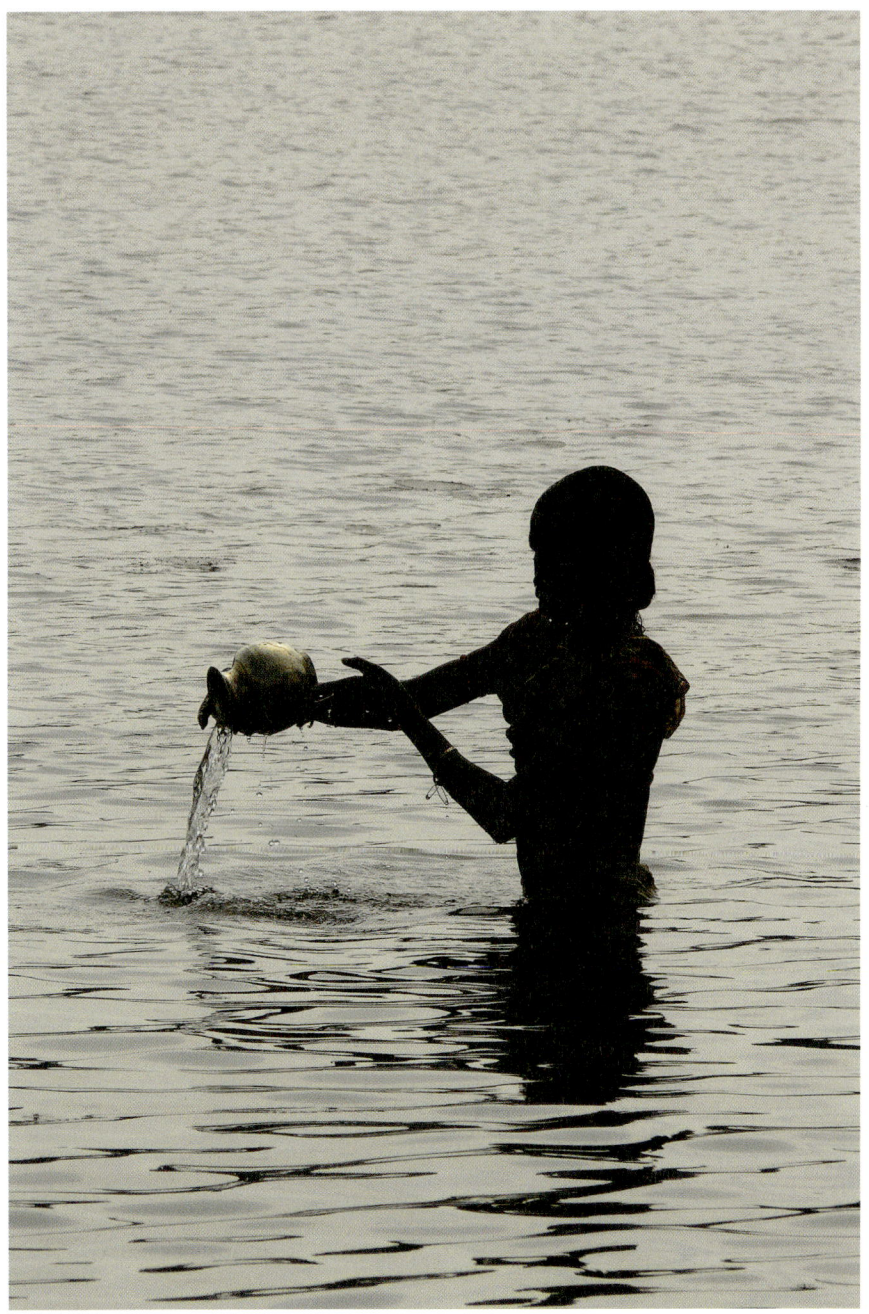

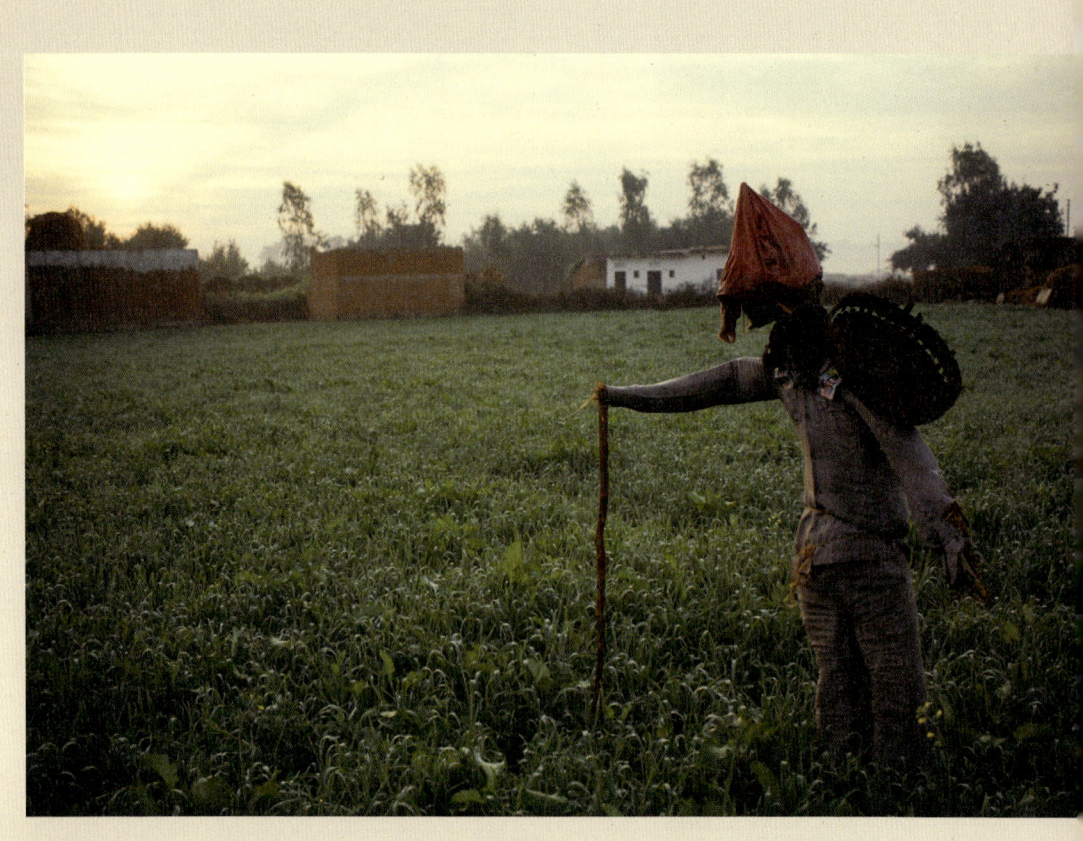

# 허수아비

안개인지 이슬인지 구분하기 어려운 시간에 잠이 깬 건
내 잘못 아니었다
내가 잘했다는 것도 아니지만

안개이든 이슬이든 축축이 젖으며 들로 나선 건
내 잘못이었다
딱히 내가 잘못한 것도 없지만

그러다 만났다
새들의 천적, 새들의 친구
새들의 원수, 새들의 연인

그이가 내게 말했다
일찍 일어나는 새가 벌레와 친구 된다고
한때 수북했던 내장, 모두 사랑이 먹었다고

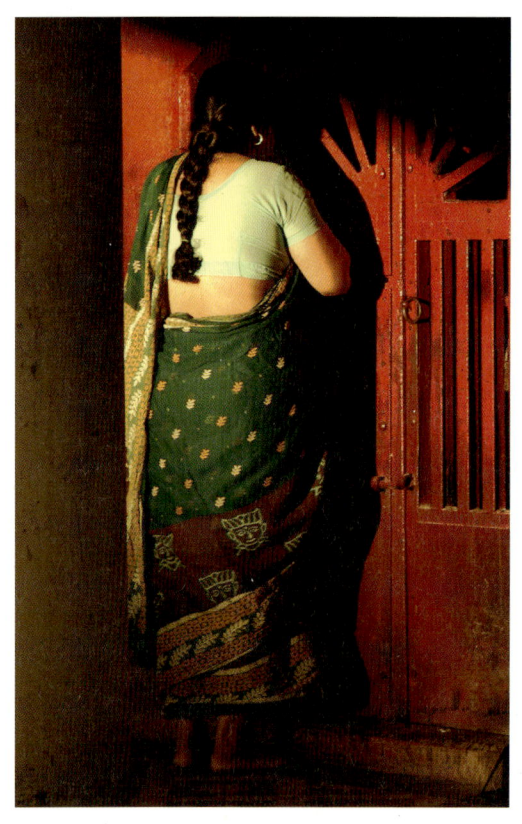

# 기도

어머니가 사당으로 가지 않았으면 좋겠다
애초에 지어진 사당과
사당 문 여는 적 없는 제관들과
딴 세상 차려 희희낙락 재미 보는 신들, 모두 어쩔 수 없다 치고

어머니만 사당으로 가지 않으면 될 것을
어머니만 맨발로 사당의 먼지 닦아내지 않으면 될 것을
어머니만 머리 조아려 비굴해지지 않으면 될 것을

어머니가 사당으로 가지 않으면
이 썩어빠지고 썩어문드러진 늙은 세상
와르르르 단 한 숨에 무너질 것을
무너진 사당, 무너진 천상 더미에 깔려
흉악한 제관들과 사악한 신들이 내지르는 비명에
빛 곱고 소리 고운 새 세상이 긴 잠에서 깨어날 것을

그래도 어머니 오늘도 사당으로 간다
이 늙고 낡은 세상 무너지지 않아야
새끼들이 산다고, 살려달라고,
오늘도 빌고 내일도 빈다

어머니는 사당으로 가지 않아도 된다
어머니의 기도를 듣는 이, 어머니뿐이다
어머니의 기도를 들어주는 이, 또한 어머니뿐이다
그래도 어머니는 사당으로 간다
늙은 제관들과 낡은 신들도 그 덕에 산다
오래된 세상도 빌붙어 굴러간다

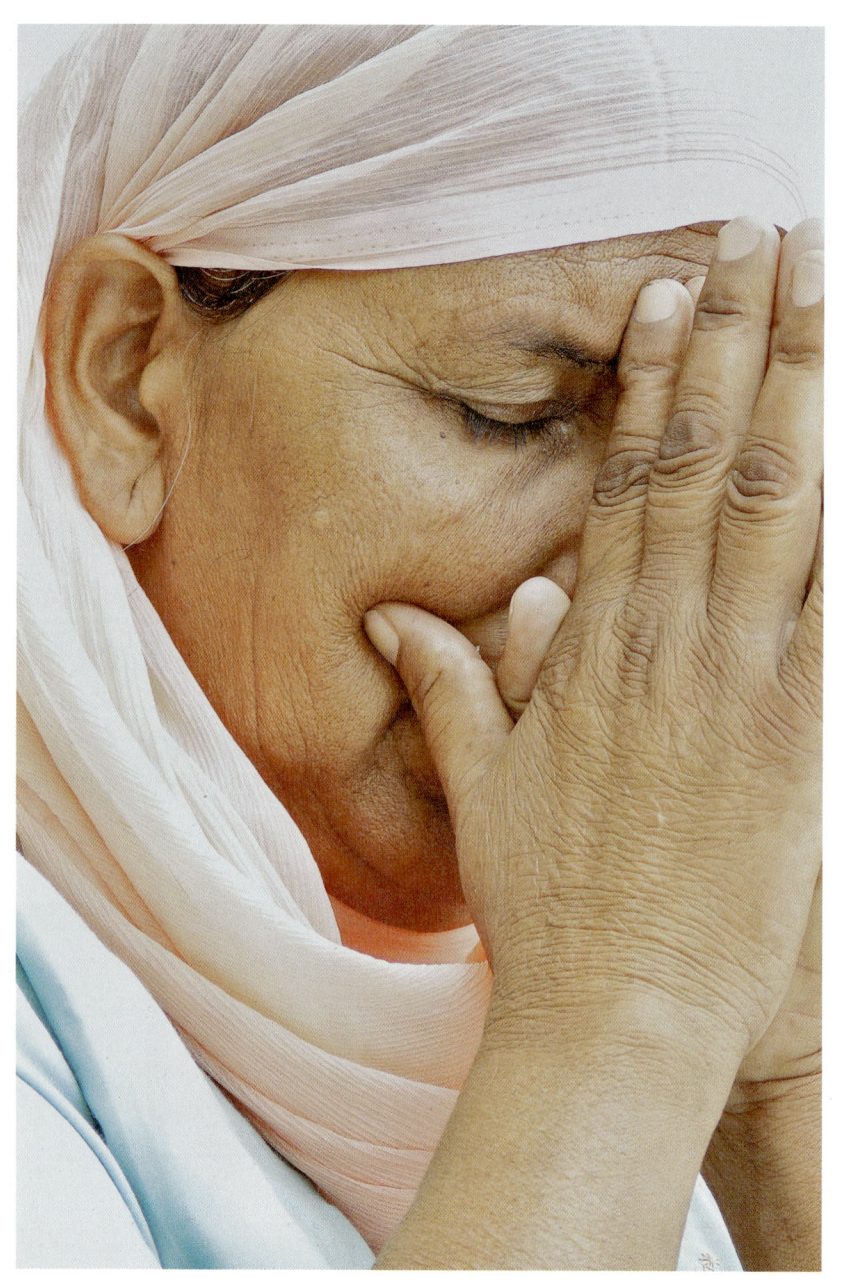

# 백오십억 년의 기도

어머니, 입술 밖으로 나오지 않는 그 기도,
제가 다 외워 드릴까요
토씨 하나 틀리지 않고 다 외워 드릴 수 있어요

백오십억 년 동안 반복된 기도잖아요
그 기도의 힘으로 백오십억 년, 무너지지 않았잖아요

그런데 어머니, 왜
입술 밖으로 그 지긋지긋한 기도 외워보려 하면
한 마디도 나오지 않는 걸까요
왜 컥컥 기침만 나올까요

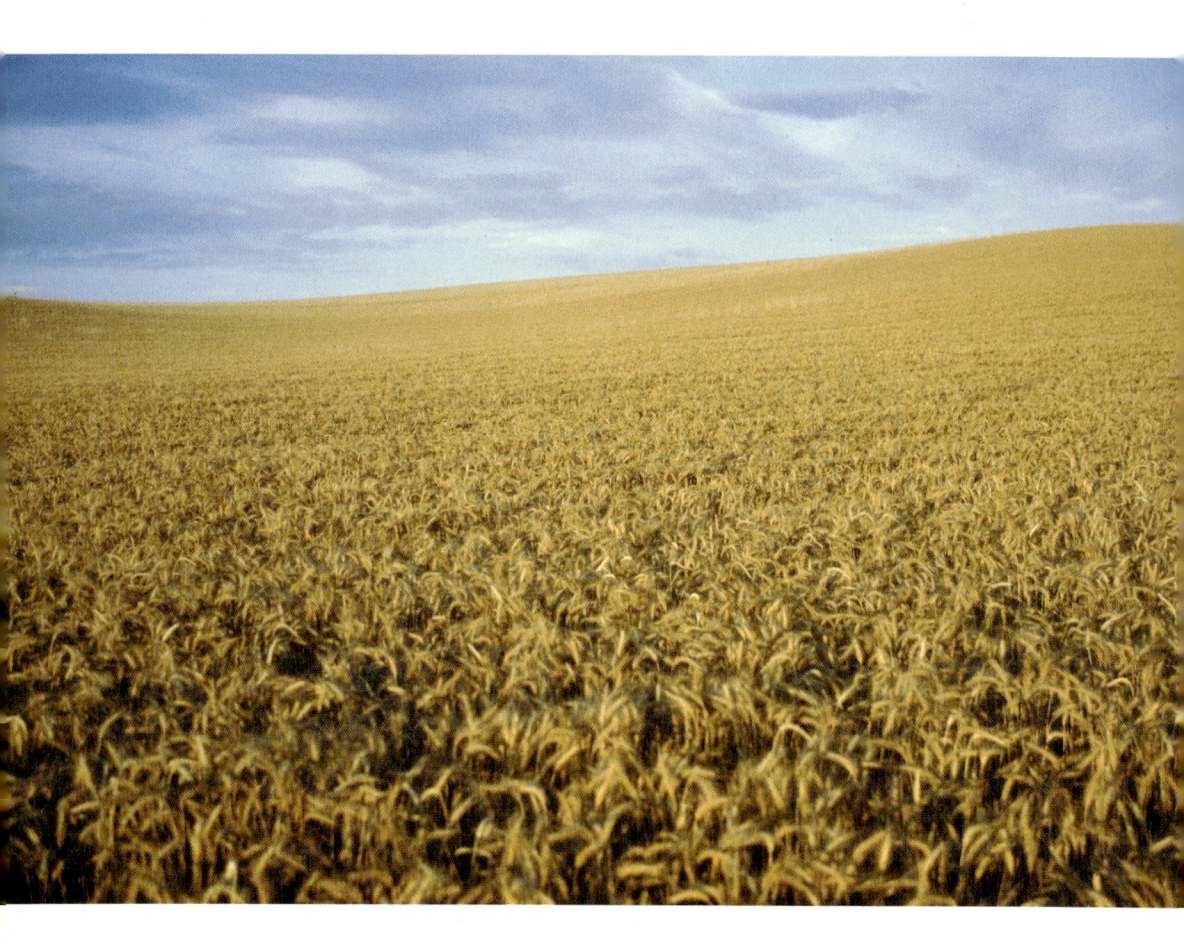

## 생명의 양식

몇 날이나 더 수확의 날을 기다려야 할까요

당신이 돌아와 저 황금빛 밀을 거두어주면
나는 첫 자루의 밀을 빻아 황금빛 빵을 구워
당신이 씨 뿌리고 떠난 뒤 그 날까지의
제 소소했던 노고에 대해 치하해 주면 부끄러워하며
당신이 다른 세상에 뿌린 씨앗들의 이야기에 눈 반짝이며
마침내 땀 흘리는 대신에 평화의 눈물 흘릴
그 감사의 밤까지는 몇 밤을 더 기다려야 할까요

비가 내려 저 황금빛 들판에 다시 푸른 싹이 덮이면 어떻게 할까요

그러면 다시 황금빛 들판이 돌아올 때까지
다시 수확의 날이 올 때까지
당신을 기다리고 또 기다리는 것이
당신이 씨 뿌린 뒤 떠나며 제게 약속했던
영원한 양식인가요

# 신의 꿈

제 마음에 신전 하나 지어지고 있었던 걸
당신, 알고 계셨습니까?

셀 수 없는 탑을 쌓아야 했습니다.
셀 수 없는 크레인을 세워야 했습니다.

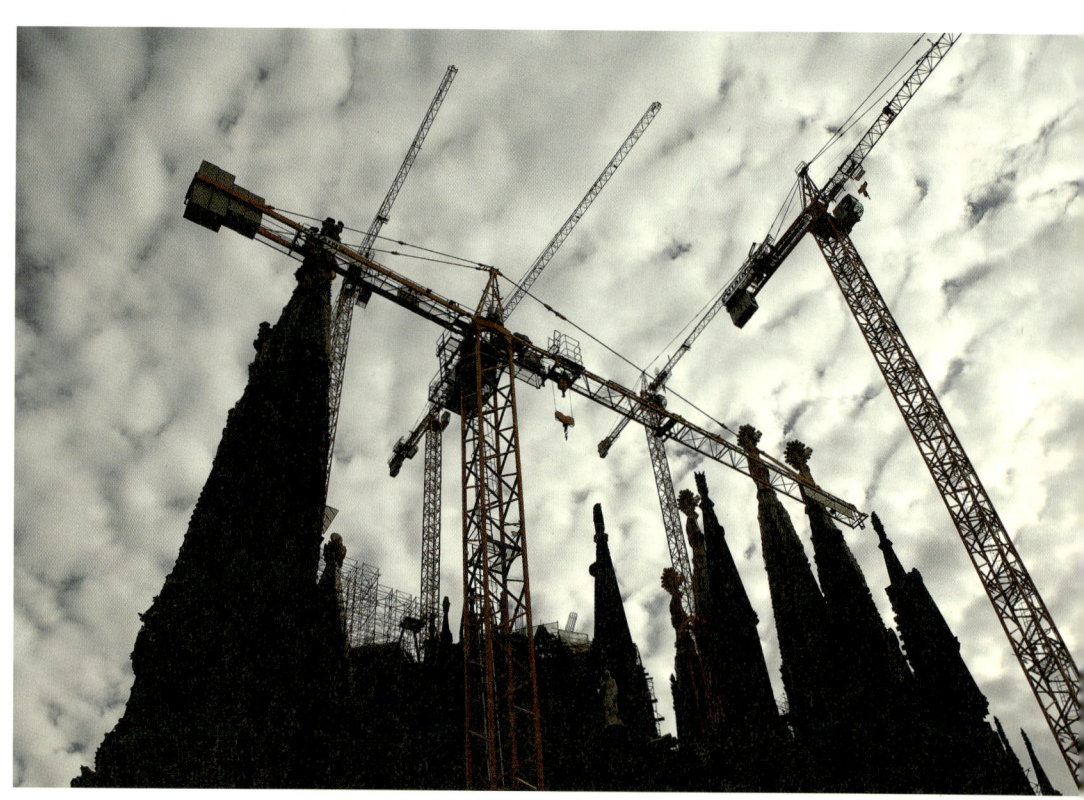

셀 수 없는 분신과 변신의 모습으로 제게 오셨던
당신, 알고 계셨습니까?
얼마나 잔인했으며 얼마나 자애로우셨는지,
얼마나 믿음직스러웠는지, 얼마나 변덕스러웠는지,
얼마나 많은 탑과 크레인이 세워지고 무너졌는지,
당신, 꿈에라도 알고 계셨습니까?

알고 있습니다.
제가 쌓은 그 모든 탑, 제가 세운 그 모든 크레인,
당신에게 그저 꿈이라는 걸
깨고 나면 잊어버릴 꿈이고
기억하면 서러울 꿈이라는 걸 알고 있습니다.

당신, 어린 신, 이제 주무십시오.
또 꿈속에서 제가 지을 신전을 무너뜨리십시오.

그리하여 어느 우주에선가 늙고 현명한 신이 되시거든,
그때, 제가 지었던 그 모든 신전을
기억해 주십시오.
그리고 잊어주십시오.

# 빛의 미사

그것을 빛이라 불러야 옳습니까, 그림자라 불러야 옳습니까.

폭풍우 몰아치는 생이었습니다.
당신이 오셔, 빛이 있으라 한 마디 하시니
시커먼 구름 사이로 한 줄기 빛이 내려왔습니다.

폭풍우 그치게 해 달라고 빌며 당신께 바친 색유리창,
그 두꺼운 유리들을 통과하시며
제 손의 화상들을 기억하셨습니까.
그 높은 사다리에서 떨어지며 부러진 제 뼈들을 기억하셨습니까.

그 눈멀도록 찬란했던 빛의 향기로운 잔치,
이 하찮은 사람의 봉헌에 되돌려준 당신의 예배였습니까.
그랬다면 어찌 그리 짧아야 했답니까.
이 기나긴 폭풍우의 삶 내내
그 빛이 그림자로 남을 것을 당신, 모르셨더랍니까.

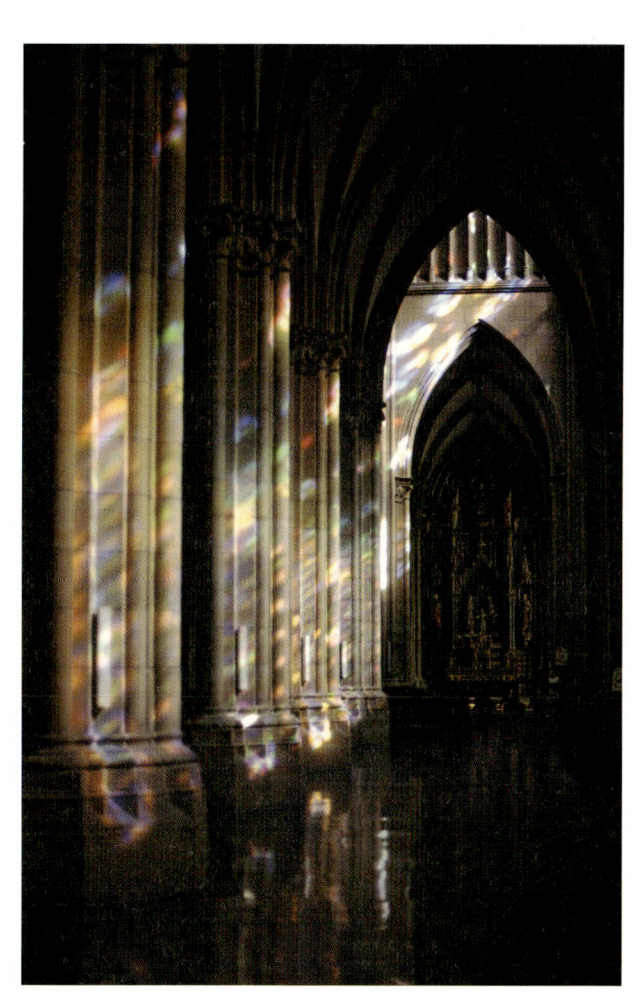

## 봉헌

나 가진 것
슬픔밖에 없어
그대에게 줄 것도
슬픔뿐입니다.

용서하세요.

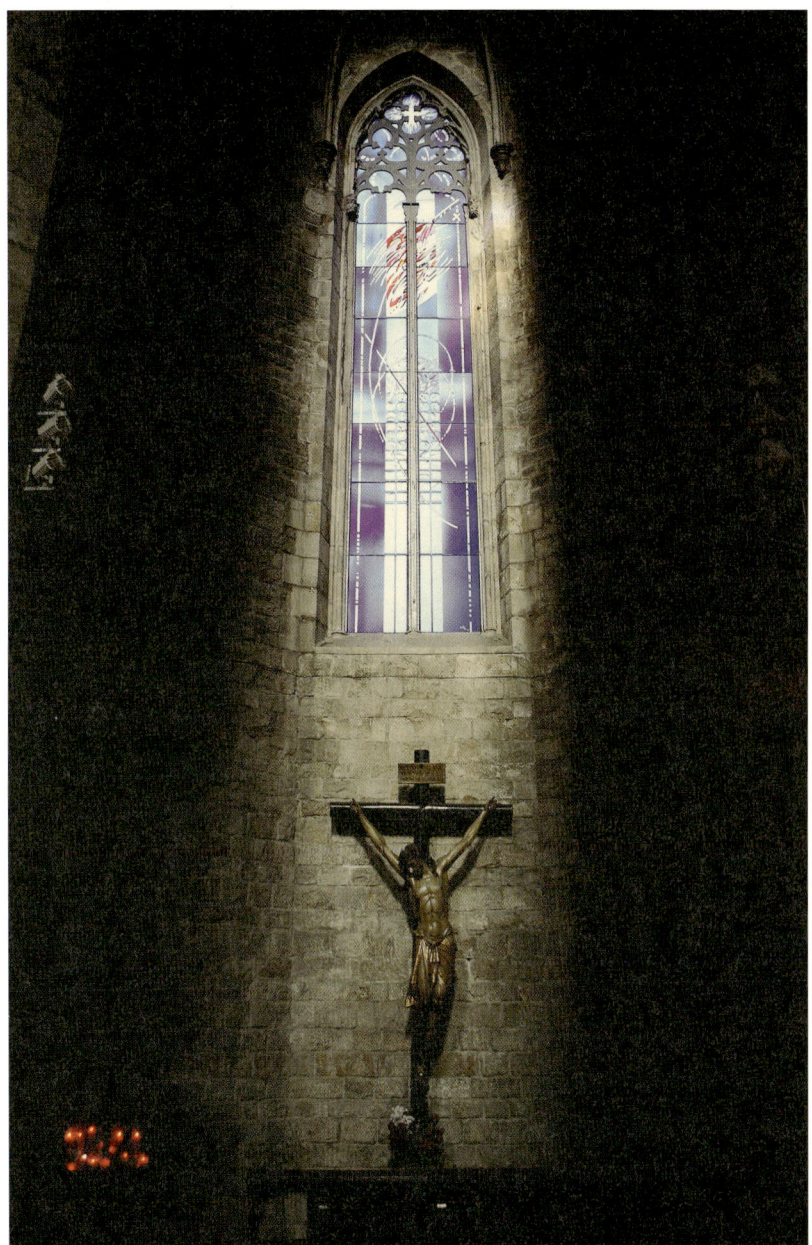

## 평화의 집

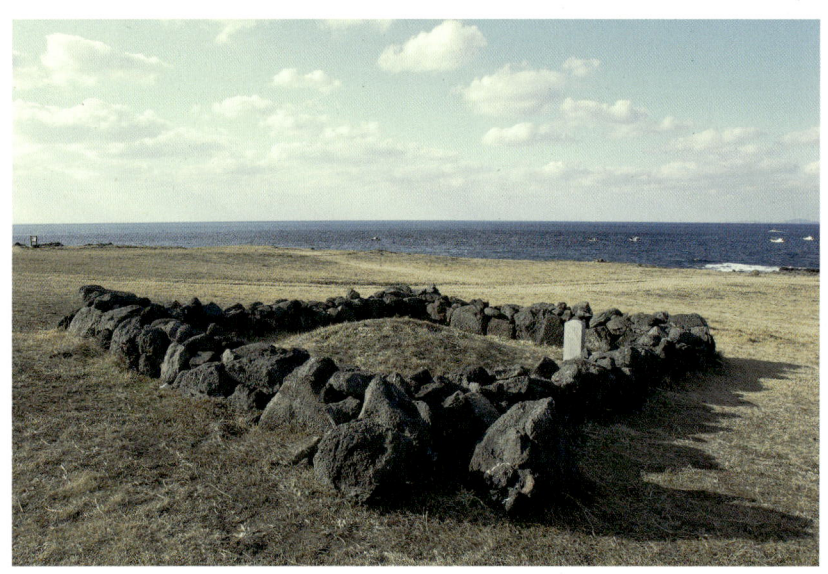

세상 끝까지 흘러간 사내의 마지막 집,
평화롭기도 하다.
안온하구나.
꿈 없이 잠들 수 있으니,
그 집 참 착하기도 하다.

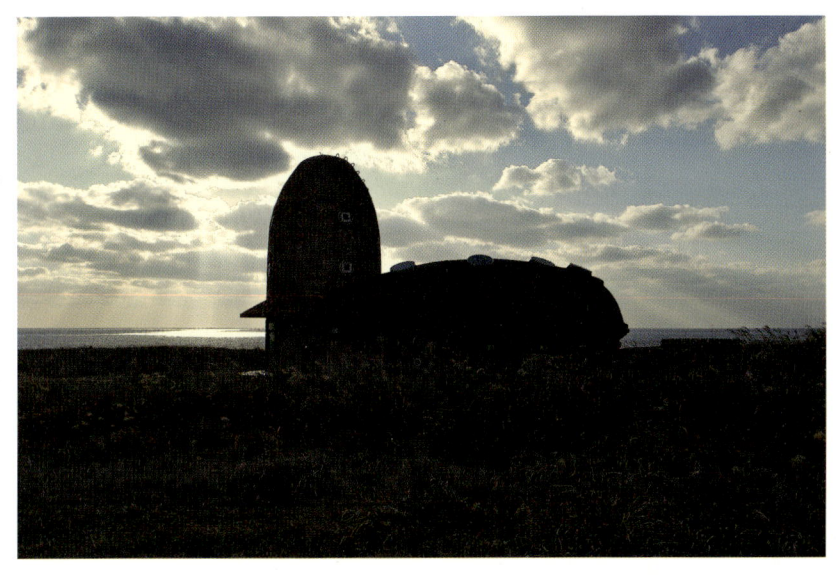

세상 끝까지 사내를 따라간 신의 첫 집,
아프기 이루 말할 수 없다.
눈뜨고 볼 수 없구나.
끝내 꿈 놓지 못하니
그 집 참 서럽기도 하다.

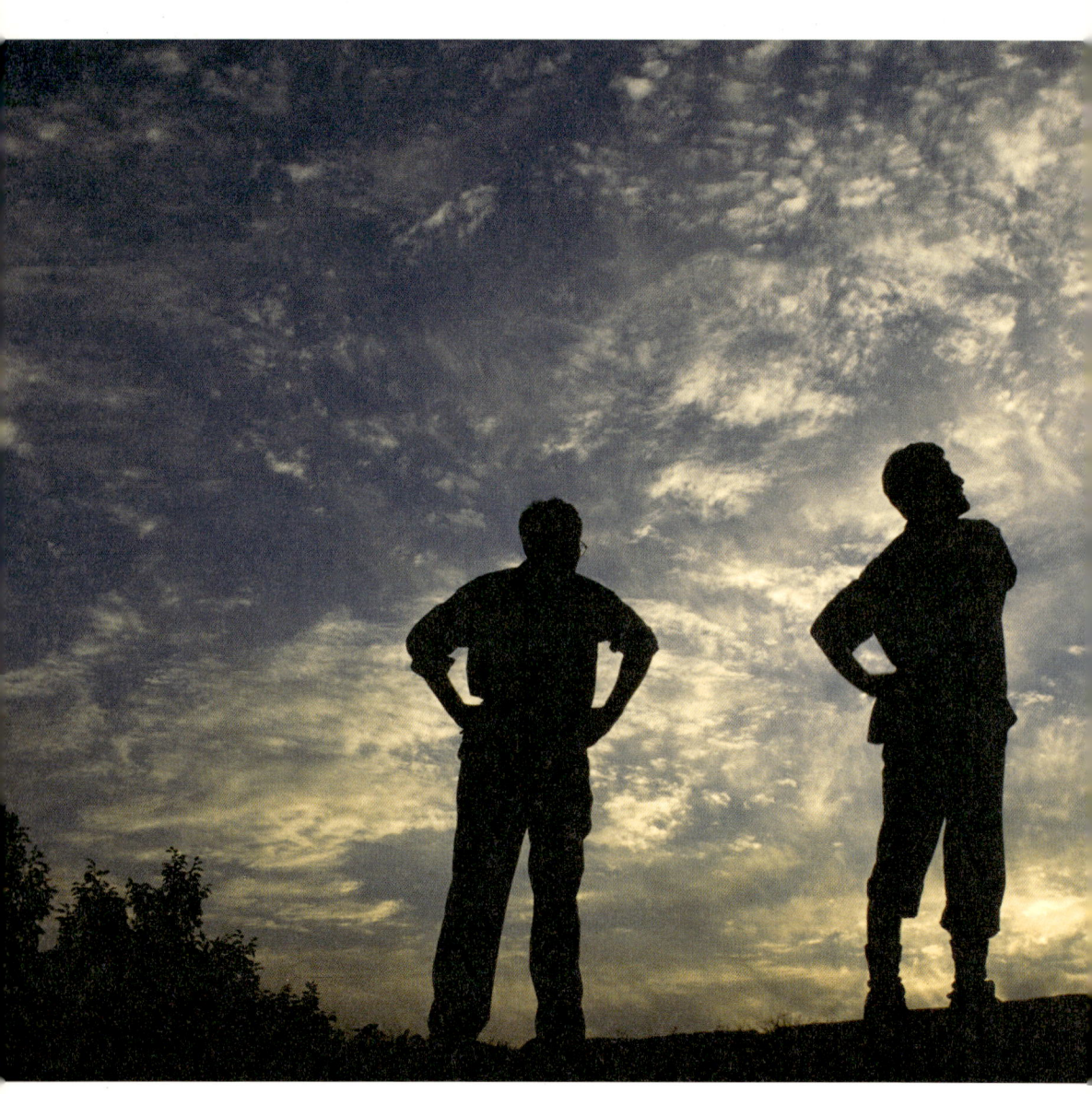

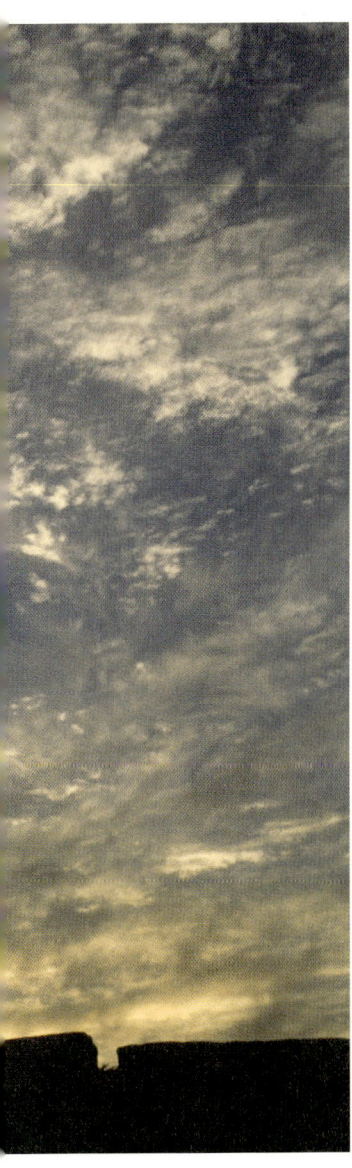

## 번제

천 개의 계단을 올라야 제단에 닿을 수 있으리라
두 다리에 믿음을 가득 채워야 계단을 오를 수 있으리라
땀을 피처럼 쏟아야 제단 위의 하늘이 붉어질 수 있으리라
그리하여 훨훨 불의 제사 지낼 수 있으리라
너희들, 내 아들들을 위하여 내가 지내는 제사를

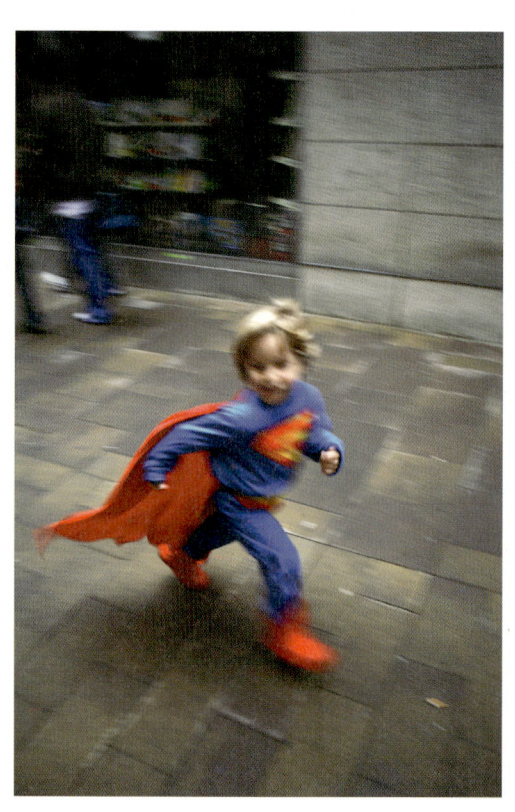

## SOS

sos,

save our ship? save our soul?


영혼을 싣고 가는 배,


그날, 노아의 방주를 띄워도 될 만큼
철철 비 내렸다.
내 몸 채 태우지 못했는데
내 영혼 실은 배,
저만치 앞서 떠가고 있었다.


사십 일을 내리던 비,
잠시 멈췄다.
어디선가 세상을 구하는 자, 달려왔다.


내 배를 구하소서.
내 영혼을 구하소서.
저만치 앞서 가버린
내 배를 구하소서.
내 사랑을 구하소서.
어린 구세주여.

# 돌아온 탕아

제 아버지가 되어주세요
저는 가진 것이 아무것도 없답니다

착한 아들이 될게요
제 아버지가 되어주세요

착하게 살고 싶었는데
실패했답니다
제 아버지가 되어주세요
벌을 주셔도 미워하지 않을게요

한 번도 아버지가 없었답니다
어머니만 아주 많았답니다
그래서 저는 가진 것이 아무것도 없답니다

망나니가 되어 살고 싶었는데
실패했답니다
제 아버지가 되어주세요
유산을 다 주셔도 울지 않을게요

제 아버지가 되어주세요
아들을 낳아드릴게요

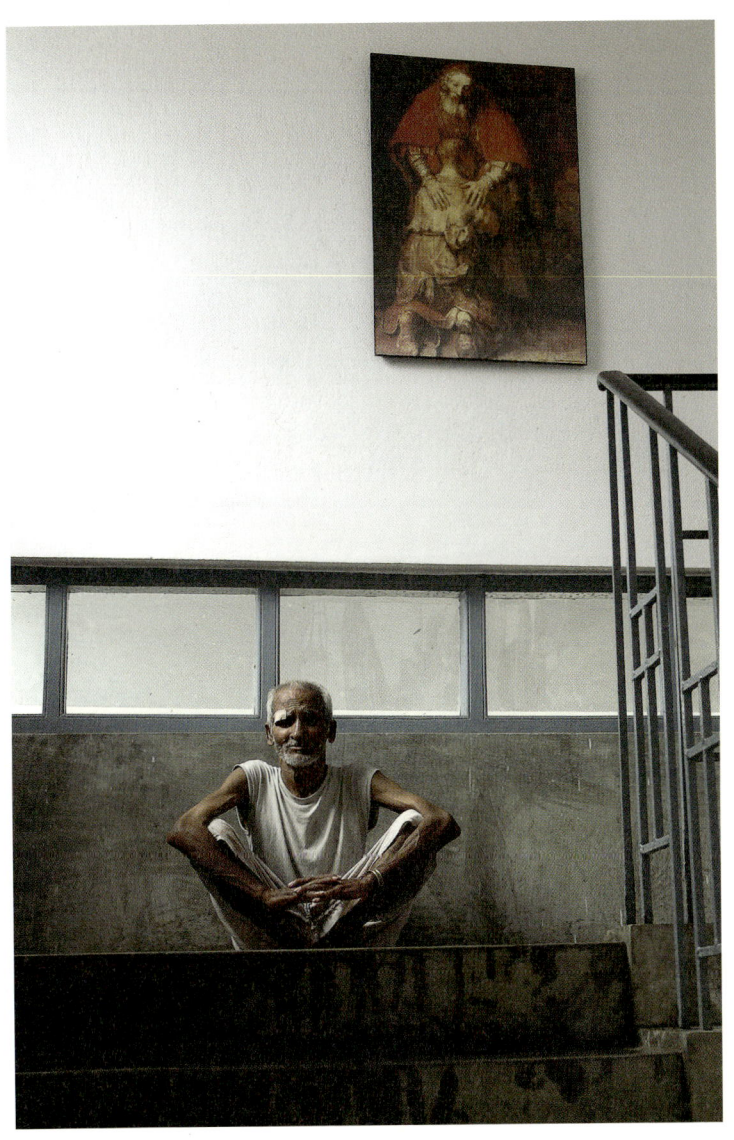

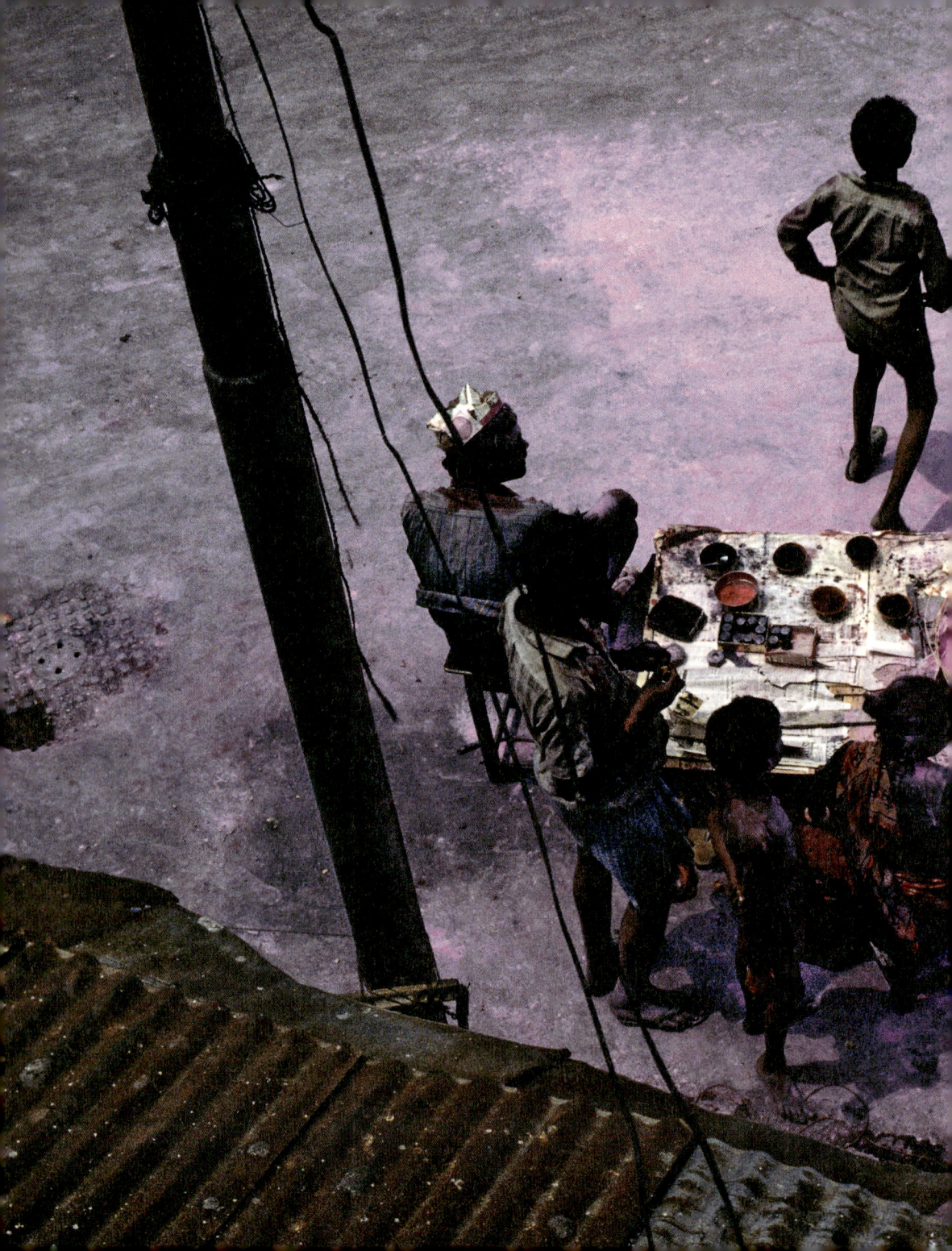

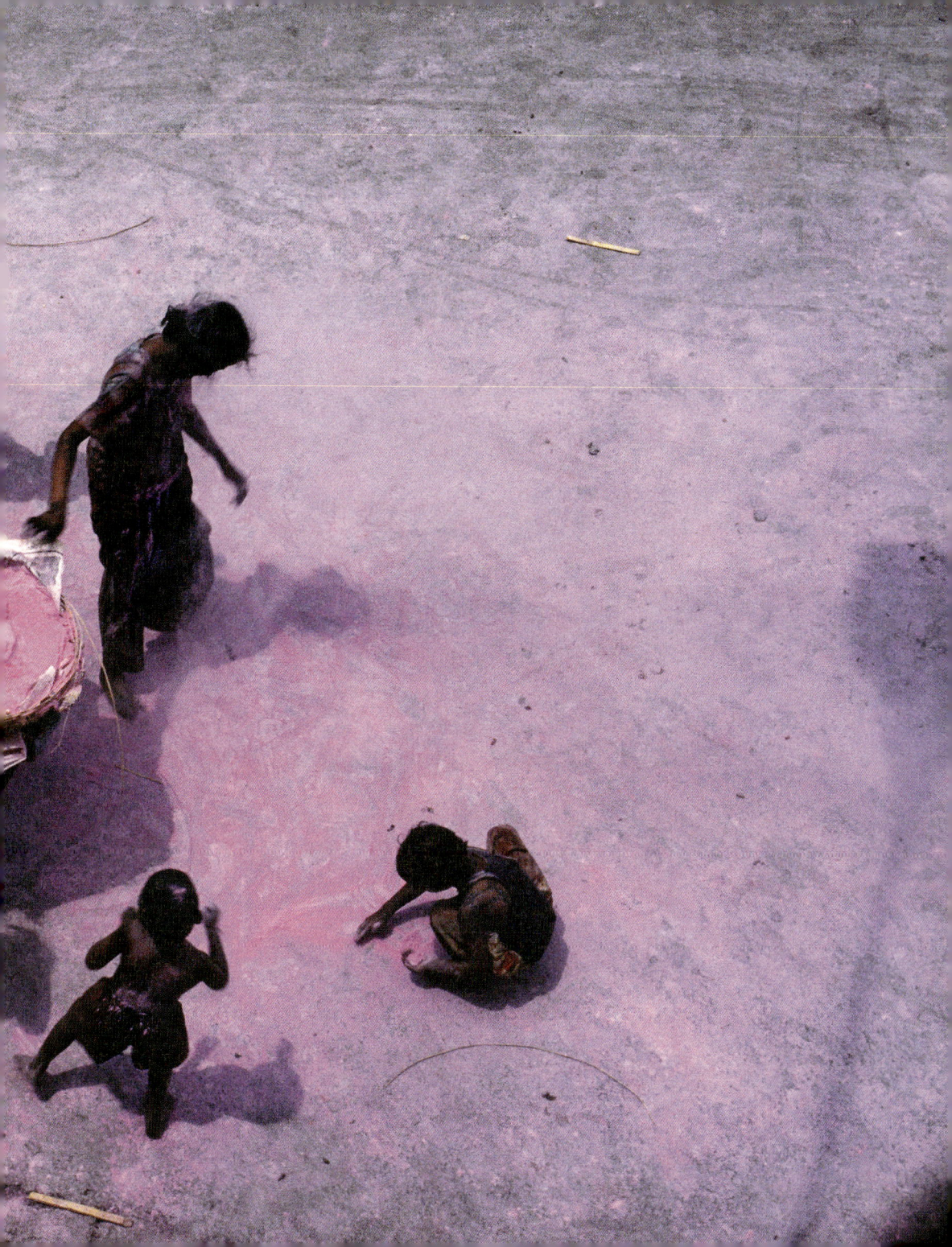

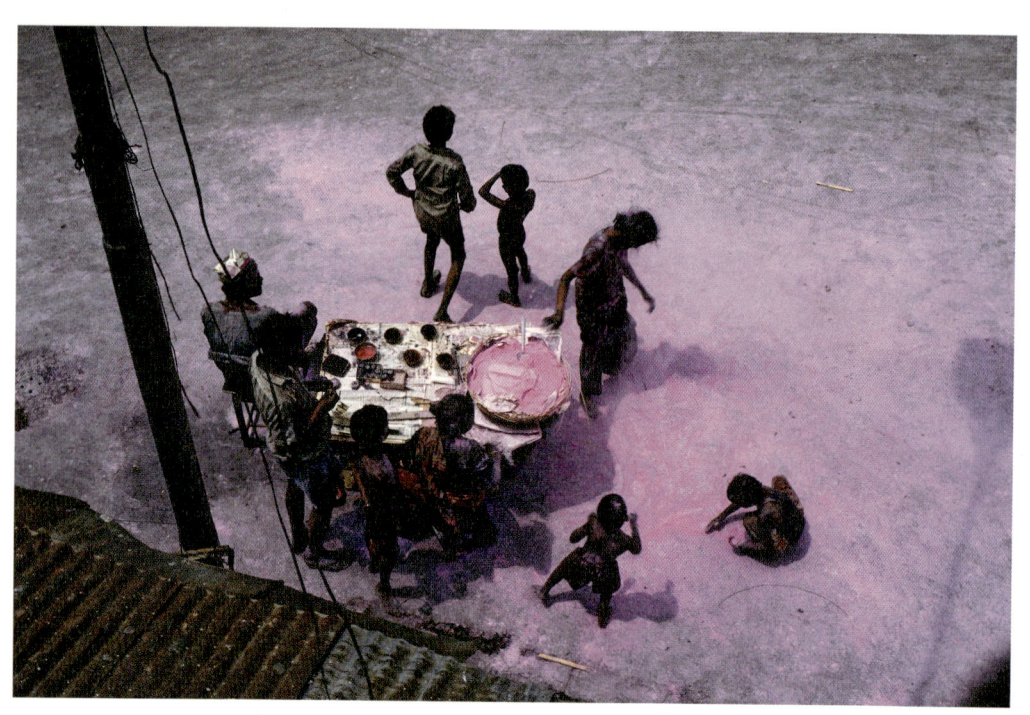

## a holy color

모두가 모두를
나쁜 색깔로 물들이는 날.
뭐 큰 일 아니었다.
다음날 깨끗이 샤워하고
물든 옷은 버리든가, 다시 빨아 입든가,
그러면 그만.

누군가 누구를 나쁜 색깔로 물들이는
시간들.
빨 수도 없고 씻을 수도 없이
물드는 날들.

뭐 큰 일 아닐지도 모른다.
길든 짧든
인생, 온통 물감 던지기 놀이판.
물든 채로 살면 그만이다.
날마다 축제다.
날마다 나쁘게 물든다.

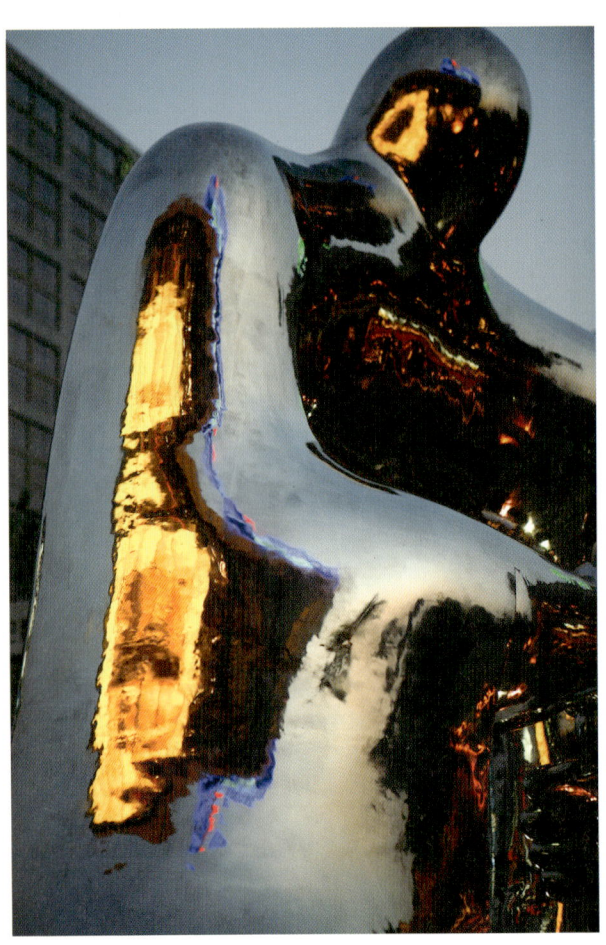

# 비치다

생이 소란스럽다면,
하기야 언제 생이 소란스럽지 않을까마는,
하여튼 그 저잣거리, 생의 한복판에
털썩 주저앉아볼 일이다
가부좌를 틀면 소란스러운 생도 똬리를 틀겠지만
그래도 천천히 숨쉬어 보려고 노력은 해볼 일이다
해가 마지막 소란을 피우고
저잣거리의 오색등이 기지개를 켤 때
가만히 들여다보아라
조용히 그대 투명해진 살갗 위로 비치는
부처, 보이지 않는가
오직 그 짧은 찰나에만 돌아오는 부처, 야속하지만
그래도 가부좌 펴고
그 소란스러운 생 속으로 되돌아갈 이유로야 충분하지 않은가
그대 안에 이미 있는 부처, 흘깃 보았으니

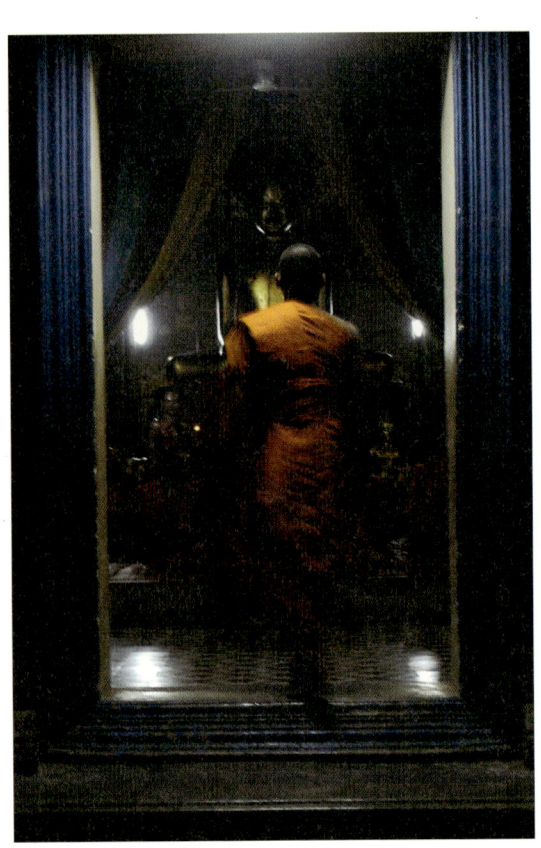

# 내 안의 부처

내 안에 부처가 있다,고 떠들었다.
모든 생명 안에 부처가 있으니
내 안에도 있다,고 떠들었다.
앵무새의 지껄임.
내 안에 있다,고 떠들었던 그 부처에게
밥 한 덩어리 제대로 공양하지 않으며
어설프게 설익은 관념 덩어리만 쌓아올렸다.
내 안에 있는 무지만 키웠다.

내 안에 부처 있는가.
고기 먹는 짐승들, 아귀들, 야차들만 우글우글한
그 황폐한 법당, 이미 오래 전에 떠났는가.
가엾은 부처, 그 사악한 내 안의 시방세계
눈물 흘리며 떠돌고 있는가.

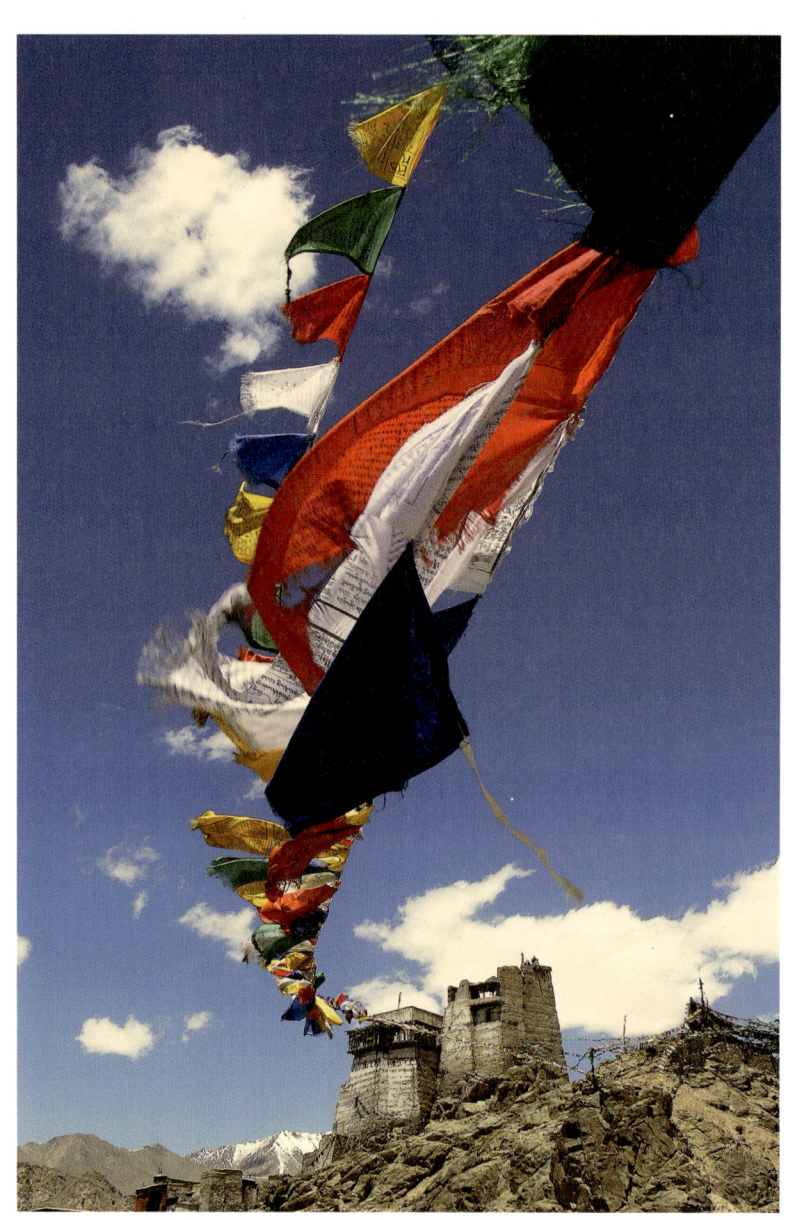

## 바람의 말

바람처럼 달리는 말이고 싶었습니다
바람처럼 달리며 당신이 제게 들려주신 말씀
열 개의 방향으로 펼쳐진 세상에 전하고 싶었습니다
오색 갈기 휘날리며 열 개의 세상 휘돌고 싶었습니다

당신 제 목에 밧줄 걸며 다독이셨습니다
제 몫은 당신의 말씀을 기억하는 것이라 하셨습니다
바람이 제 몸에서 당신의 말씀을 실어갈 것이라 하셨습니다
열 개의 방향으로 펼쳐진 세상을 휘돌아다니는 건
바람의 몫이라고 못박으셨습니다
기억하지 못하는 바람 또한 가엾지 않느냐고도 하셨습니다

오늘도 바람의 말로 밧줄에 묶여 있습니다
바람이 제 몸에 새겨진 당신의 말씀 훑어갑니다
이 오색 물감이 다 바래면
열 개의 세상이 당신의 말씀으로 가득 채워지면
그때는 바람처럼 달리는 말로 태어나게 해주시렵니까

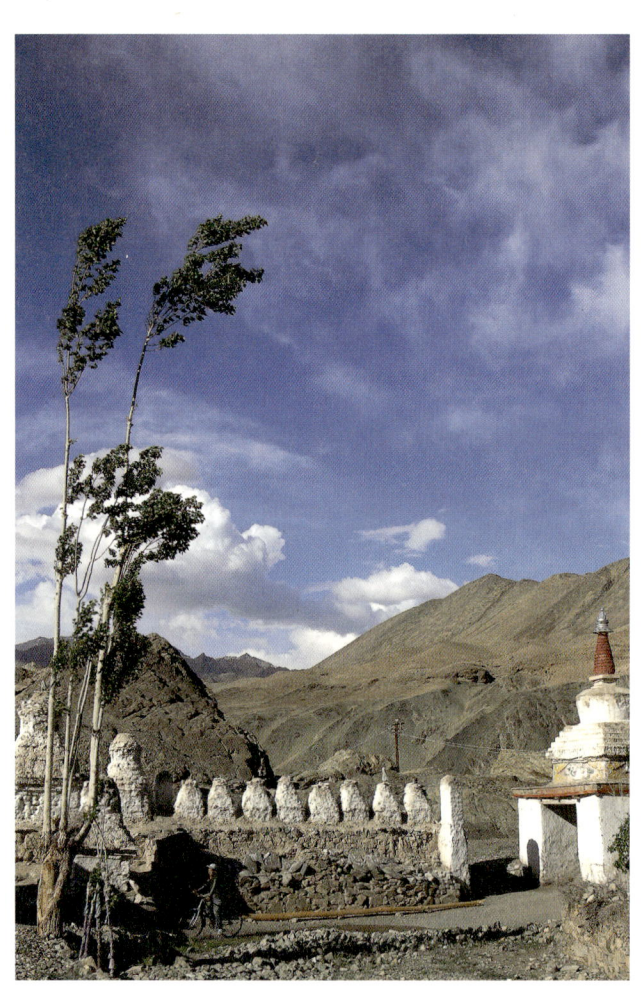

# 탑

그렇게 많은 탑을 쌓았습니다
먹고 살기 힘들었던 한 세월 지날 때마다
탑 쌓아 공양했습니다
당신과 함께
배부르지 않아도 좋으니
배곯지 않는 시절,
다음 생에는 살게 해달라고 빌었습니다


당신 또 배곯아 죽었습니다


흙벽돌 탑 쌓지 않으렵니다


십 리 밖 강에서 매일 물 길어오렵니다
당신 뼈에서 솟아오른
저 시퍼렇게 살아있는
나무에 공양하렵니다


당신, 다시는 배곯아 죽지 않을 겁니다

## 장군의 깃발

그해 봄, 바람이 많이 불었다
어머니는 그 바람이 당신 평생에
가장 독한 바람이었다고 회상하셨다

당신의 평생에는 그해 봄만큼은 아니었어도
그렇게 독한 바람의 봄이
여러 번 불어갔다고,
그런 봄마다 보리가 쓰러졌고
풀들이 뿌리 뽑혀 날아갔고
나무들은 맥없이 시들어 죽었다고,
그래서 무수한 아이들이
어머니의 가슴에 묻혔다고,
그렇게 아이 하나를 가슴에 묻을 때마다
어머니는 장군님을 찾아갔노라고,
동서남북에서 불어오는 그 독한 바람을
한 깃발에 몰아내 주십사 빌었노라고,
장군의 깃발은 어느 봄에든
독한 바람이 몰아치고 난 뒤에야
비로소 휘날렸노라고,
기억하셨다

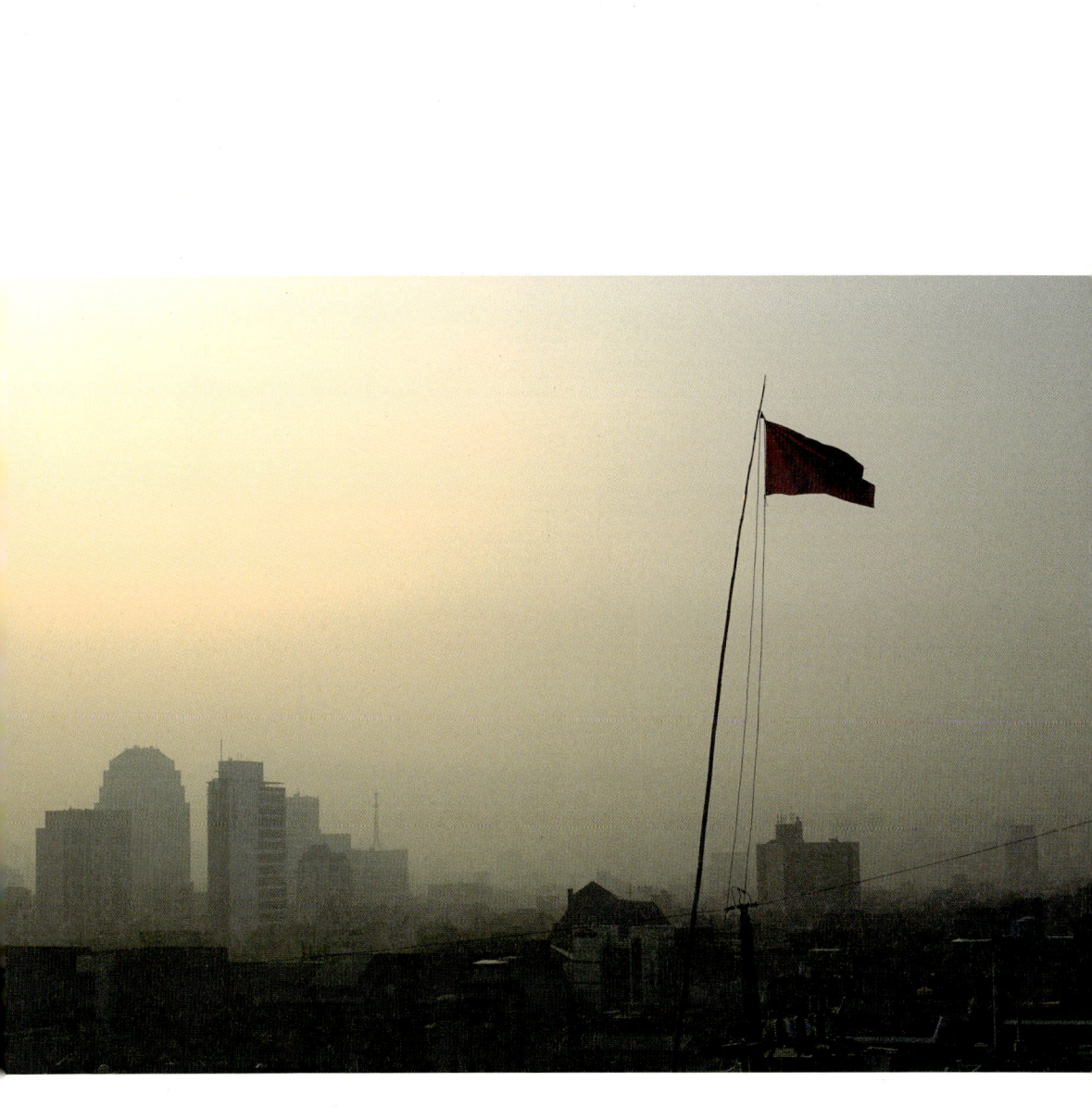

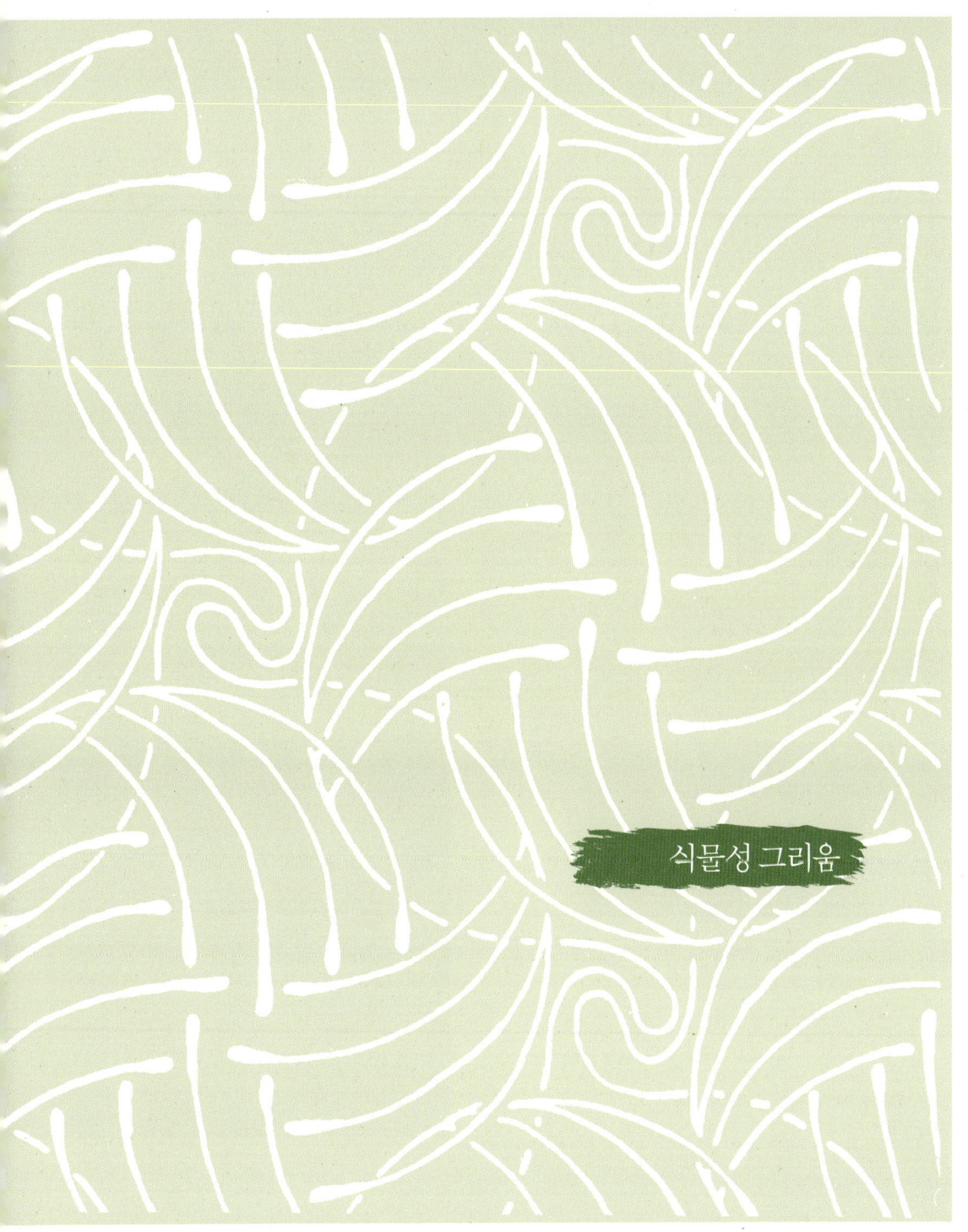

식물성 그리움

## 벤치에 대한 예의

그 오솔길, 언제나 저녁 속에 있었다.
산책에 나선 사람들은 어두워지기 전에 서둘러
따뜻하고 밝은 집으로 돌아갔으므로
벤치는 언제나 비어 있었다.

비어 있음이 충만이라고
저 벤치에게 말할 수 있는가?
오, 차라리 아무 말도 말아라.
그 오랜 기다림을 모욕해선 안 된다.
그저 서둘러 그 앞을 지나면 된다.
아니면 아무 말 없이 잠시 앉아주면 된다.
벤치가 바라는 건 그뿐이다.

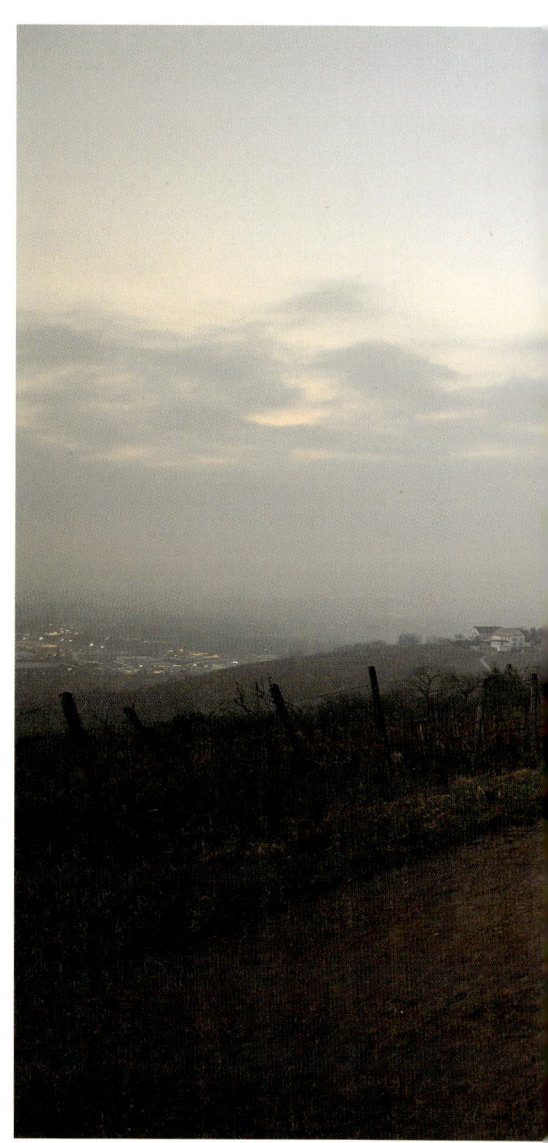

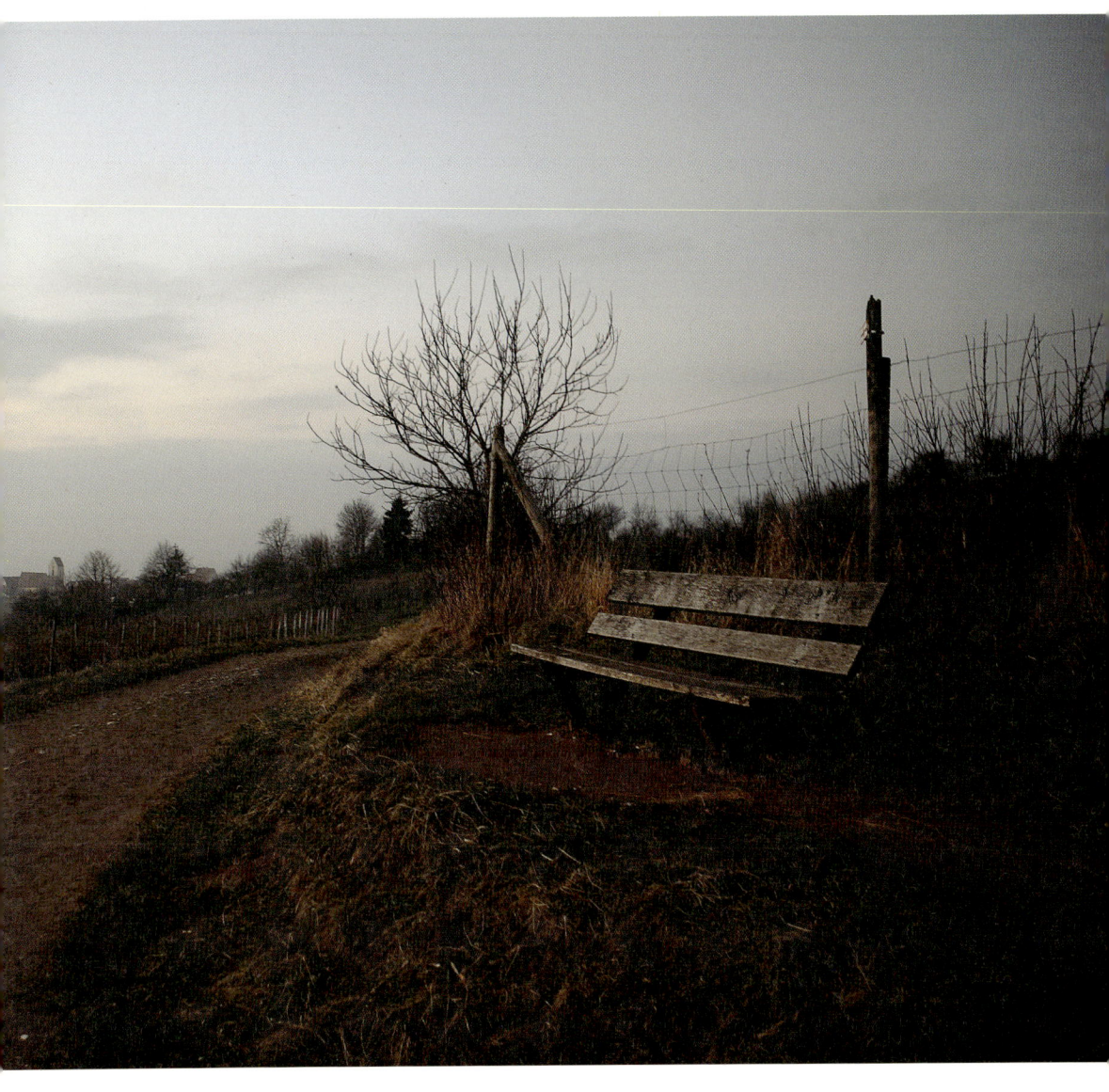

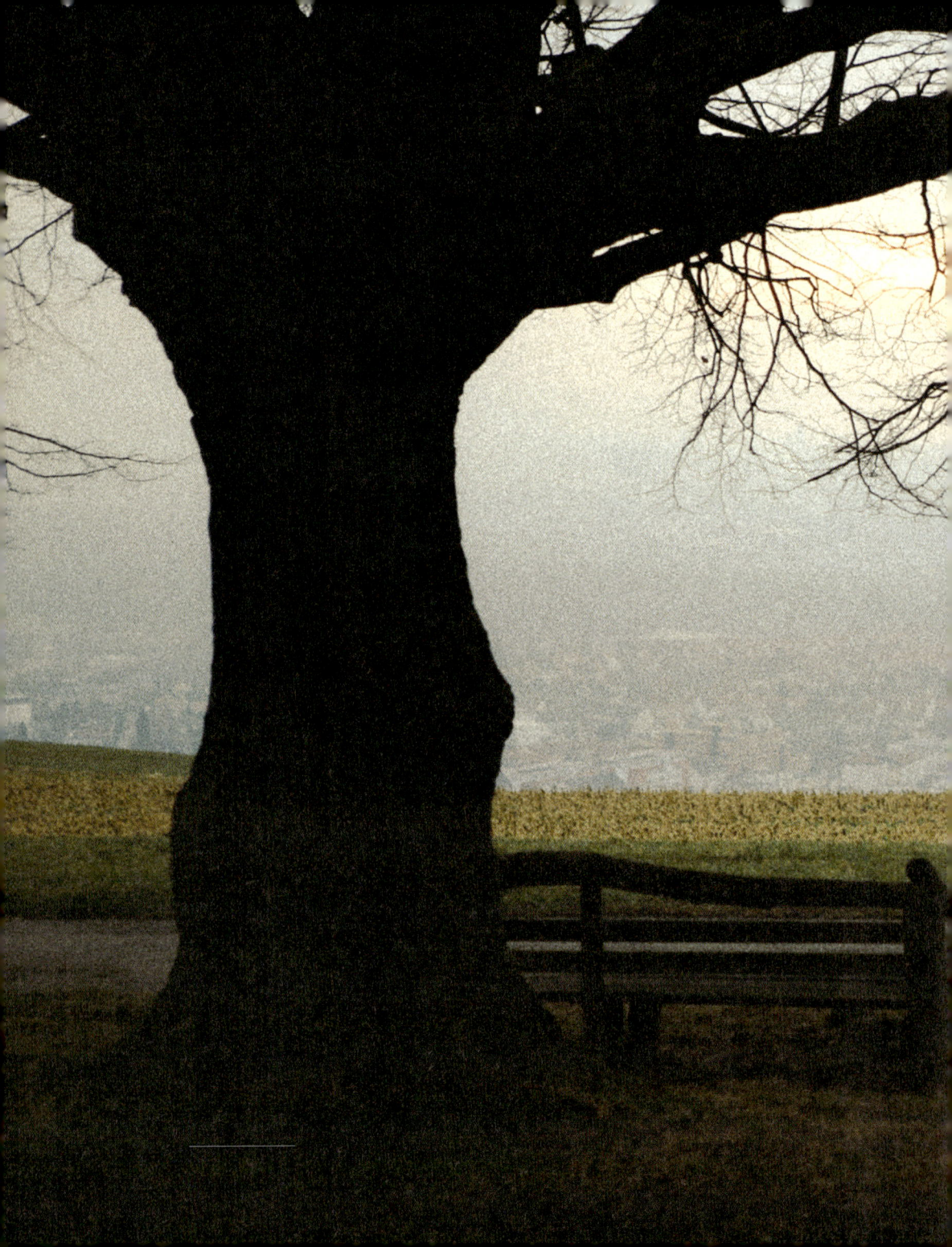

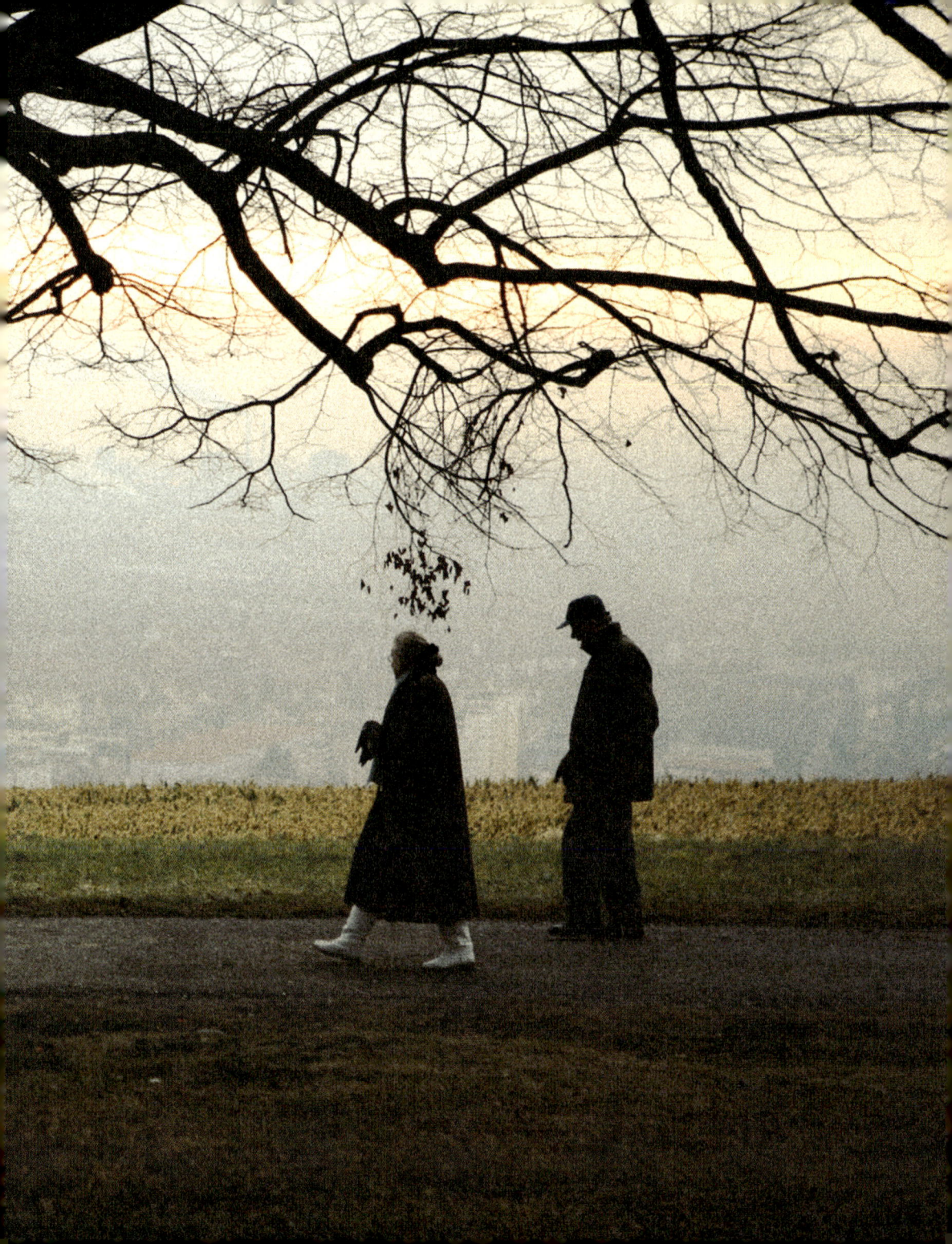

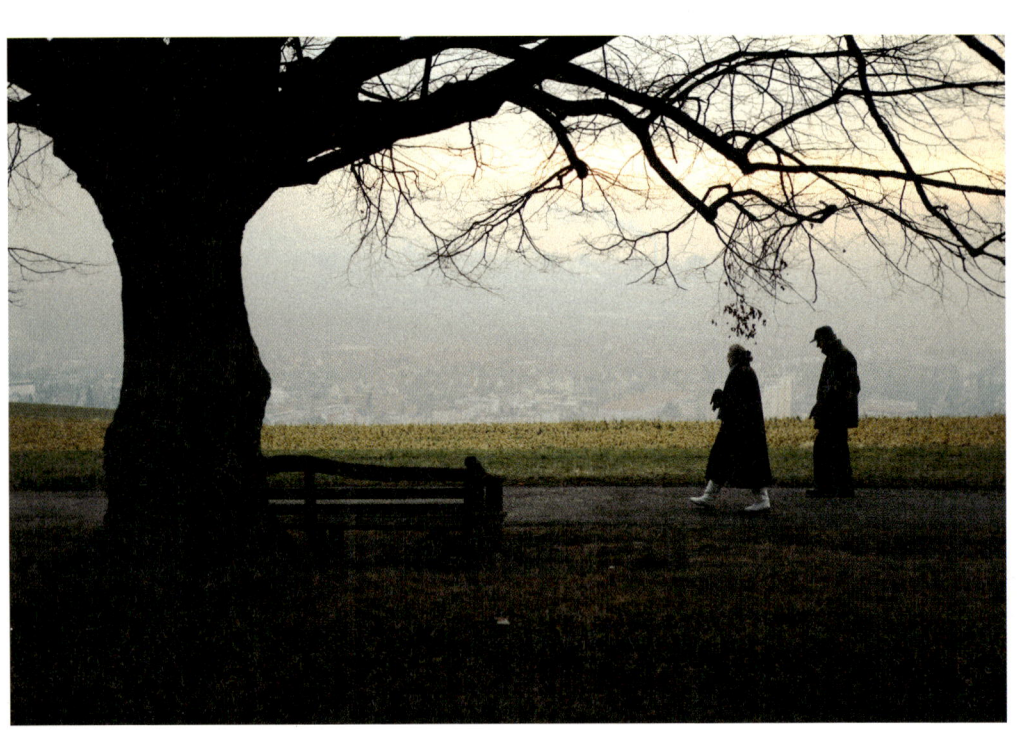

## 오래 나이 먹은 꿈

언젠가 그런 꿈을 꾼 듯하다.
나, 나무처럼 늙었을 때
역시 나무처럼 늙은 그대와 함께
늦은 오후 산책을 나서는 꿈.

더 이상 할 말이 남아 있지 않을 것이므로
그저 나란히 늦은 오후와 이른 저녁 사이를 걷다가
늙은 나무 옆에서
어느 여행자의 카메라에 들어가는 꿈.

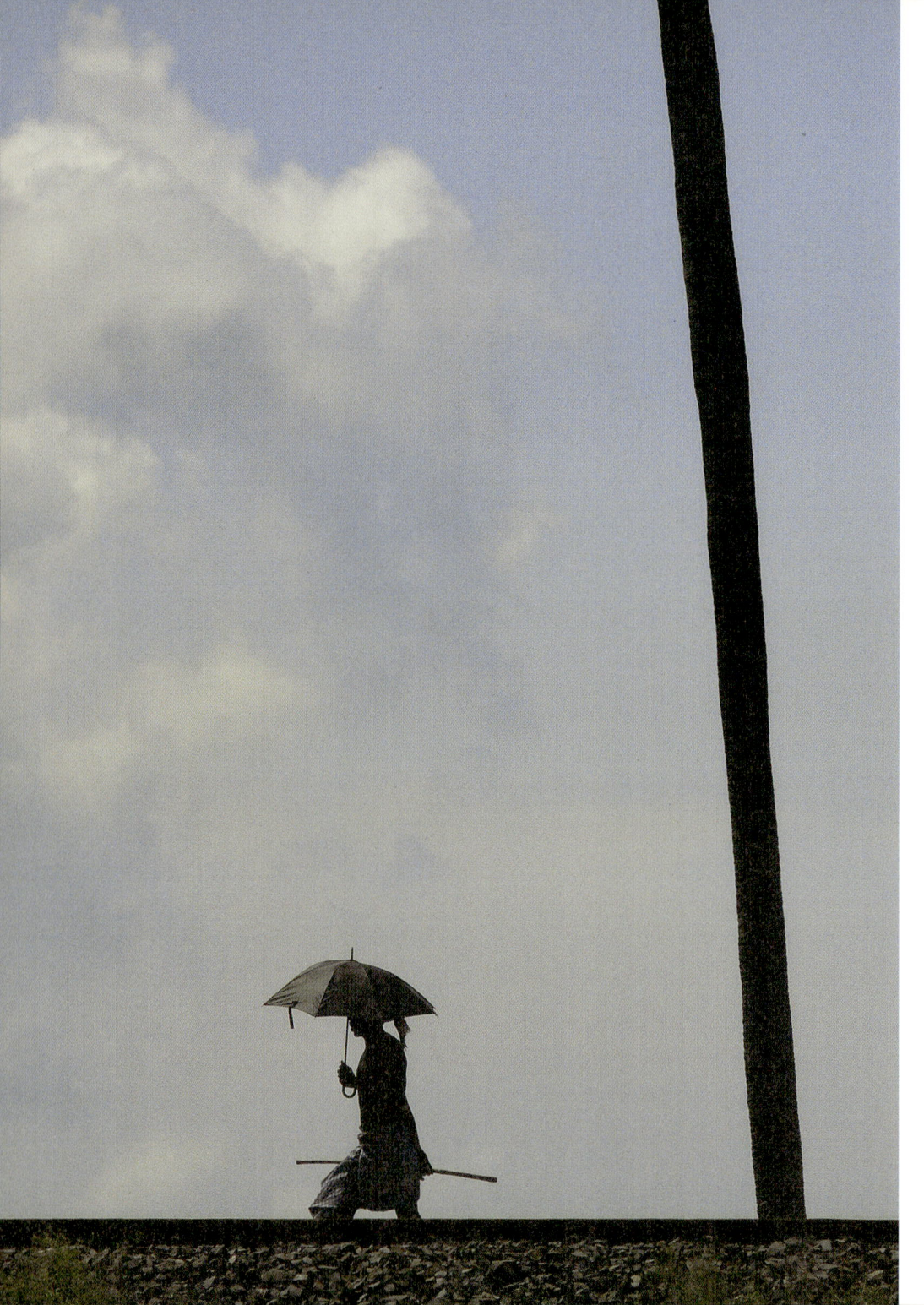

## 방패

우기에는 비가 내려야 옳다
우기에 쏟아지는 땡볕은 옳지 않다
벼가 시들고 소가 여위고 개가 마르는 건 옳지 않다
옳지 않은 것을 옳지 않다고 말하기 위해
너무 많은 용기가 필요한 세상은 옳지 않다
쏟아지는 땡볕을 향해 방패 치켜드는
검은 피부를 향해 비웃는 것도 옳지 않다
눈물 한 방울 보태야 옳다

# 세상을 건너는 길

글러먹은 당신 빌어먹을 당신
내게 내놓은 길이라는 게
언제나 그 모양 그 꼴이었지
언제나 막다른 길

갈 데까지 갔더니 돌아가라고
킥킥대던 길
한 번쯤은 온전히
세상 반대편으로 가게 해줘도 됐잖아

당신 가진 깜냥이 재주가 팔자가 거기까지였다면
뭐하러 길 냈어
뭐 먹고 살 일 났다고
거기까지 길 닦았어

글러먹은 당신 빌어먹을 당신
또 어디서 길 만들 궁리하고 있겠지
터덜터덜 그 길 찾아올 나, 기다리겠지

이 글러먹은 세상
이 빌어먹을 세상
터벅터벅 건너게 해주려고
반질반질 길 닦는 당신

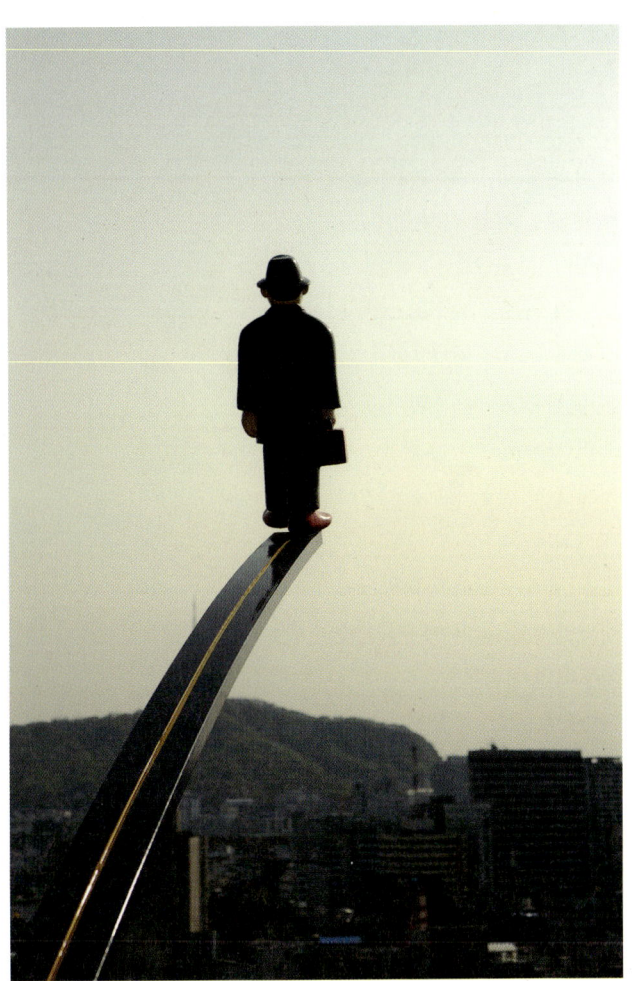

## 햇살 속으로의 산책

달빛 가장 먼저 떨어지는 동네라면
햇살 또한 가장 먼저 떨어지는 동네임을
아이야, 알고 있느냐
달빛과 햇살이 아무리 먼저 떨어져도
다닥다닥 붙은 처마 사이로
그 빛과 살, 고루 스미지 못해
쑥쑥 자라지 못하는 삶을
저 낮거나 환한 동네들이 알고 있겠느냐

밤을 새워 참고서를 외웠느냐
새벽일 나가는 어머니의 숨죽인 발소리에 깨었느냐
아무러면 어떠냐
장맛비 퍼붓는 시절,
모처럼 햇살 떨어지는 어린 아침에
성벽 위로 기어오르지 않을 이유 어디 있느냐
그 햇살 속으로 걸어 올라가
뽀얗게 살 오르지 말라는 법이 어디 있느냐

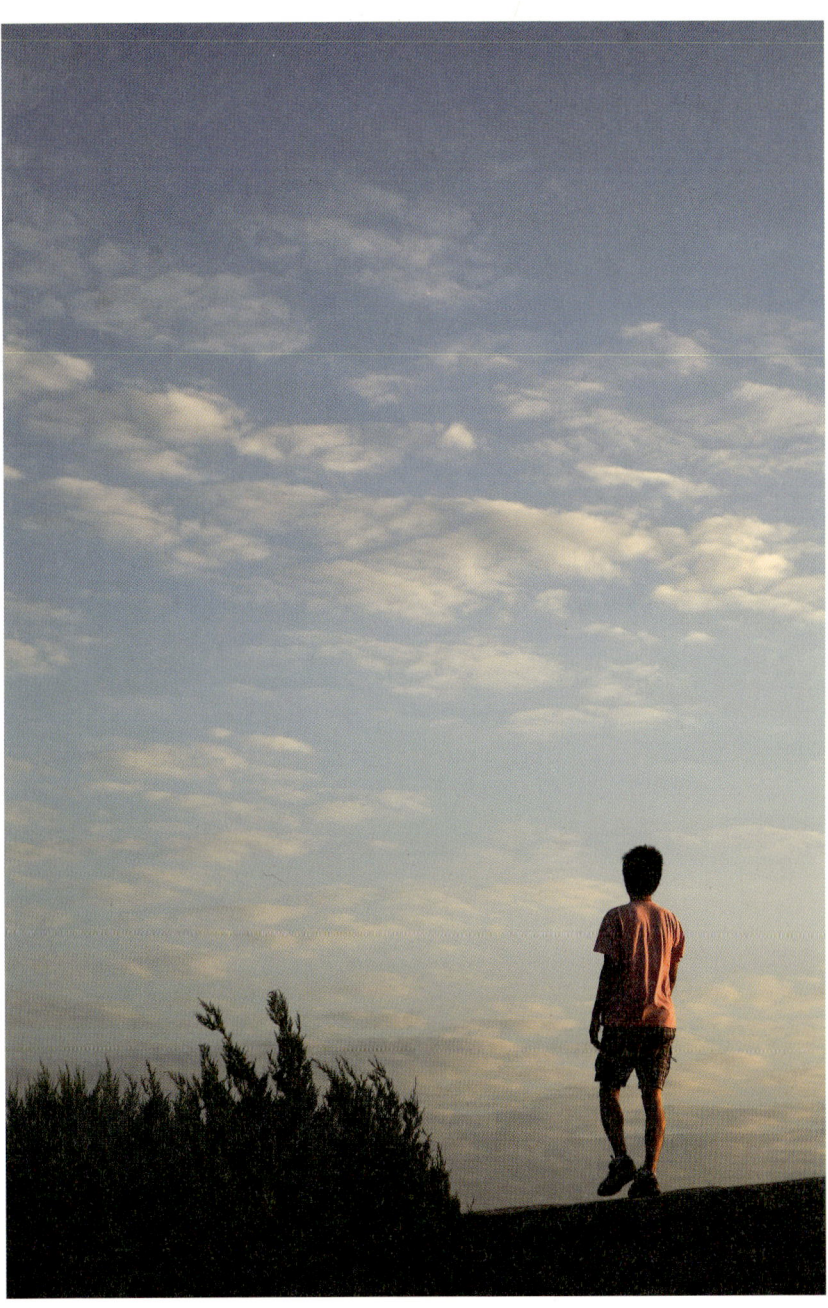

동행

해는 뜨겁고
바람은 차고 건조하다.
바위도 부서지는 땅.

어머니와 아들, 나란히 간다.

부서지지 않는 동행.

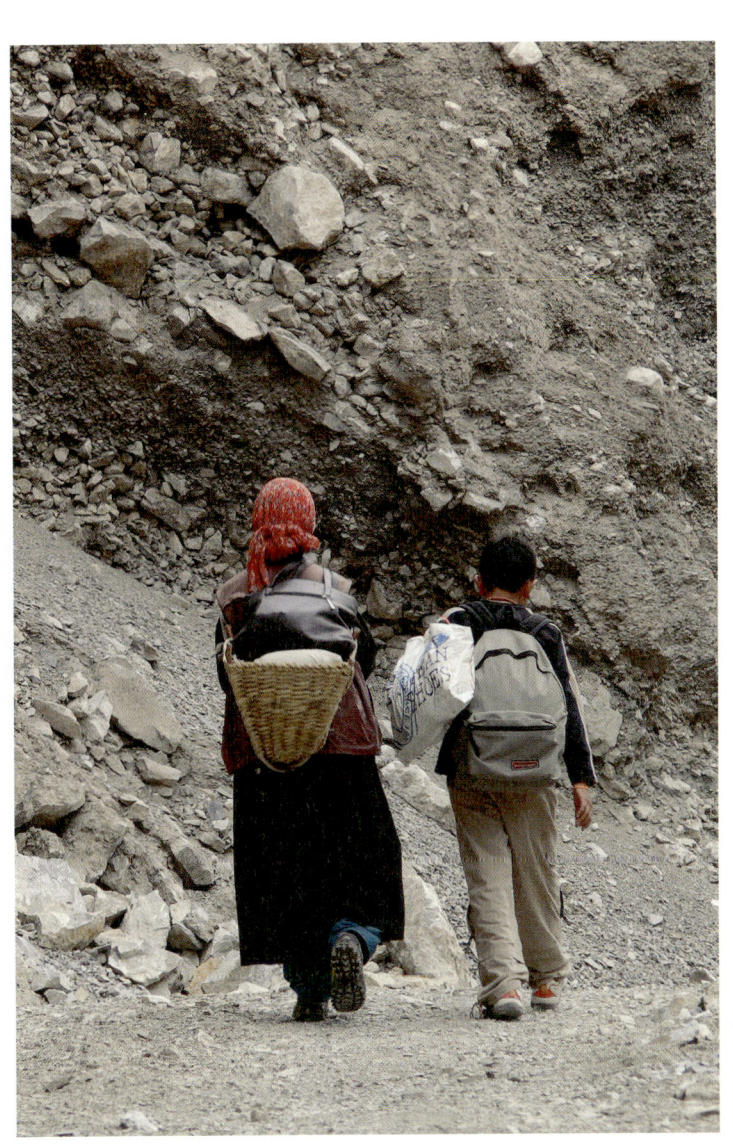

# 카치니의 아베 마리아

겨울 같지 않았던 겨울,
거리의 소프라노가
은총받지 못했거나, 은총 거둬들여졌거나,
가늘고 짧은 호흡으로 노래 부르고 있었다.
동전 몇 개에 노래를 끊으며
소프라노는 그라시아스를 말했다.

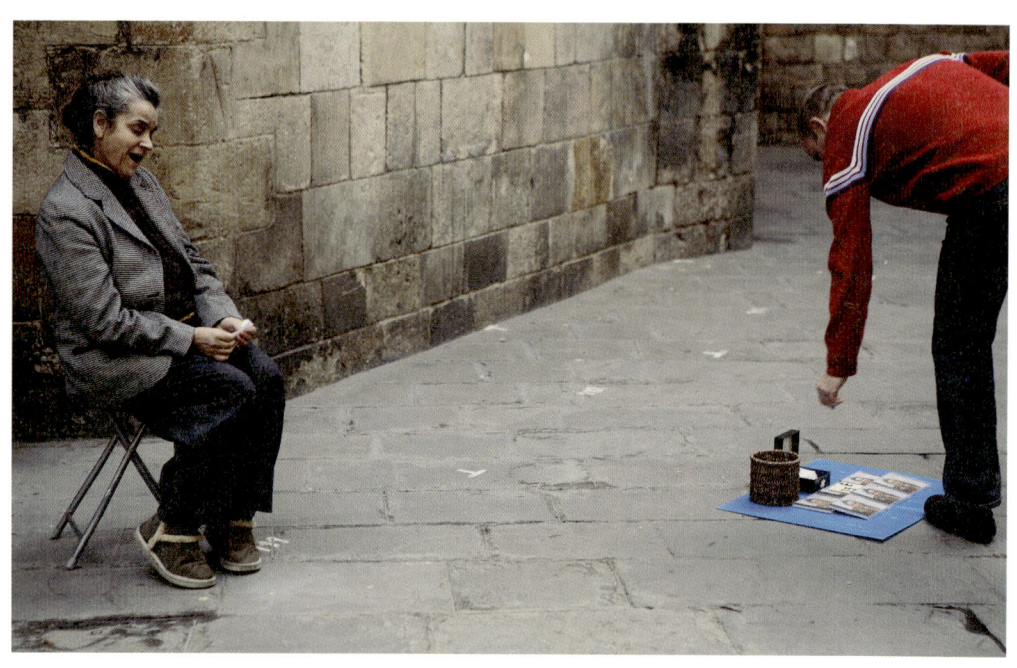

그라시아스, 고맙습니다……
새소리처럼 가늘게, 높게.

대성당에서 조금 떨어진,
텅 빈 일요일의 조용한 골목길에서
미친 놈들처럼 가성으로, 목울대에 핏발 서도록,
그 노래를 불렀다.
주머니 안에서 동전들이 짤랑거리며 반주했다.

봄인지 여름인지 가을인지 음정 잡히지 않는 계절,
카치니의 아베 마리아를 듣는다.

봄, 여름, 가을, 겨울이 아무리 오고가도
지상의 슬픔들, 지상의 배고픔들, 지상의 아픔들,
거둬지지 않을 것이다.
그리하여 여인들과 사내들과 아이들은
영원히 노래할 것이다.

아베 마리아…… 아멘……

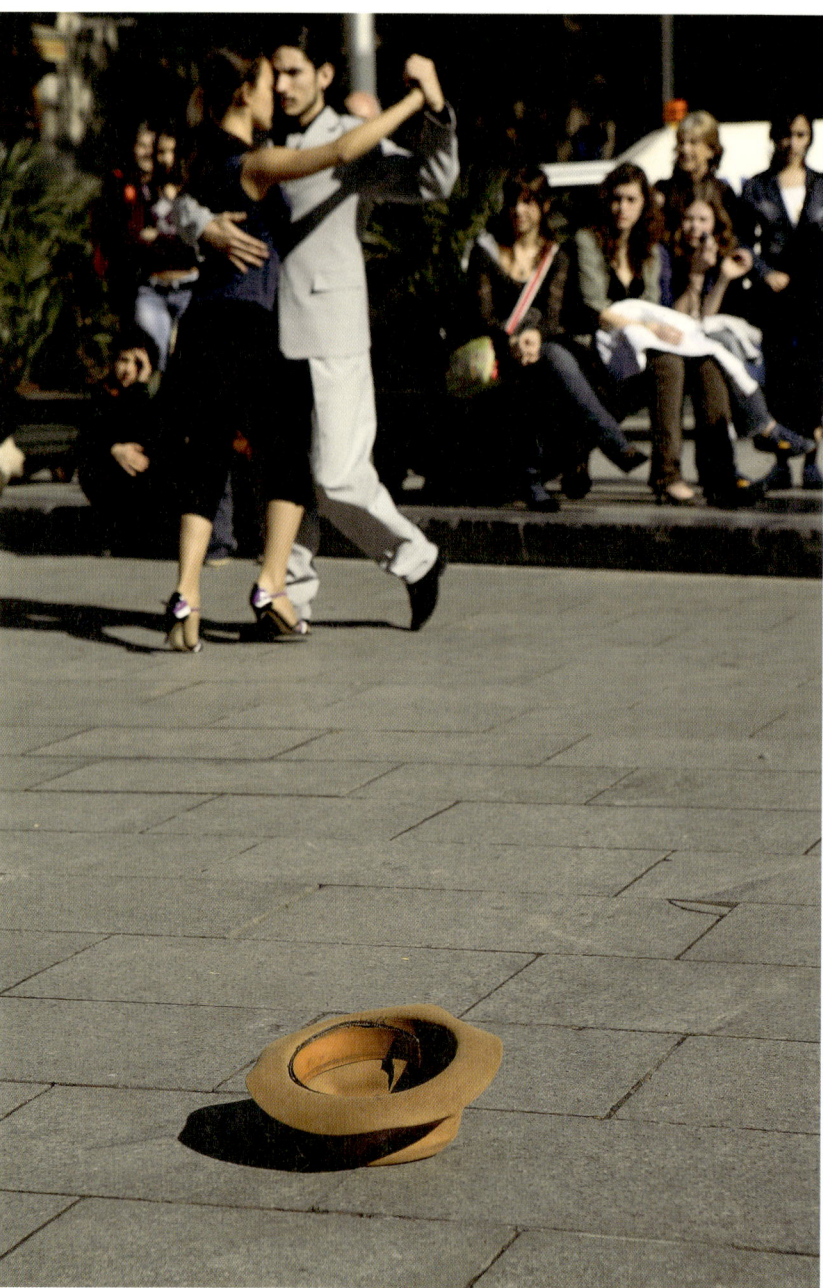

## 슬픈 탱고

바람은 차고 햇살은 뜨겁던
지중해 어느 화려한 도시의 한복판
참 후줄근하게도 차려입은 남자와 여자가
탱고를 추었다.

그건 참 더럽게도 서러운 탱고였다.

탱고가 끝난 뒤
반짝이는 동전들
햇살로 모자에 떨어졌다.

세상의 탱고는 모두
더럽다, 서럽다.

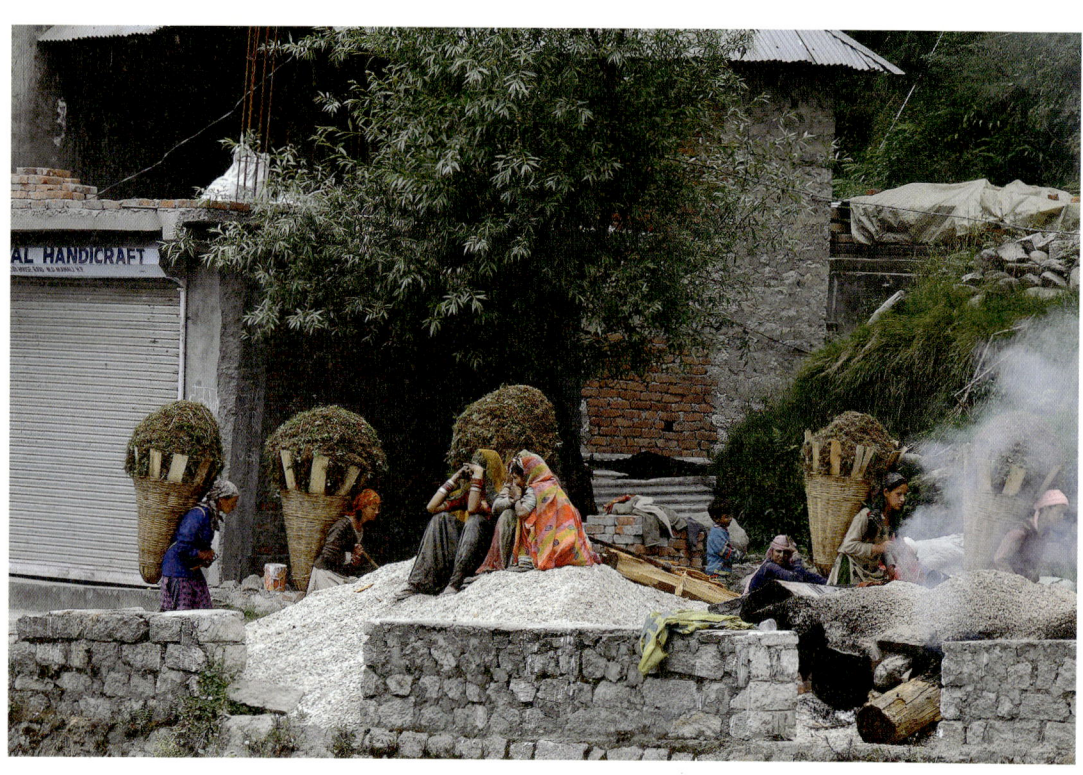

# 밥은 슬프다

세상 어디든 그럴 겁니다.
고향에 붙들려 일하는 여자들과
고향 떠나 흘러들어와 일하는 여자들이 있겠지요.
히말라야 숲의 여자들은 삼나무 잎을 져 나르고
라쟈스탄 사막의 여자들은 아스팔트를 깔았습니다.
정착이든 유목이든 무엇이 그리 다를까요.
밥에 붙들린 여자들의 생, 허리 휘어집니다.
휘어진 허리에 대롱대롱 매달린 생들, 눈 맵습니다.
서로 말 섞지 않고 스쳐가는 여자들,
밥풀처럼 서럽습니다.

# 습관성 그리움

그이의 잘못 아닙니다.
그이가 끌고 온 거 아니니까요.
줄에 묶여 끌려온 거 아니니까요.
쫄랑쫄랑 내 발로 쫓아왔으니까요.
빵부스러기 던져준 것도 그이의 잘못 아닙니다.
내 머리 쓰다듬어 준 것도 그이의 잘못 아닙니다.
그이는 친절하고 싶었을 뿐일 테니까요.

고마워해야죠.
그이를 따라오지 않았다면
천덕꾸러기 시장통 개로 살았을 텐데요.
시커먼 비 맞고 부스럼투성이로 기어다녔을 텐데요.
그 높은 산, 그 넓은 풀밭에서
경중경중 뛰어놀다가 그이의 하산을 놓친 건
어디까지나 내 잘못인 걸요.
왜 끝까지 친절해 주지 않았으냐고 묻는 건
친절에 대한 배신일 뿐인 걸요.

내 잘못일까요
비가 내리면 온 산이 그이의 빵 냄새로 채워지는 것,
빗방울이 그이의 손길처럼 부드러워지는 것,
저 아래 마을에서 올라오는 흐릿한 산길 바라보게 되는 것,
그저 습관일 뿐인 걸요.

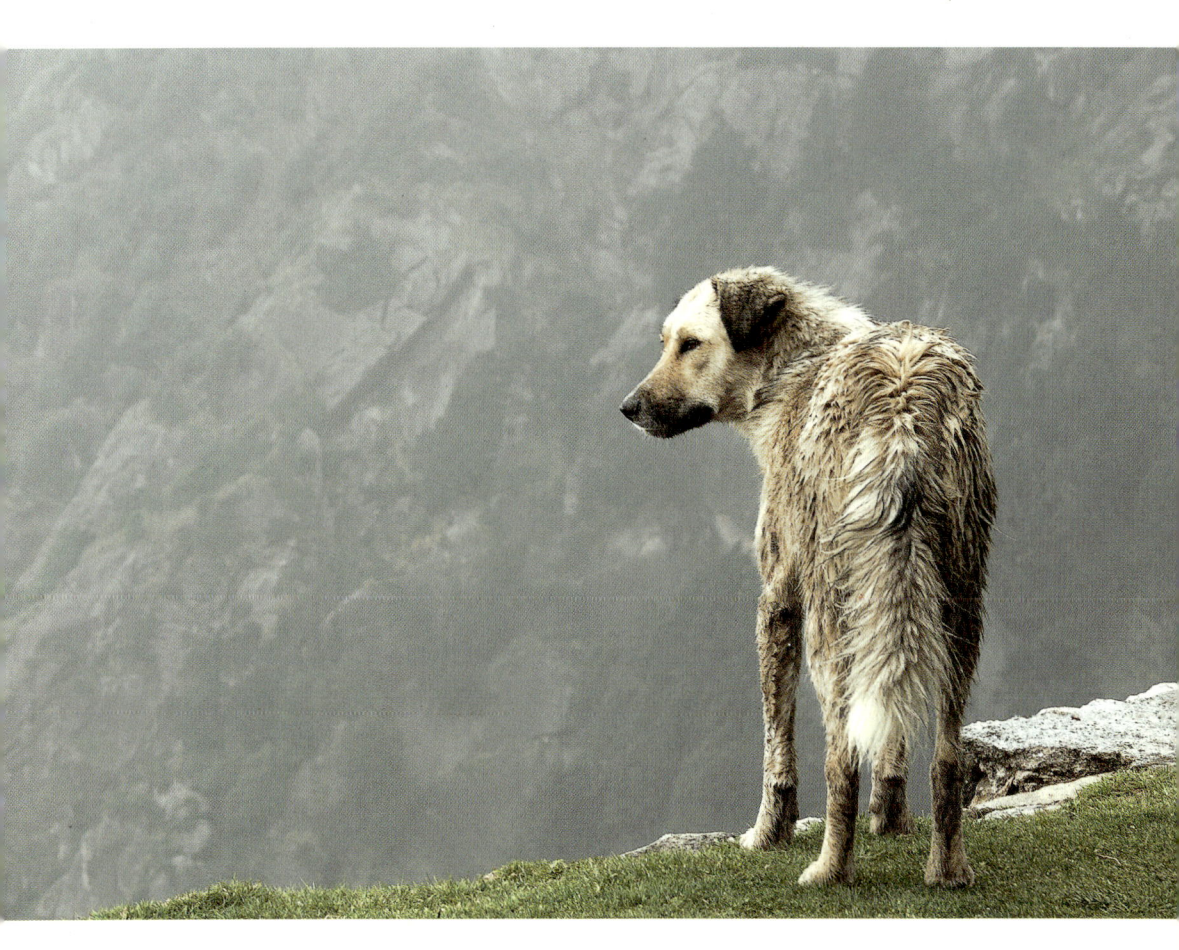

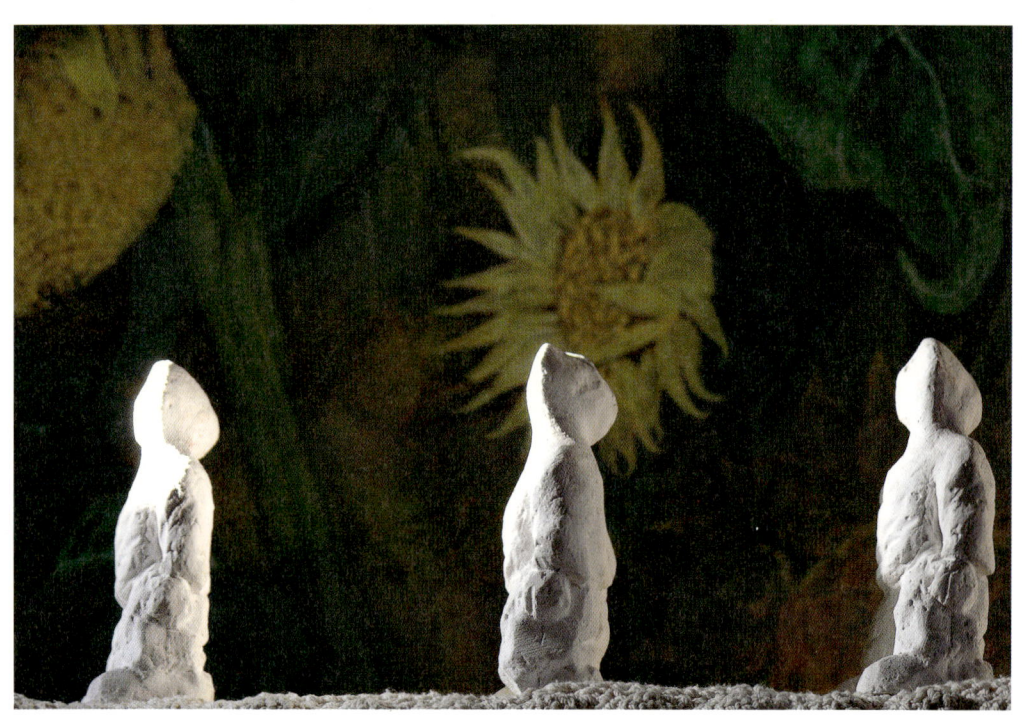

사진 속 조각은 조승기의 작품

## 식물성 그리움

동물성 그리움,
그런 그리움 없다.
그리움은 통속적으로 식물성이다.
뿌리내린 그 자리에 붙잡혀
떠나지 못한다.
적선처럼 어쩌다 찾아온
환한 빛의 기억에 붙들려
달아나지 못한다.
고개 한 번 돌리지 못하고
하얗게 굳어 온 생을 기다린다.
세상의 모든 그리움,
광물성이다.

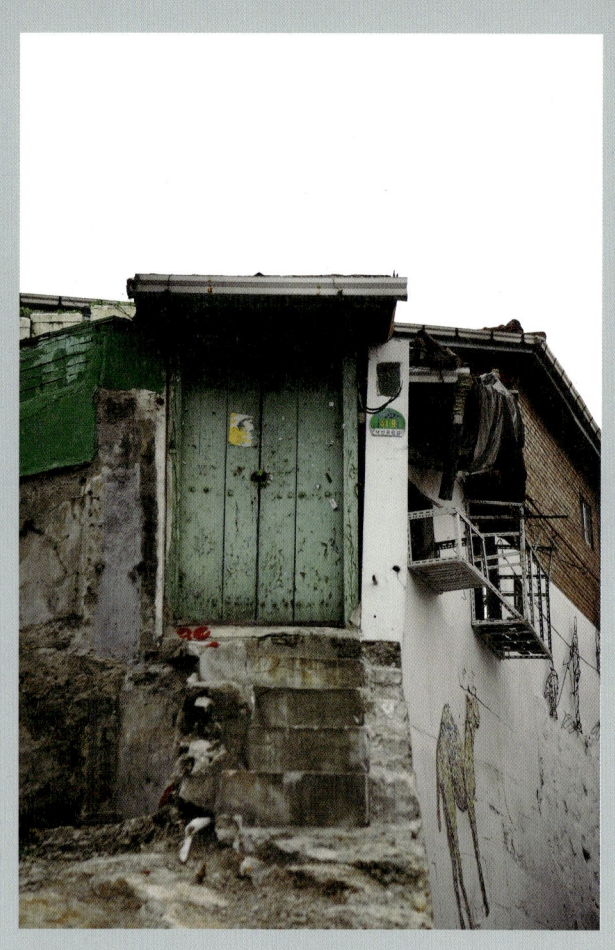

# 그 집 앞

당신 떠나고 돌아오지 않는 집
이제 계단마저 사라져가는 집
어찌하여 허물어지지 않는가
당신 낙타 타고 떠난 지 오래인 집
다시는 돌아오지 않을 집

그 집 앞에서
낙타는 어찌하여 서성이고 있는가
당신 어디다 내려놓고 돌아와서

# 흔들리다, 베이다

어느 길모퉁이,
흔들리던 손으로 잡으려 했던,
저 헛되고 헛되었던,
서투른 노고의 순간.

어느 시인이 그렇게 썼다.
나 못생긴 입술 가졌노라고.[*]
나는 이렇게 쓰련다.
나, 참 서투른 손을 가졌노라고.
참 어설프게도 쉽게 베이노라고.

[*] "나 못생긴 입술 가졌네", 기형도의 〈그집앞〉 중에서

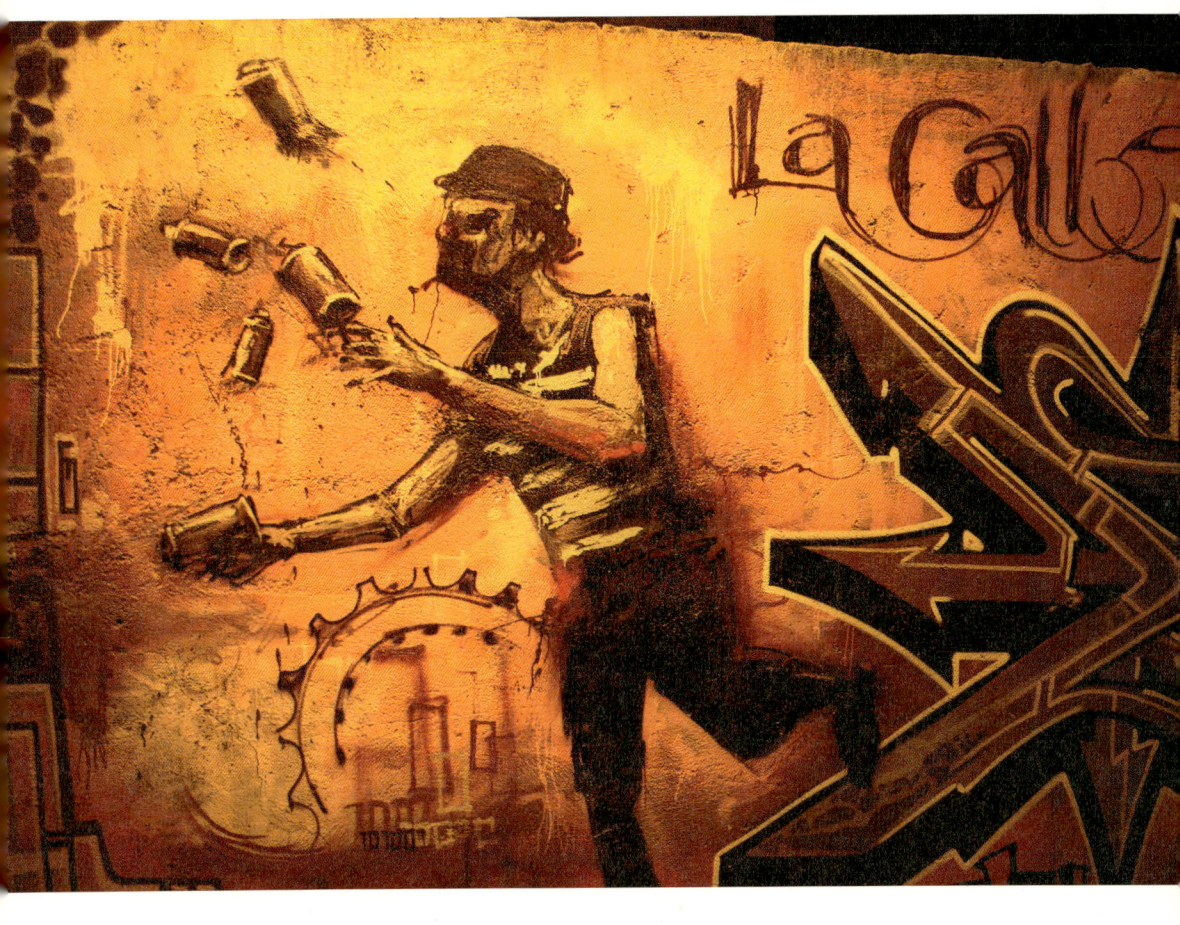

## 미련한 집착

무엇이 저 혼 떠난 육신을 붙들고 있는지 누가 알까
생의 마지막 햇살 받고 싶었을까
어둡고 축축했던 생, 한번은 환하게 마르고 싶었을까
속 모르는 새가 휙 똥 내깔기고 날아갈 줄은 알았을까

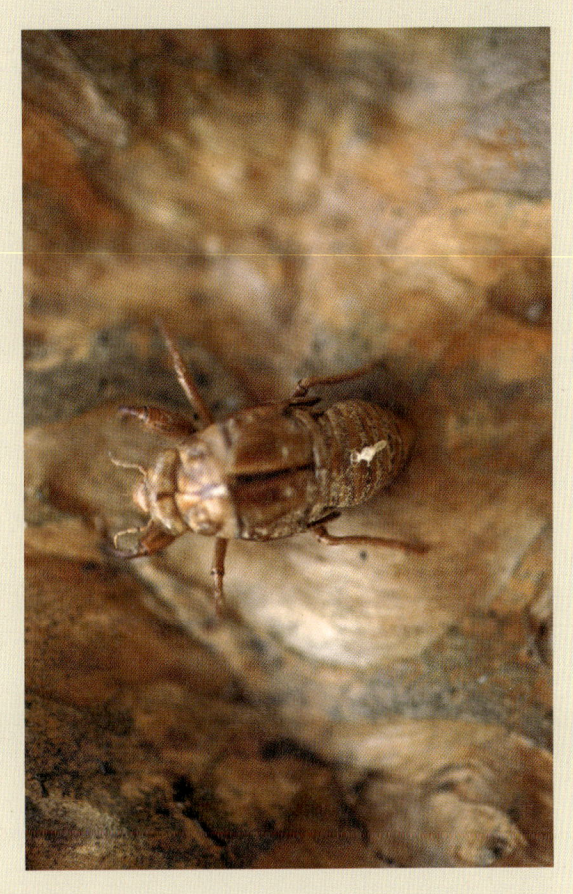

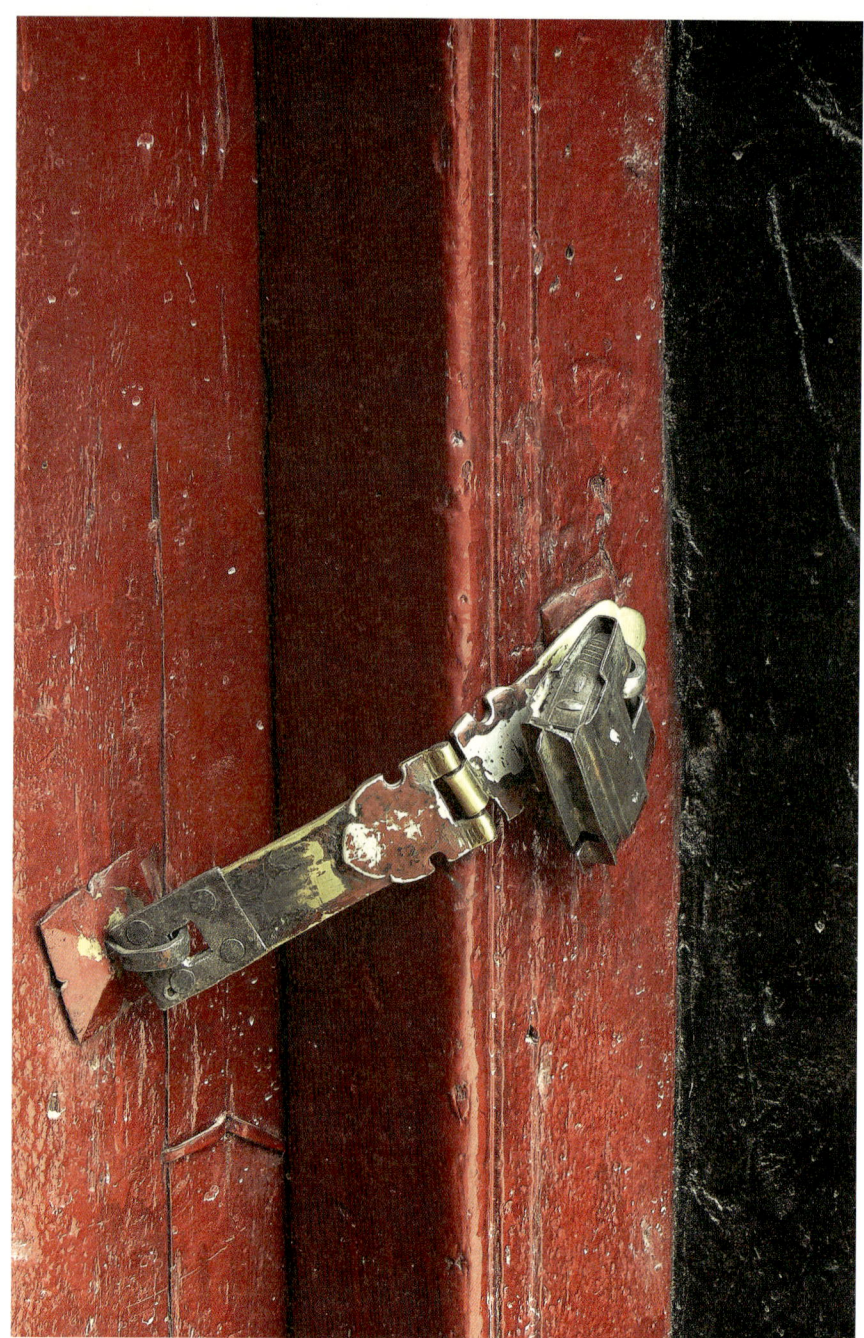

# 평생, 자물쇠

밑천 톨톨 털어
이 세상 저 세상 장돌뱅이로 떠돈 까닭이야 뻔하지요
당신과 함께
남은 평생 떵떵거리며 살아보고 싶었지요

한밑천 챙겼으면
탈탈 털고 돌아왔어야 할 것을
그리 못한 까닭
꼭 말해야 합니까
장터마다 당신 좋아라 할
이쁜 것들이 널려 있었으니 어쩝니까
이쁜 자물쇠도 그러다 찾은 걸요

그 먼 장에서 한달음에 달려온 까닭
말하면 뭐할까요
다시는 떠돌지 못하게
내 남은 평생 꼭 잠그라고 달려왔더니
당신, 오래 전 바람 하나 따라
훨훨 날아가 버린 뒤였지요

그 이쁜 것들
남은 평생 속에 넣고 잠근 까닭
그래도 듣고 싶습니까

# 편지

황사 바람 속으로 걸어가던 길
낡고 또 낡은 세월 하나 만났습니다

얼마나 오래 저 외로운 마음
저기서 기다리고 있었을까요
저리 열린 채로

오지 않는 편지를

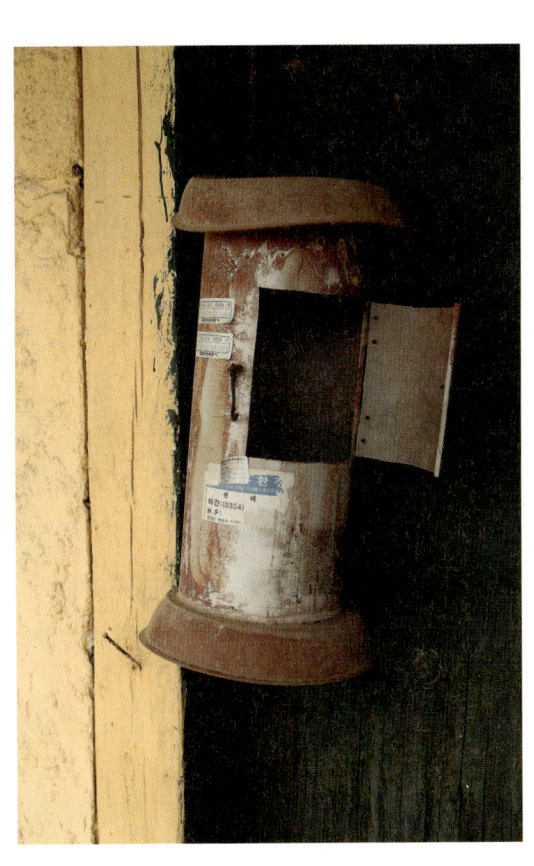

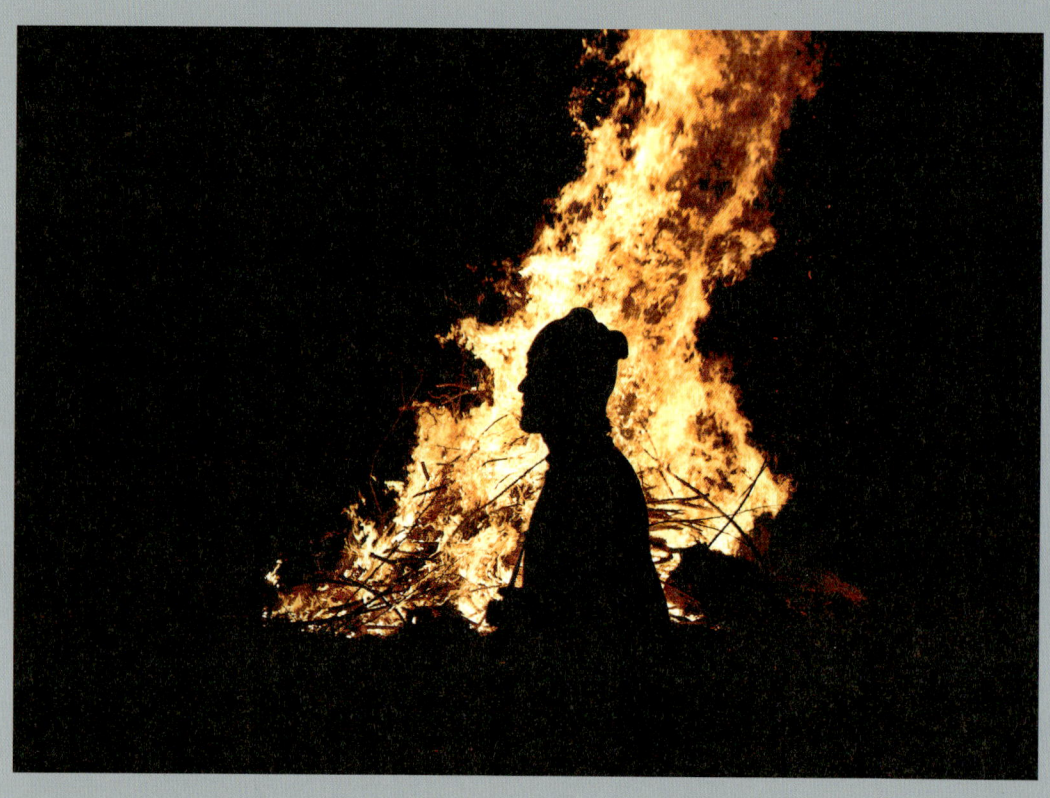

## 불의 꿈

달집, 달님 들어가 잠든 집,
태우던 밤이었습니다.
달님께 빌었습니다.
어쩌다 들쥐로 태어난 인생,
달집 속에서 달님과 함께
훨훨 타게 해달라고요.
추운 봄날, 뼈 얼리는 한기 피하려 들어간 집
타죽어도 좋으니
달집에서 쫓겨나지만 않게 해달라고요.

그 달집 속에서 참 따뜻했습니다.
서럽게 쫓겨다니던 한 생, 잘 태웠습니다.
다음 생에는 소도 싫고 범, 토끼, 닭, 개, 돼지,
그 어느 짐승도 싫으니 다시 태어나지 말기를
어차피 짐승일 사람 형상으로 다시 태어나지 말기를
빌고 또 빌며 잘 탔습니다.

깨어나 보니 또 태어나 있었습니다.
온 몸, 불똥에 그슬린 집쥐로 태어났습니다.

## 따뜻하다 눈물겹다

불을 지켜보면
이상하다
나무의 생,
훨훨 타오르려고 살아진 생,
내 생인 듯 그이들의 생인 듯
저리다

아픈 기억 떠난 자리에
동그마니 남은 옹이들
탁 탁 탁 불똥 튀면
뜨겁다
화상 입은 그 자리에 다시 진물 나와
단단해지는 생의 옹이들,
눈물겹다

젊거나 늙거나
상처 많은 생들,
살아진 것들
잘 탄다
잘 타니 따뜻하다

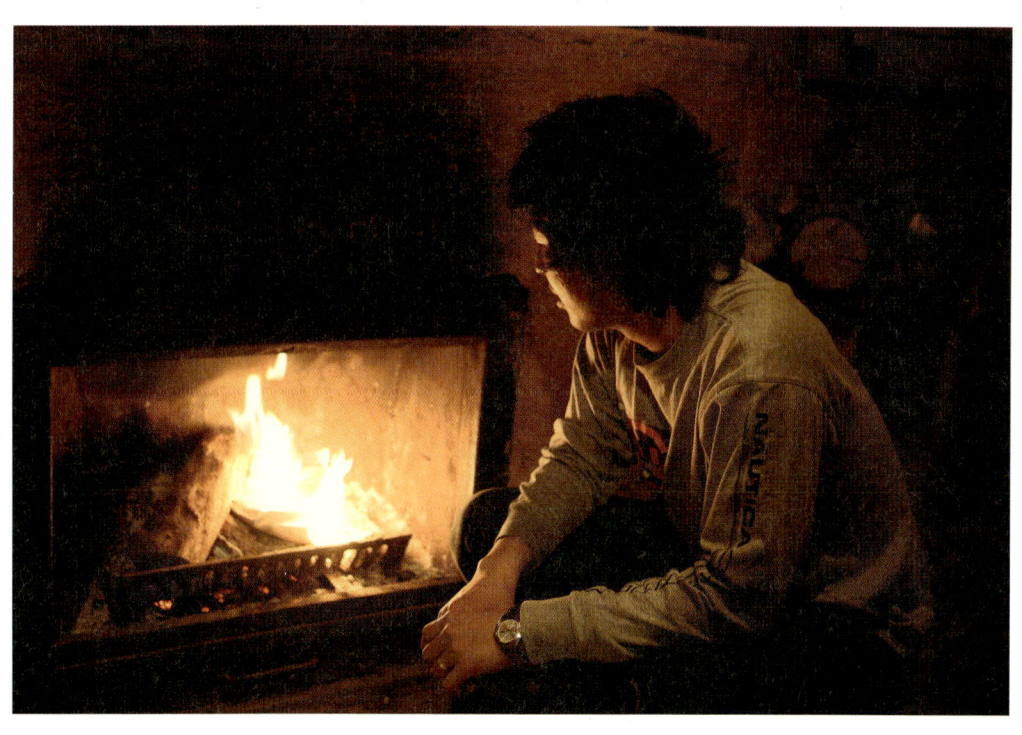

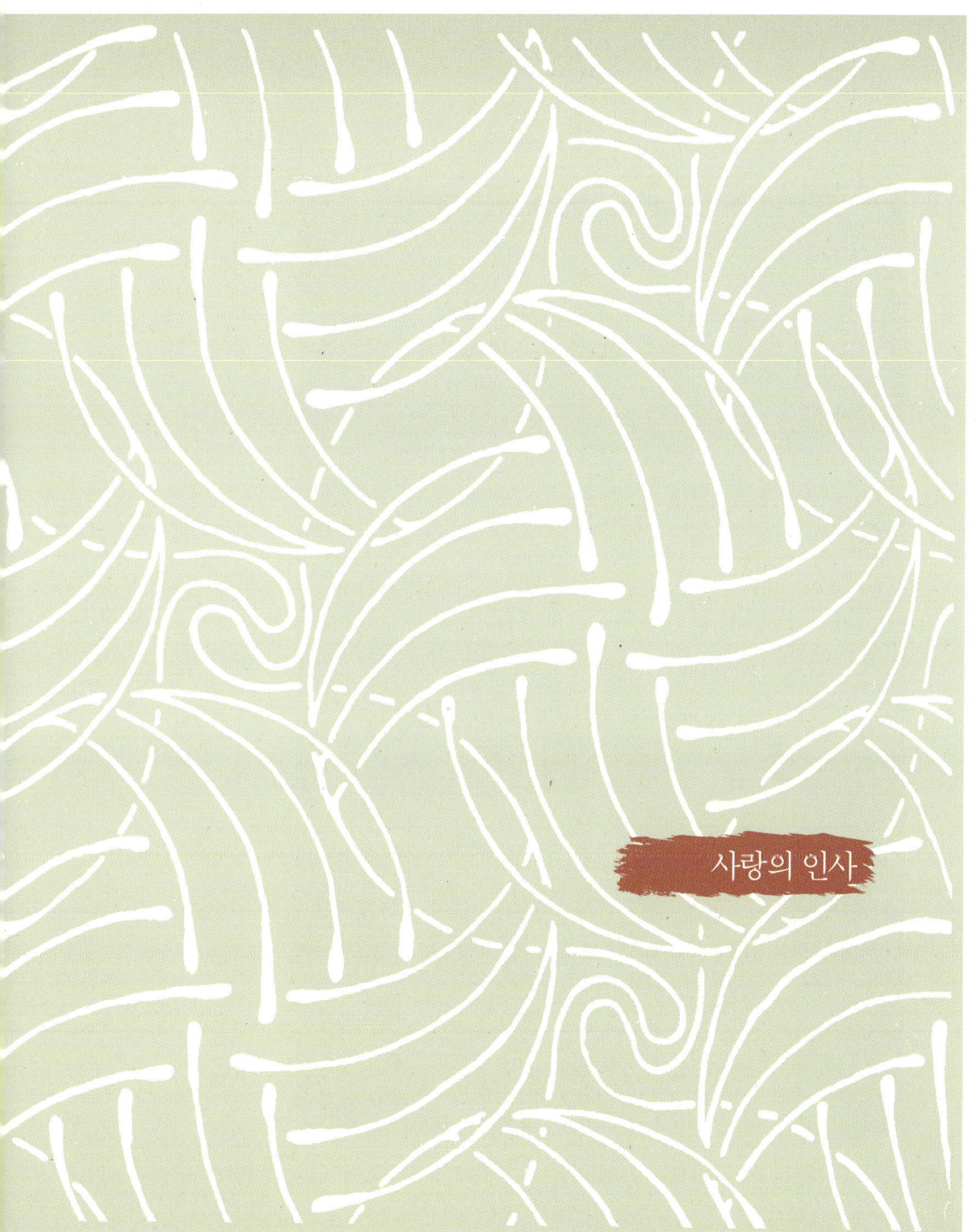

사랑의 인사

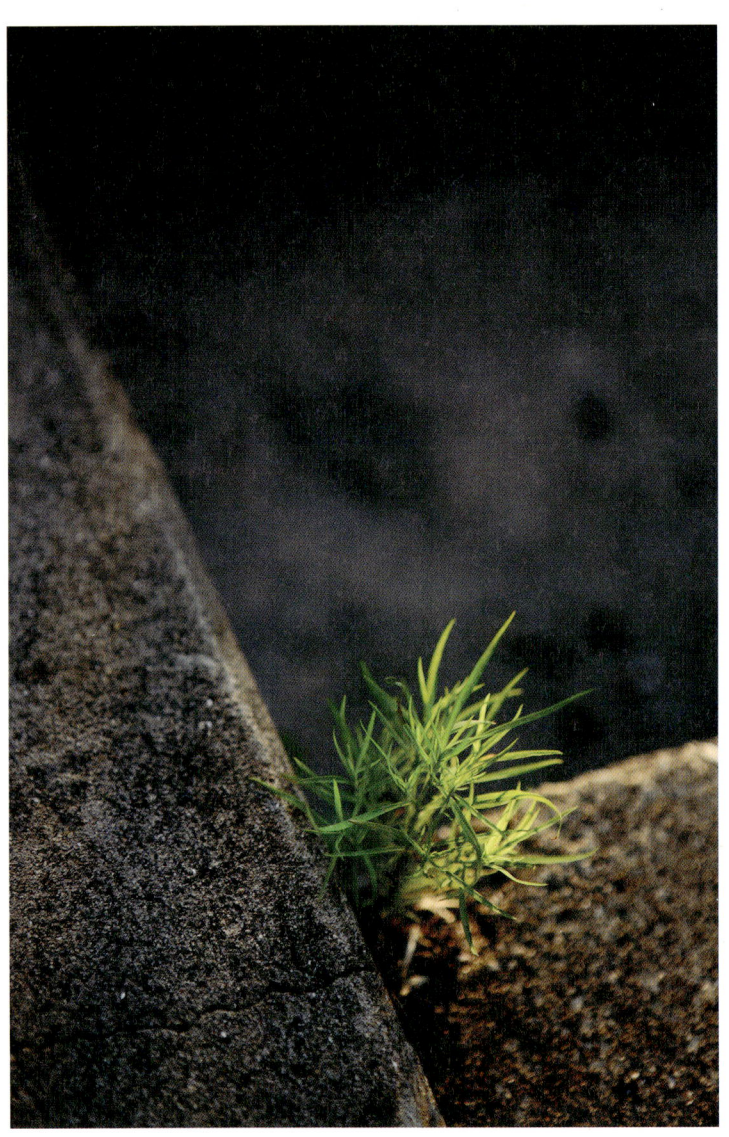

## 사랑의 인사

잘 잤어요? 내 사랑
아침 식사 잘 하세요
한 숟가락도 안 되는 햇빛,
미안해요
그래도 꼭꼭 씹어 먹어요
조금만 자라요
너무 커지면 뿌리 뽑힐 수도 있잖아요
다음 씨앗들
조금 더 볕 좋은 자리에
조금 더 흙 부드러운 자리에
보낼 수 있을 때까지만
배 고파도 참아요
등 시려도 참아요
살아요, 내 사랑

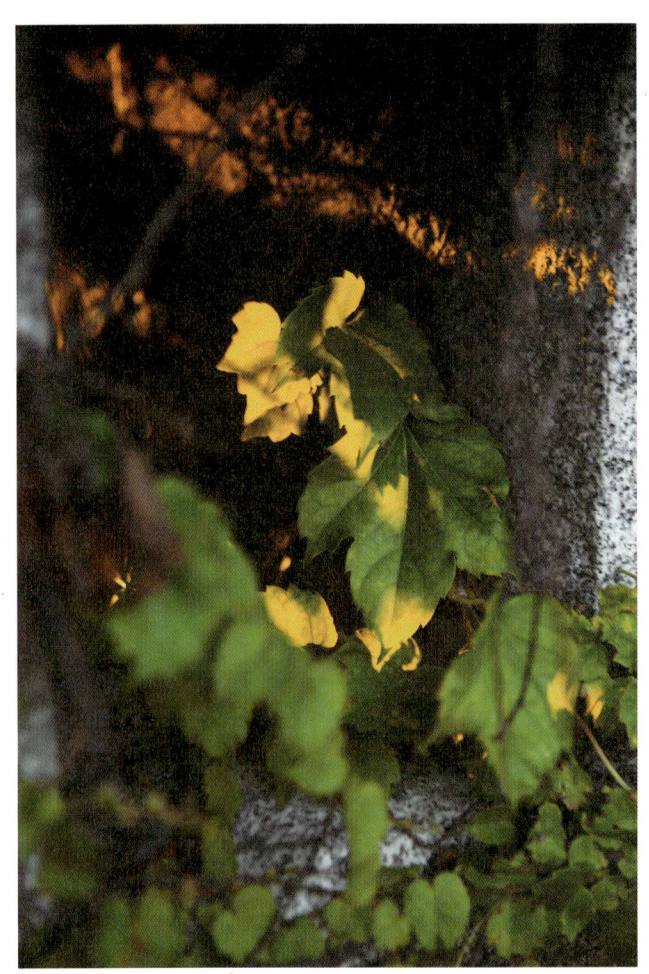

# 틈

틈만 나면 비집고 들어오는
어린 햇빛을 기억하라
틈만 있으면 뿌리내리고 덩굴손 뻗는
담쟁이 잎을 기억하라
산채 나오는 노인들보다 더 일찍 깨어
서로 간지럼 태우며 키득대는
어린 햇살과 담쟁이 잎을 기억하면
생에 놓은 거대한 심연 따위
가볍게 뛰어넘지 않겠느냐

## 새 살

겨울 떠난 자리에 봄 솟듯 마음
고개 떨군 자리에 새 살이 돋을까.
저 착하디착한 예쁘디예쁜 연둣빛으로.

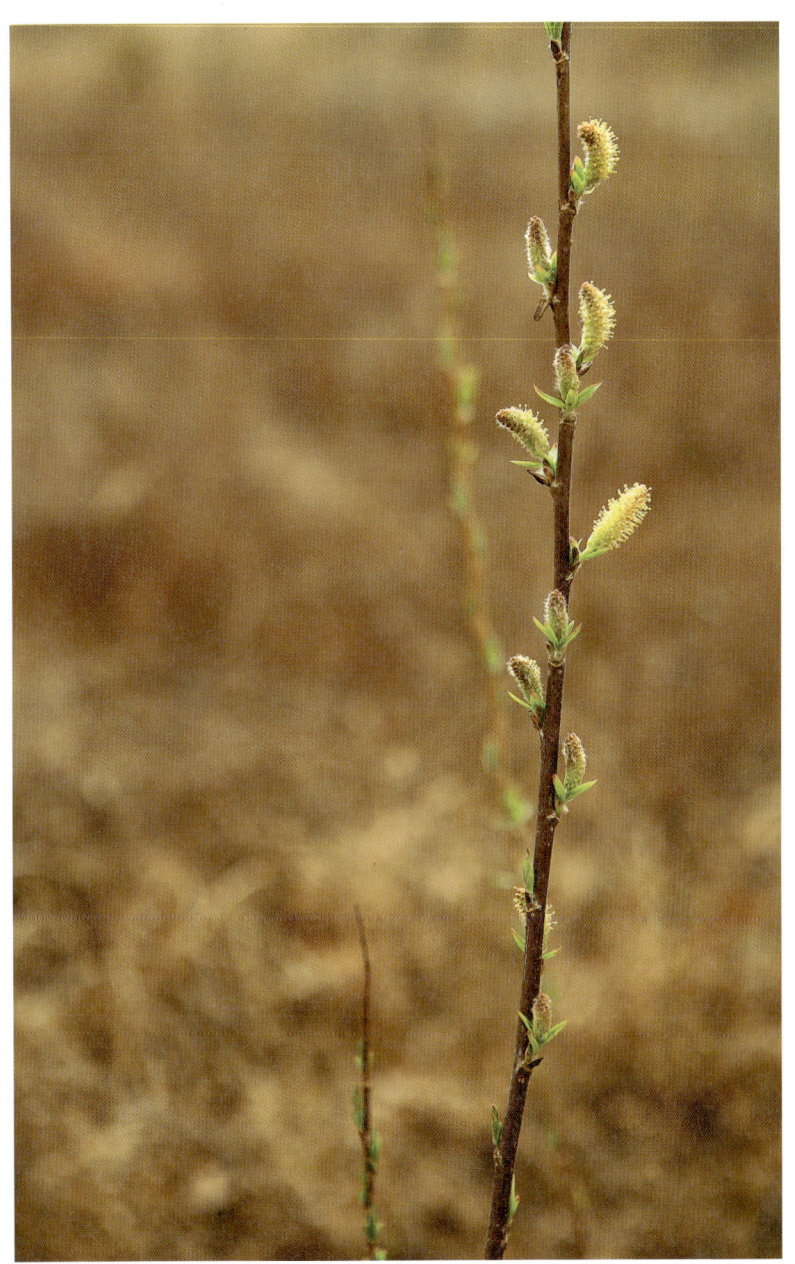

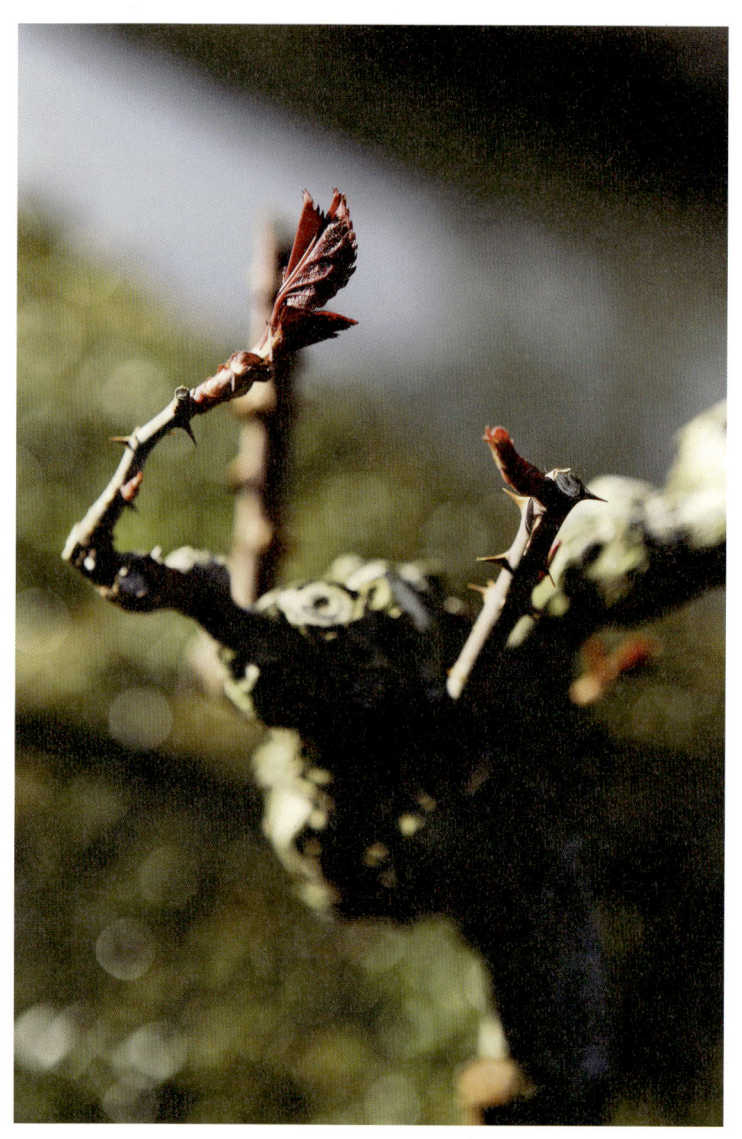

# 날아요, 내 사랑, 날아가요

우리 한 무리로 태어나고 또 태어난다는 것
아직도 그대 모르시나요
아무리 달아나고 싶어도 아무리 멀리 기어가고 달려가도
소용없었다는 것
이제 기억할 때도 되지 않았나요

우리 한 운명의 책에 씌어진 것
우리의 의지 아니었잖아요
다시 태어날 때마다 다시 만나
다시 연민하고 다시 증오하고
다시 복수하고 다시 용서하는
그 서러운 쳇바퀴, 신들의 더러운 유희
이제 그만 받아들일 때도 되지 않았나요

그래요, 내 사랑
날개 펼쳐 저 따뜻한 햇살에 말리세요
뭉툭뭉툭 잘리며 늙은 나무,
이번 생에 점지된 우리의 세상,
그냥 훨훨 날아가세요

다음 번 생에서 다시 만날 때면
내가 먼저 날아갈게요
그땐 따뜻한 작별인사 한 마디 건네주세요
날아요, 내 사랑, 날아가요

# 용을 위한 자장가

자장 자장 자장

섬의 용들은 섬을 떠나고 싶어하고
섬은 용들을 보내기 싫어한다
용들은 용틀임으로 철썩인다
용 비늘 사방에 남는다
그러나 섬은 완강하다

용들은 오래 전에 잠들었다
검은 바위가 되었다

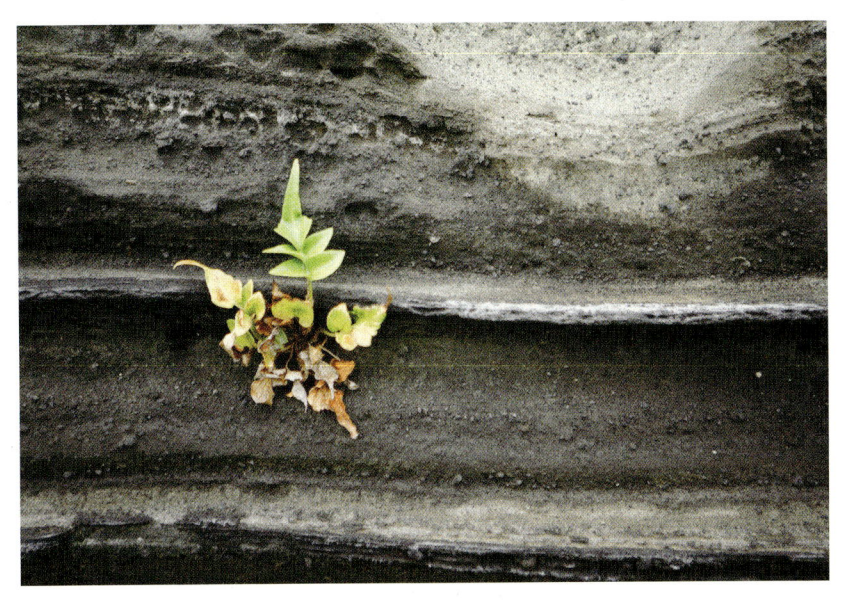

잠든 용들에게 바다가 노래 부른다
기억하거라
불 뿜으며 펄펄 날아다니던 때, 잊지 말아라

용 하나,
잠에서 깨어나 다시 자란다
작고 푸른 용 하나

자장 자장 자장

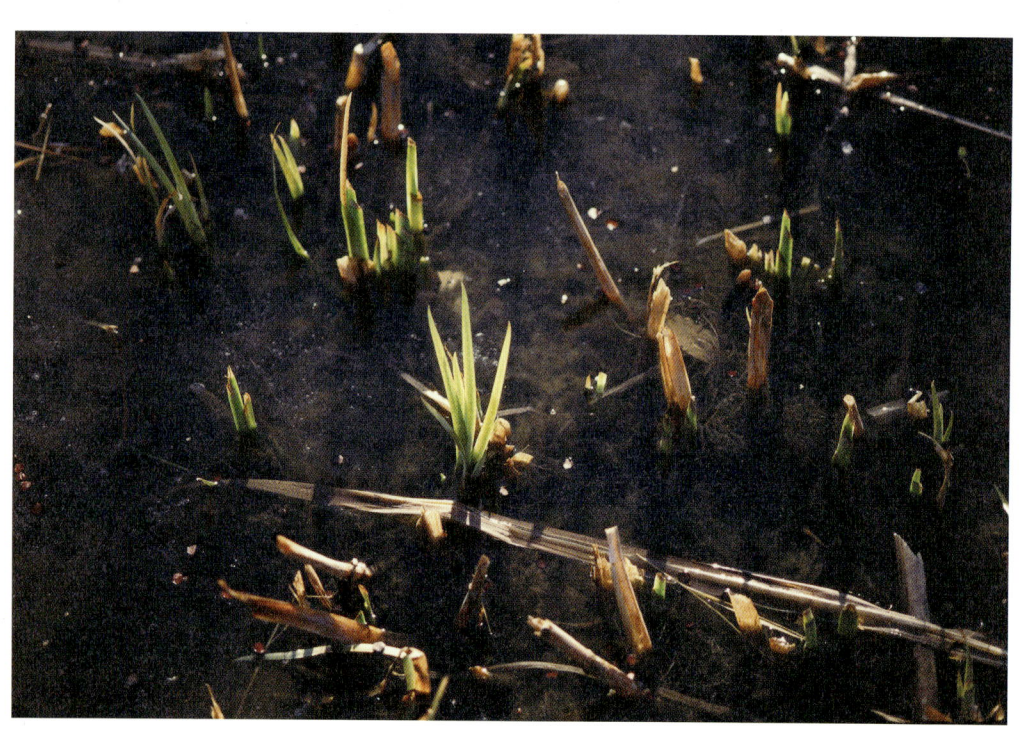

## 복수는 달다

찬란하게 필 겁니다.
눈멀도록 찬란하게 필 겁니다.
유치찬란해도 좋습니다.
복수는 달콤하니까요.
당신, 내게 오신 겨울,
기다리세요.
이제 얼마 남지 않았으니
조금만 더 기다리세요.
당신, 내게 오신 겨울,
나는 눈물 펑펑 쏟아
그 눈물 얼음 먹고
찬란하게 필 테니까요.
당신, 내게 오신 겨울,
기억하며 봄이 오면 흘릴 내 눈물은
유치찬란하게 달콤할 테니까요.

# 환하다

아파서
어깨, 목, 팔, 손, 손톱까지 아파서
내 아픈 몸을 만져줄 사람 찾아서
먼 길 갔다

함께 땡볕, 아픈 볕 아래 걷다가 그늘로 들어갔다
그늘 속에
환한 빛 있었다

내 아픈 몸
그 아픈 빛이 만져주었다
그 아픈 빛 떠나며
미안하다고 말했다

아프게 해서 미안하다고
다 낫게 해주지 못해서 미안하다고
그래서 마음 아프다고

아픔이 만져주는 아픔
그늘 속에서야 비로소 온전해지는 빛
환하다

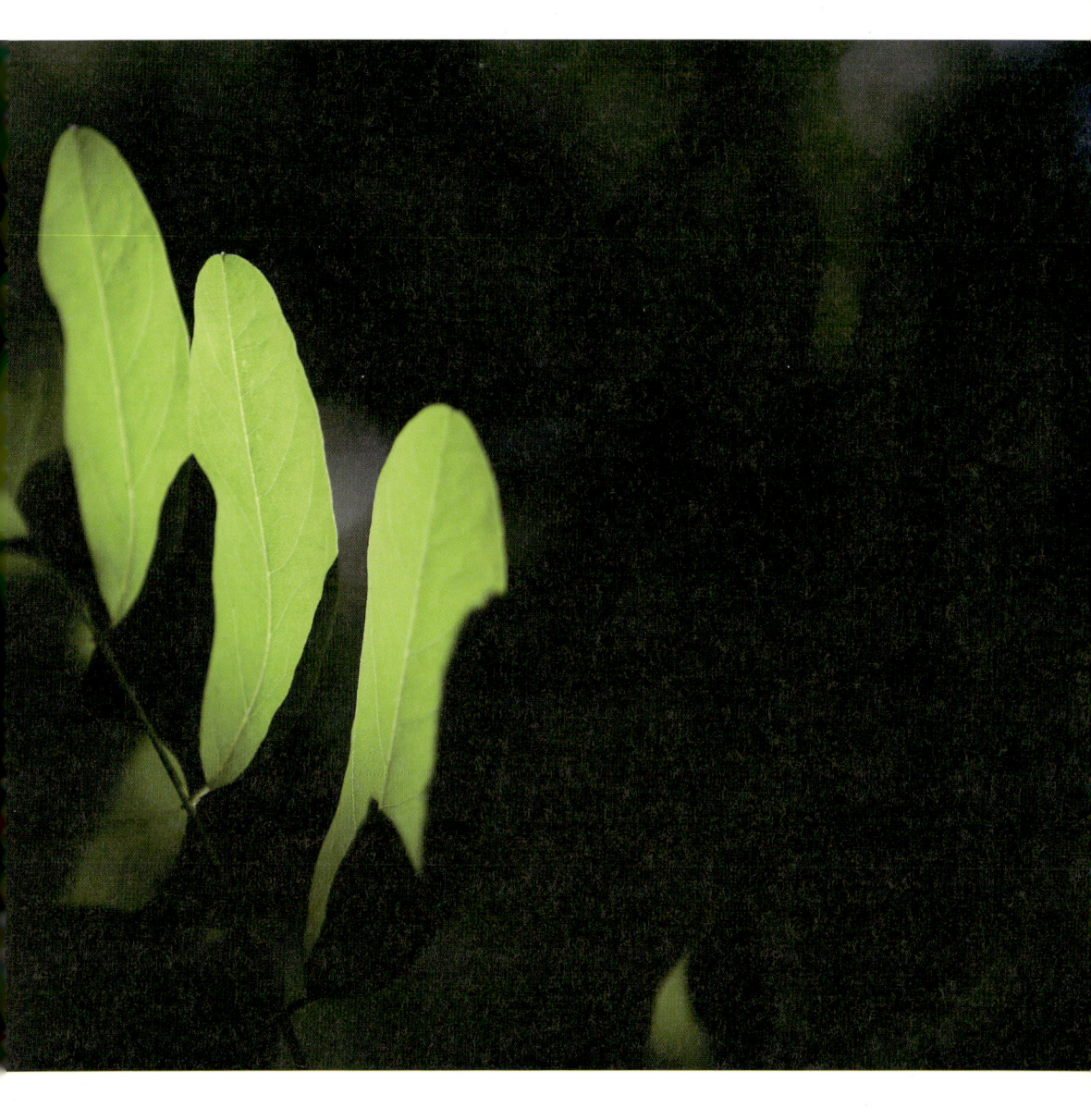

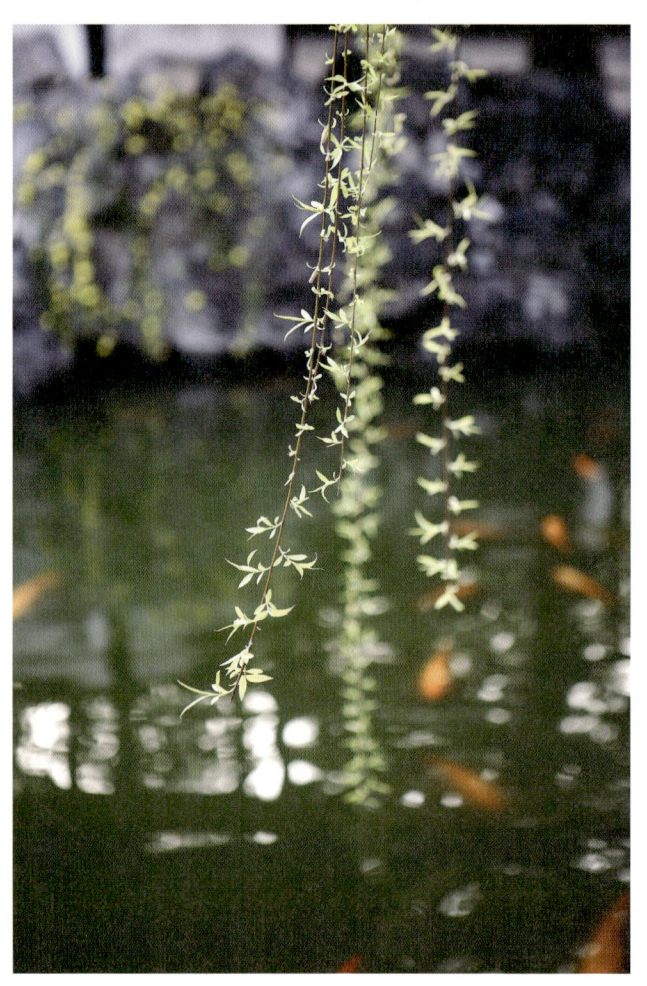

## 봄날

당신에게 한 발이라도 먼저 봄을 택배하려고
휘이 먼 남방으로 달려갔습니다
살랑살랑 흔들리는 어린 버들잎 차마 따지는 못하고
마음에 몇 잎 담아 출렁이며 휘이
당신 아직 겨울 속에 있는 북방으로 달려왔습니다

휘이 갔다 휘이 온 줄 알았는데 너무 멀리 갔던 게지요
어떤 당신에게는 봄날이 그리 빨리 가는 것을
어떤 당신은 봄날 따라 더 먼 북방으로 떠나는 것을
여태 배우지 못했습니다

당신에게 배달되지 못한 버들잎
여름가을겨울 내내 살랑입니다
그리하여 생이 끝내 봄날입니다

# 기어라

죽어라 죽어라 죽어라
고함소리 들리죠?
제 힘으로 서지도 못하는 생
남의 생에 빌붙어 연명할 생
살아서 무엇하느냐
흉하다 흉하다 흉하다
죽어라 죽어라 죽어라
호통소리 들리죠?

흥, 어떻게 뿌리내린 생인데요
죽기는요
악착같이 기어서
저 높은 햇빛 세상 살아서 봐야죠

귀 모아보세요
들리지 않나요?
기어라 기어라 기어라
이쁘다 이쁘다 이쁘다
살아라 살아라 살아라
내 어머니 비는 소리 들리나요?

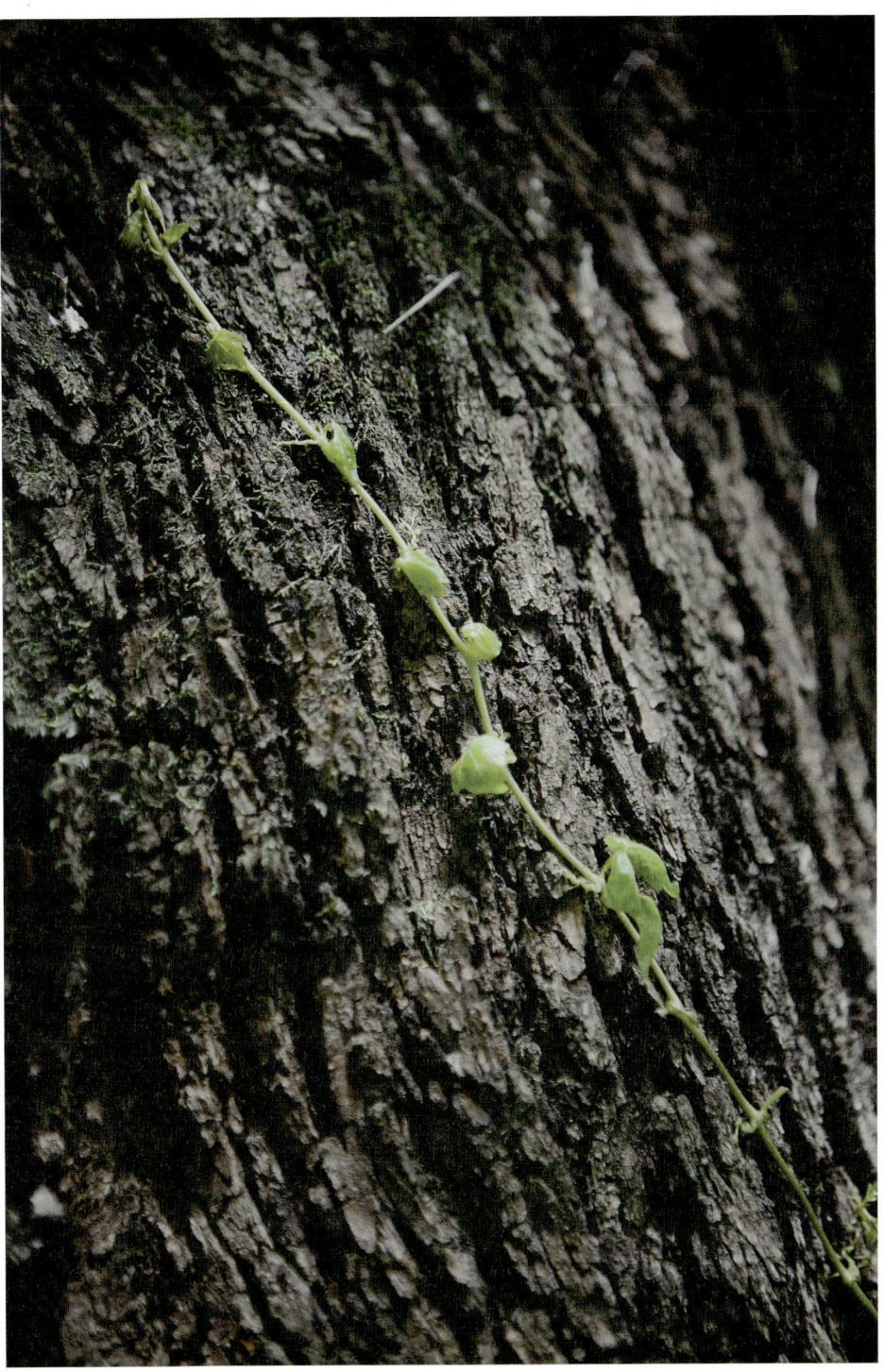

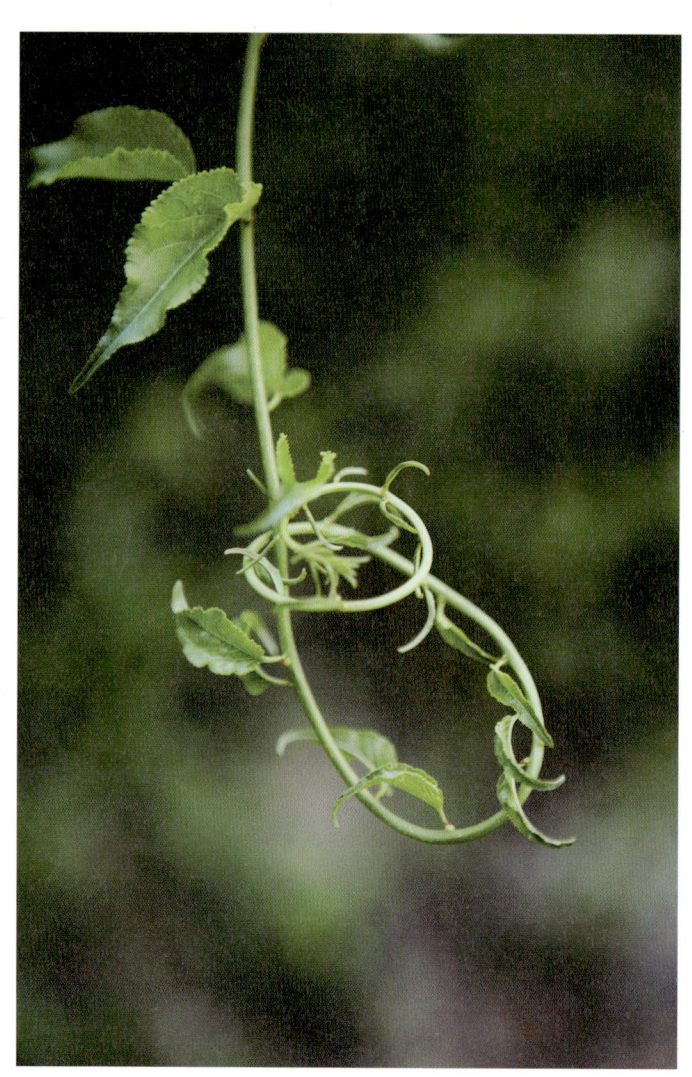

# 노래

혼자 노래 부를 때는
높은음자리표로 부르는 게 좋을 거예요
믿고 의지할 인연 하나 만났다고
좋아라 돌돌 말고 올라가렸더니
그게 지 외로움이었더라……
그럴 때일수록 높은음자리표로 부르세요
그래야 덜 무안하기라도 하죠
미친 척 빽빽 높은음자리표로 부르세요
노래 부르다 보면
언젠가 노래를 감고 올라가질 거예요

# 우담바라

옥상 텃밭, 엄마의 부추밭
장맛비 타고 내려왔는지
이름 모를 벌레 까맣게 찾아왔다

엄마 살아생전 약 치지 않았는데,
엄마 가고 나서도
설렁설렁 씻어
부추전도 해먹고
부추 겉절이도 해먹었는데,
언감생심 약 칠 수 있을까

약 안 치고 부추 길러
아들 먹이고
아들 친구, 아들 애인,
다 거둬 먹인 엄마 은공
풀잠자리에 실려 날아왔을까

우담바라 엄마꽃

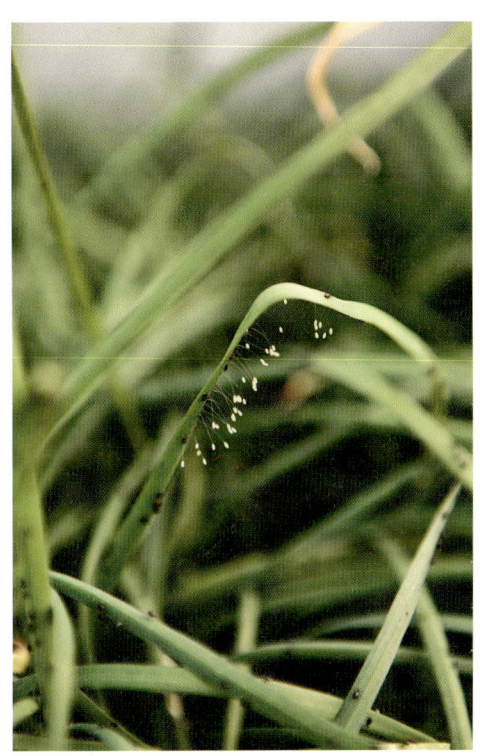

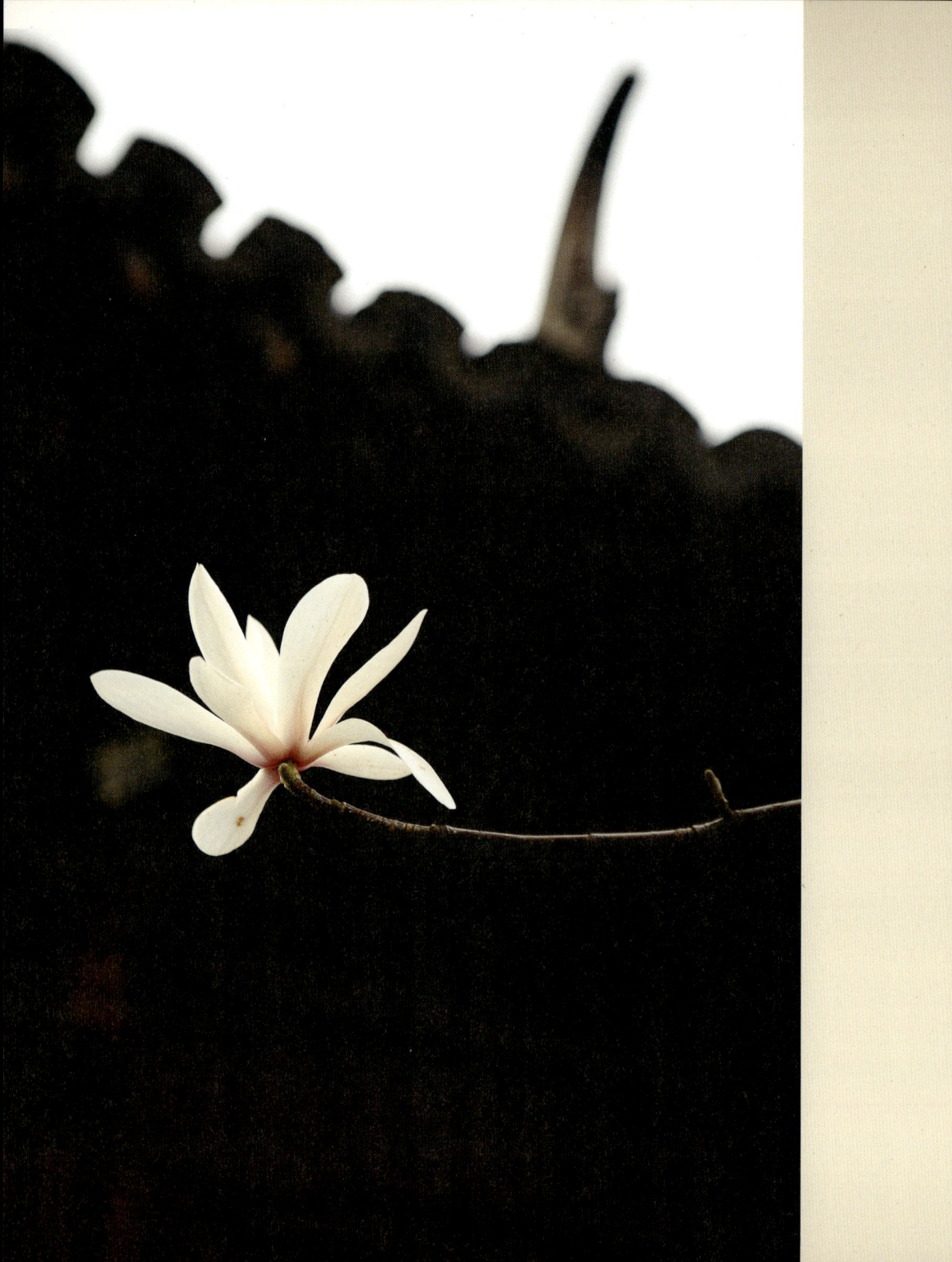

봄날은 갔다

꽃을 피우고
봄날이 갔다
그래도 꽃 한 송이 피워주었으니
고마운 일 아닌가.

또 새 봄이 올 것이다.

# 날아라, 꽃

아버지, 내게 말씀하셨다.
나무를 잘 키우려면
가지치기를 잘 해주어야 한다.
꽃을 잘 키우려면
적당히 꽃을 따주어야 한다.

세상은 잘 하고 싶지만
끝내 잘 할 수 없는 일들투성이다.
나는 결코 좋은 정원사가 될 수 없을 것이다.

배꽃 만발한 날이었다.
그 꽃놀이의 날이 지난 뒤
과수원 주인은 아마 배꽃들을 따냈을 것이다.

하늘로 솟구친 저 버릇없는 가지의 꽃들은
살아남았을까.
냉정한 주인의 손이 닿기 전에
하늘로 훨훨 날아갔을까.

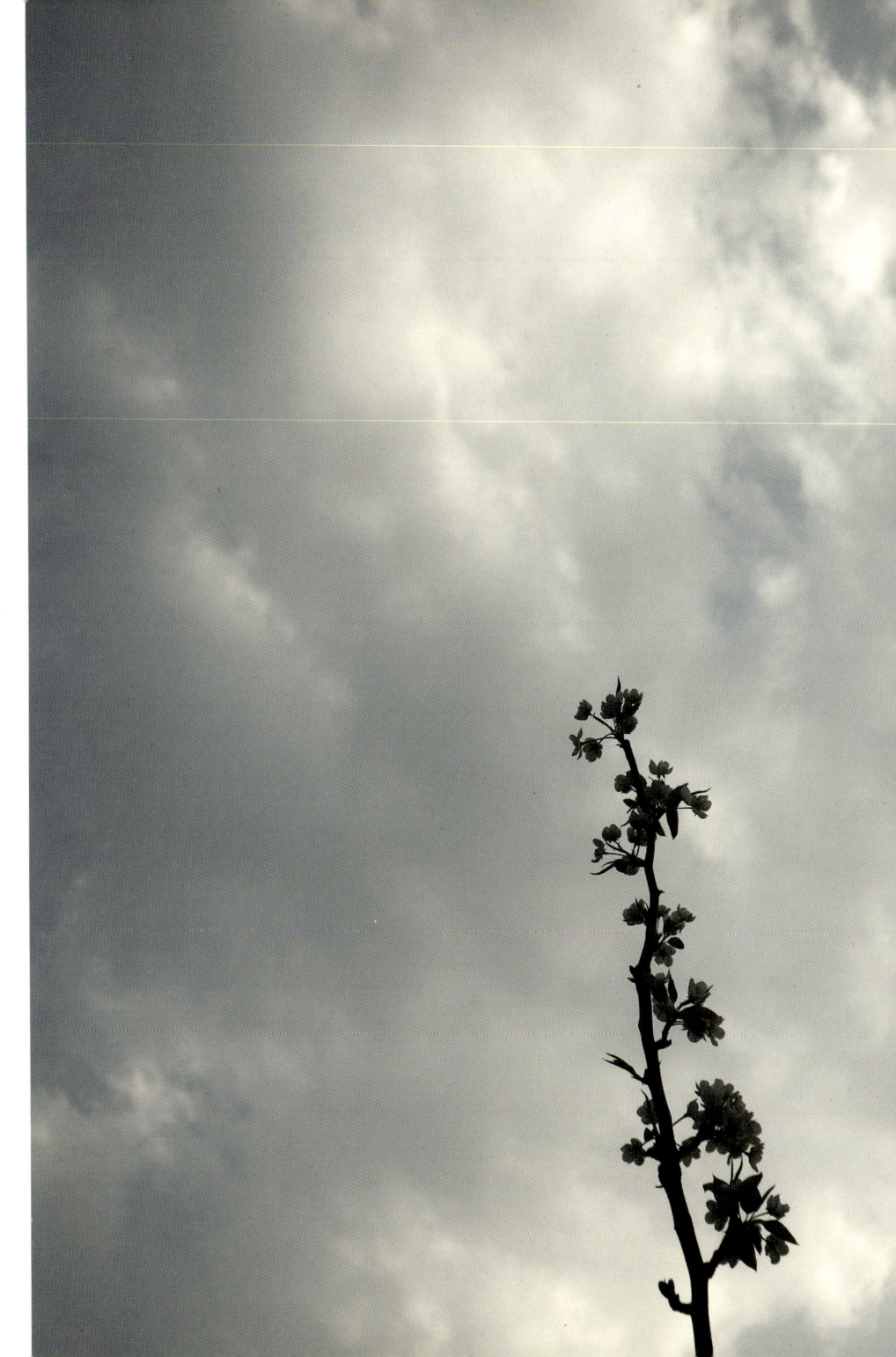

## 꽃이 피는 방식에 관하여 1

화사하게 태어난 생이라면
햇살 속으로 대차게 고개 들이밀 일이다
건방 떨며 교만 떨며
떨리는 빛으로
천지를 진동시킬 일이다

꽂히는 시선 없이는
하루도 살 수 없이 태어난 생이라면
빈 자리 악착같이 비집고 들어가
누구의 눈 속으로든
꽂혀버릴 일이다

그 눈에 눈물 고이든
핏물 흐르든
무슨 상관이냐고 코웃음 치며
피었다가

질 일이다

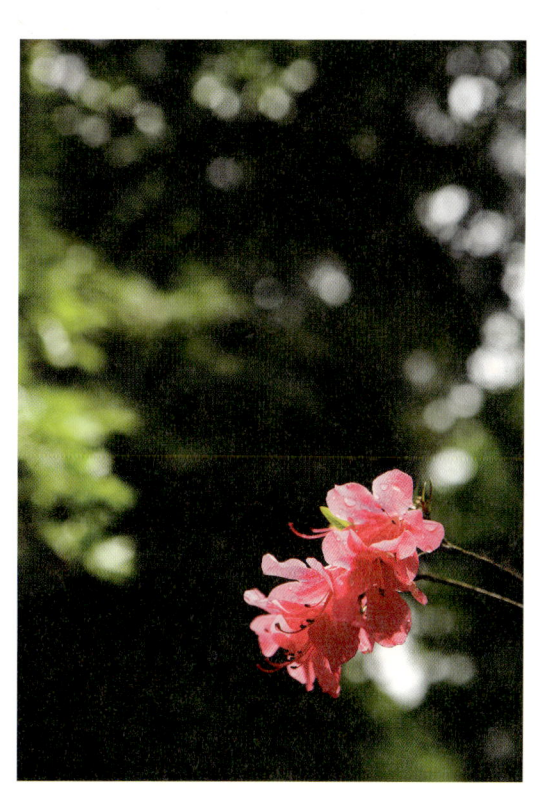

# 꽃이 피는 방식에 관하여 2

한 개미집에도 두 여왕이 없는데
하물며 왕국에 두 여왕이 있으랴

일개미처럼 부지런한 잎들이
부지런히 빛 알갱이들을 모아
왕국의 기둥은 날마다 굵어진다
왕국의 뿌리도 날마다 넓어진다

왕국은 무성하다
여왕은 도도하다

노랗게 곪은 처녀 여왕의 외로움
엿보는 자에게
화 있을진저

처형하라!

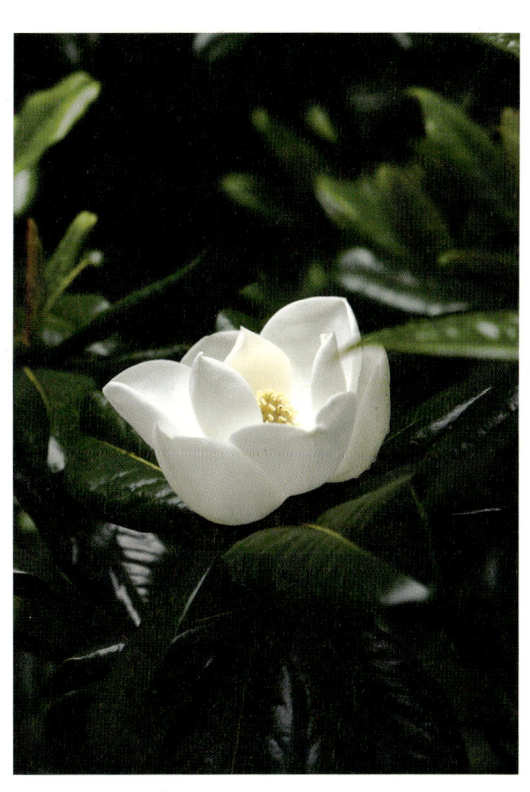

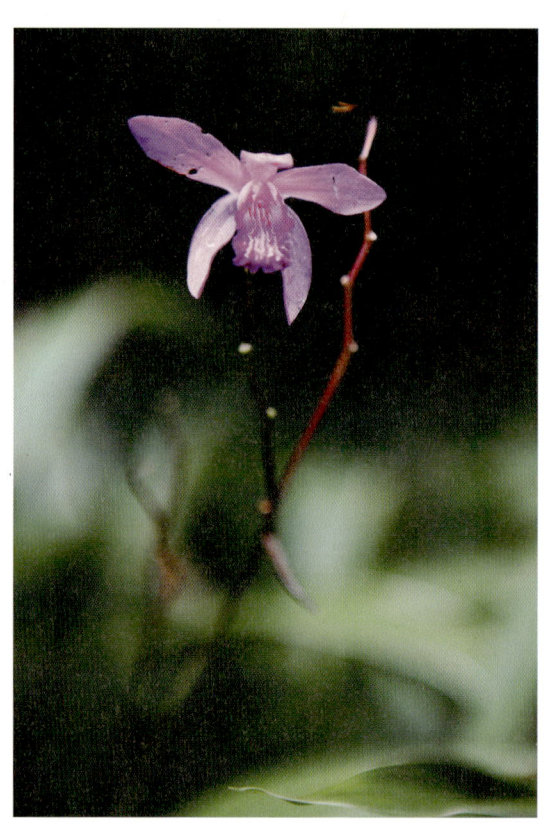

# 꽃이 피는 방식에 관하여 3

오래 사랑한 자들은 서로 닮는다고?
그리하여 오래 사랑한
꽃과 벌, 꽃과 나비, 꽃과 등에,
꽃과 풍뎅이까지 서로 닮는다고?

잎들 다 똑똑 떨어져 나가도록
꽃잎 너덜너덜해지도록
사랑 찾아오지 않은 저 꽃은
누구를 닮았는가?
하필 장마에 피어난 죄에
누구를 탓할 수 있는가?

오래 외로운 자들은
누구를 닮아야 하는가?

189

# 나리꽃 엄마꽃

엄마꽃, 나리꽃
그림자 꽃도 피었다
엄마 닮은
빨강 순정 꽃

시멘트 바닥에도 꽂히는
저 붉은 사랑꽃
나리꽃, 엄마꽃

징하다
가문 세월만 흘러도 끝끝내 피고야 만다
엄마 떠난 뒤에 더 징하게 빨갛다

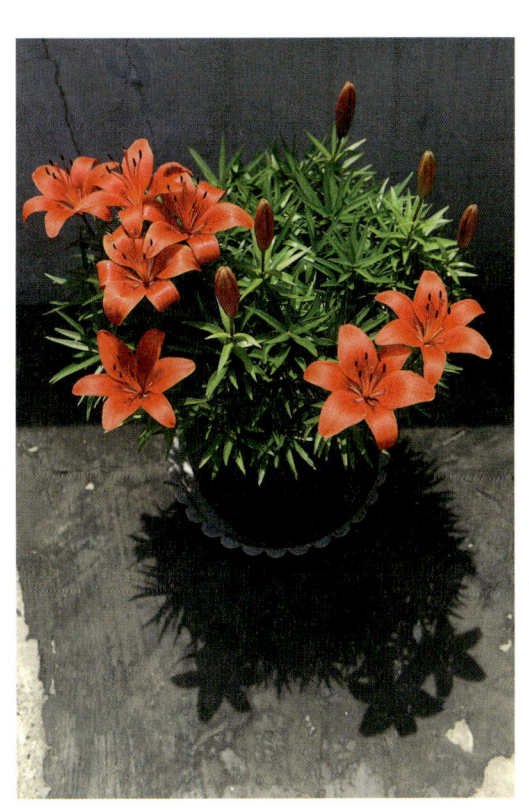

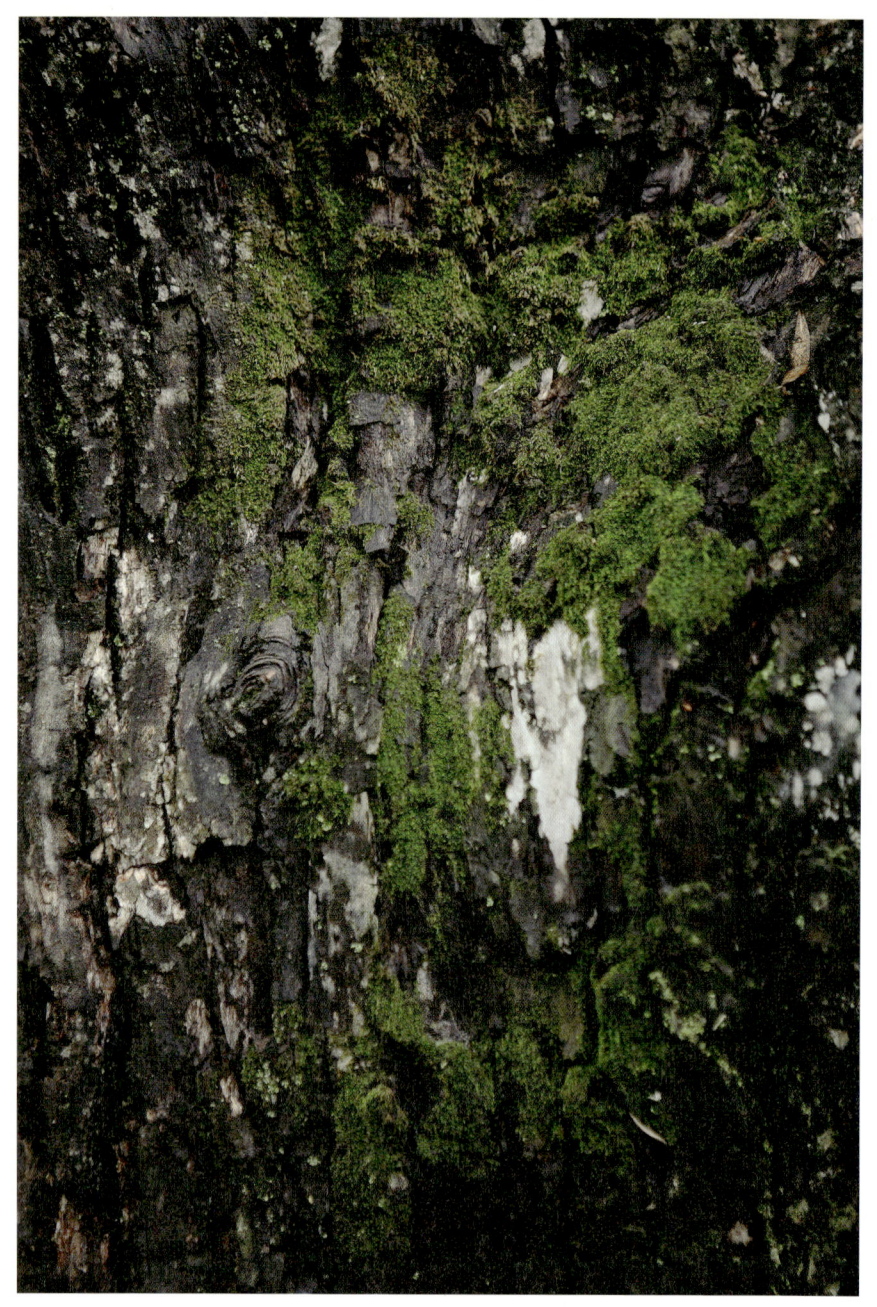

# 섬

한세상 한살이
섬 하나 심는 일
듬성듬성 멀찍멀찍
떨어진 채로 섬 하나씩 키우는 일

한 생, 두 생, 세 생
살고 또 살다보니
어쩌다가 서로 맞닿기도 하는
섬 하나 섬 둘 섬 셋

딱딱한 거친 메마른 바다에서
부드러운 푹신한 촉촉한 섬
하나씩 제 몫으로 솟아
살고 또 살다보면
멀고 먼 그 처음에서처럼
다 이어지기도 할

섬 섬 섬 섬들

# 꽃의 꿈

무덤에 꽃 피었습니다.
죽음을 먹고 기억을 마시고 핀 꽃,
꽃송이 크고
꽃잎 화사하고
꽃향기 어지럽습니다.

무덤에 꽃 스러졌습니다.
꿈처럼 짧게 피었다 졌습니다.

세상천지가 무덤천지가 되어도
기억해 줄 목숨 하나도 없어도
잊히지 않을 꿈이 있습니다.

한번 피었던 꽃,
영원히 죽습니다.
영원히 꽃입니다.

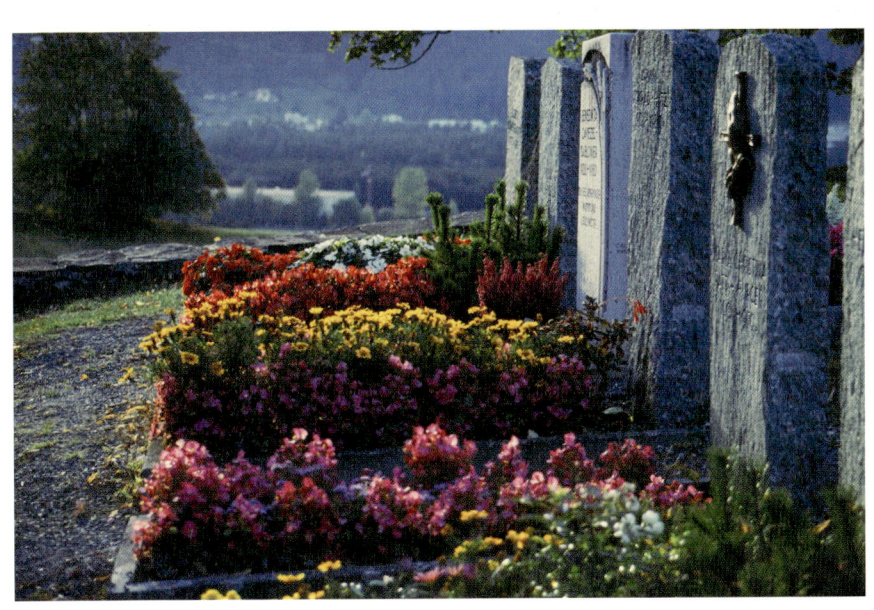

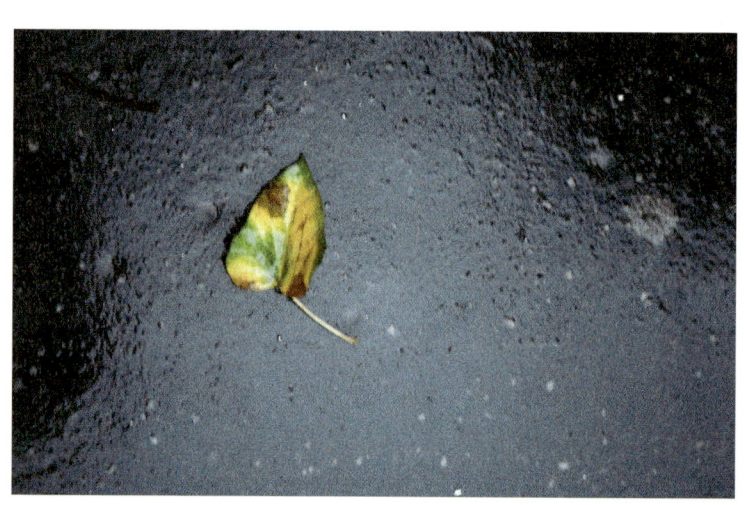

# 인사

때 되어 떨어진 것이니
누구를 탓하겠어요
썩지도 못할 자리에 떨어졌다고
속 썩이면 또 누가 알아주겠어요
아무도 보아주지 않던 일생
이렇게 이 자리에 떨어진 탓에
눈길 하나 잠시 머물고 갔으니
감사하렵니다
어느 구둣발이든 어느 바퀴든
반갑게 인사하렵니다

어느 때가 되어
당신이 썩지 못할 자리에 떨어지면
그땐 제가 오래 당신 지켜보다가 떠날게요
그때
제 인사도 반갑게 받아주시겠죠

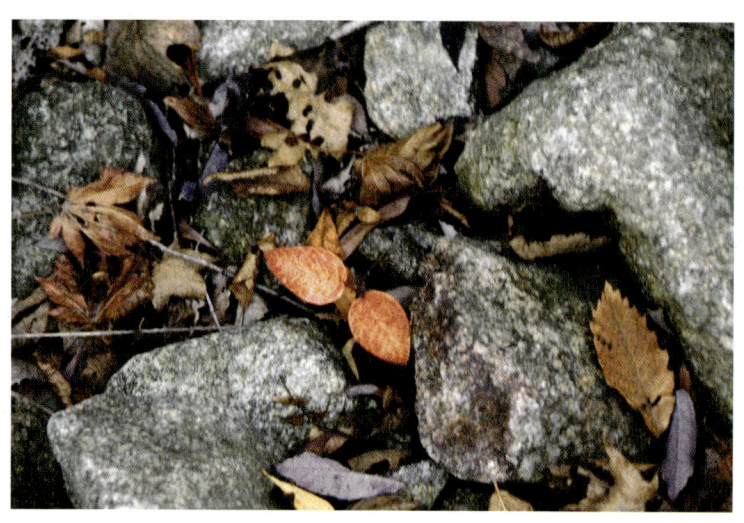

# 가을 어린 나무

나무들도 업業에 묶여 있을까
짐승들과 새들에게 새 순으로, 새 잎으로, 새 열매로
많이 베푼 나무의 씨는
햇빛 곱고 흙 고운 땅까지 기운 세게 멀리 날아가
넉넉하게 자라서 또 많이 베풀고
그런 것일까, 아, 업은 자본주의였구나

못난 어미 나무가 보낸 씨는 멀리 구르지도 못하고
하필이면 돌 틈바구니로 기어들어가
고운 햇빛 고운 흙이불 다 없다고
그러니 겨울잠 잘 틈 없다고
부랴부랴 떡잎부터 키워올렸겠다,
옳거니! 너 잘 만났다, 맛 좀 보거라!
차가운 가을 햇살에 달랑 두 잎 떡잎 실컷 두들겨 맞아 벌개지고
아, 변두리 가난뱅이네 자식들은 어쩌면 그리 한결같은지
그리 성급한지, 그리 쉬 애늙어 버리는지

잘 자라, 어린 가을 나무
사월까지 녹지 않을 눈 잘 덮고
큰 봄나무 꿈꾸면서 잘 자라
어느 해 사월엔가 펑 펑 펑
하늘을 새 잎들로 융단 폭격할 때
그 복수의 순간에 잊지 말고 기억하거라
돌 틈바구니의 겨울이 네 유모였음을
겨울의 다른 이름이 꿈이었음을

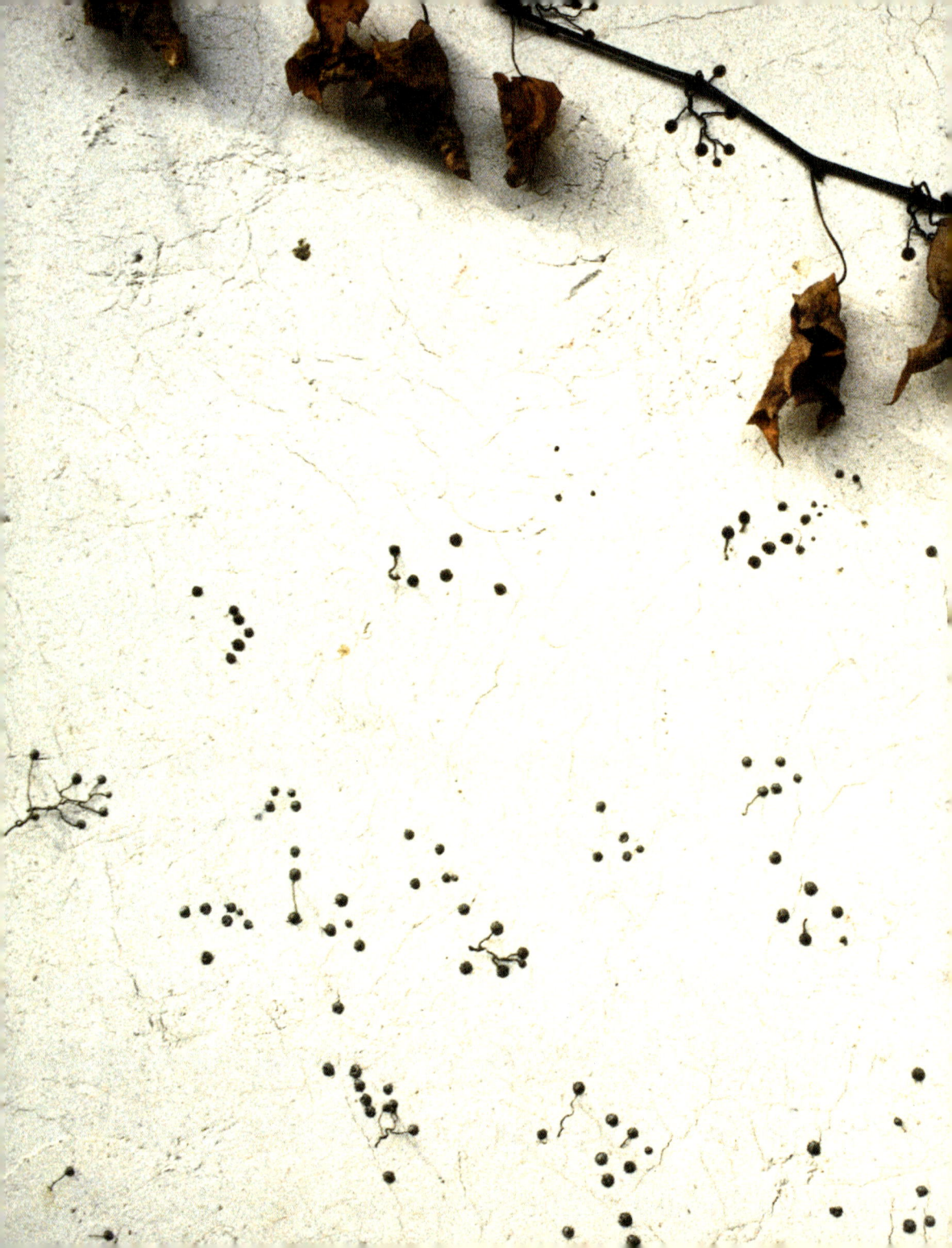

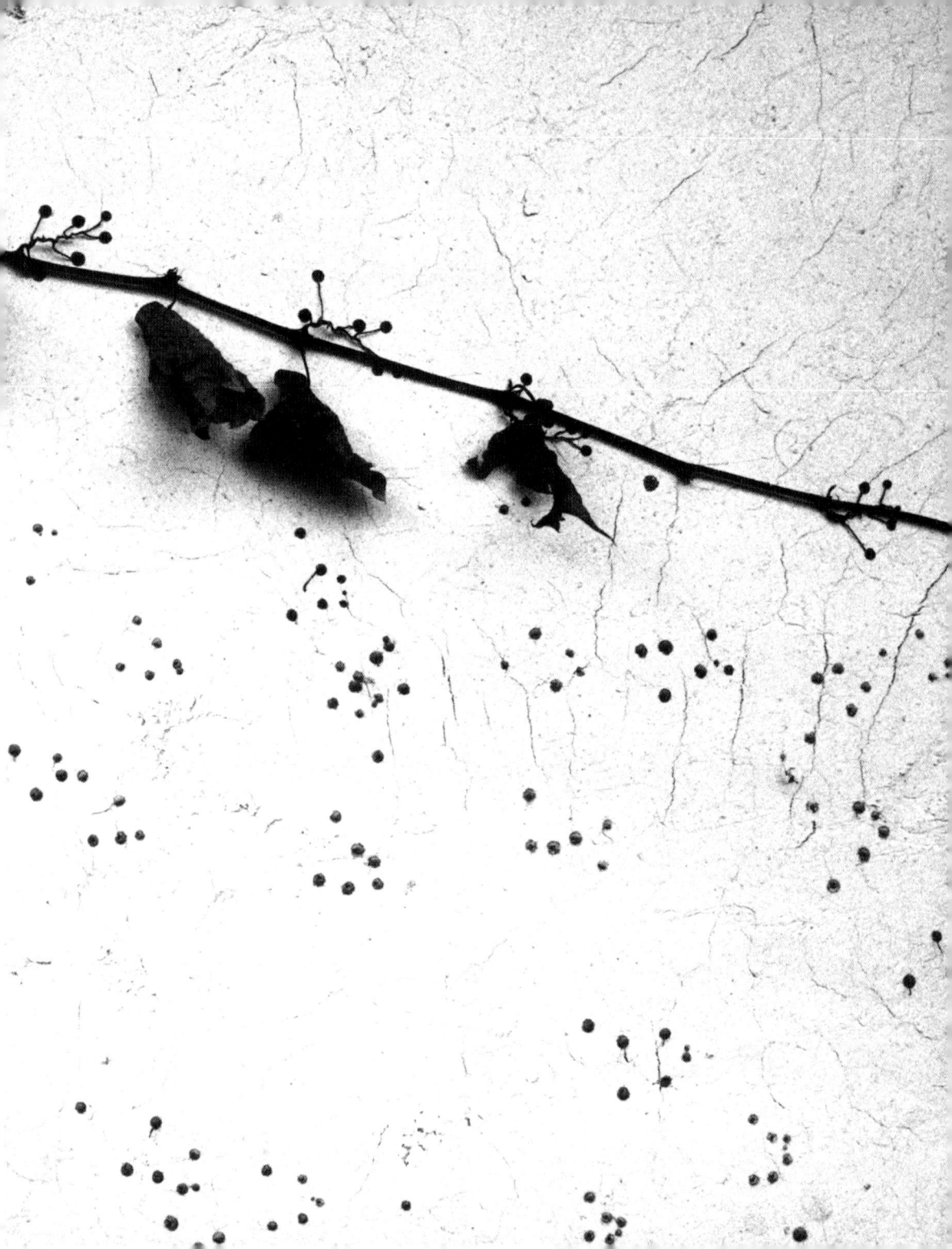

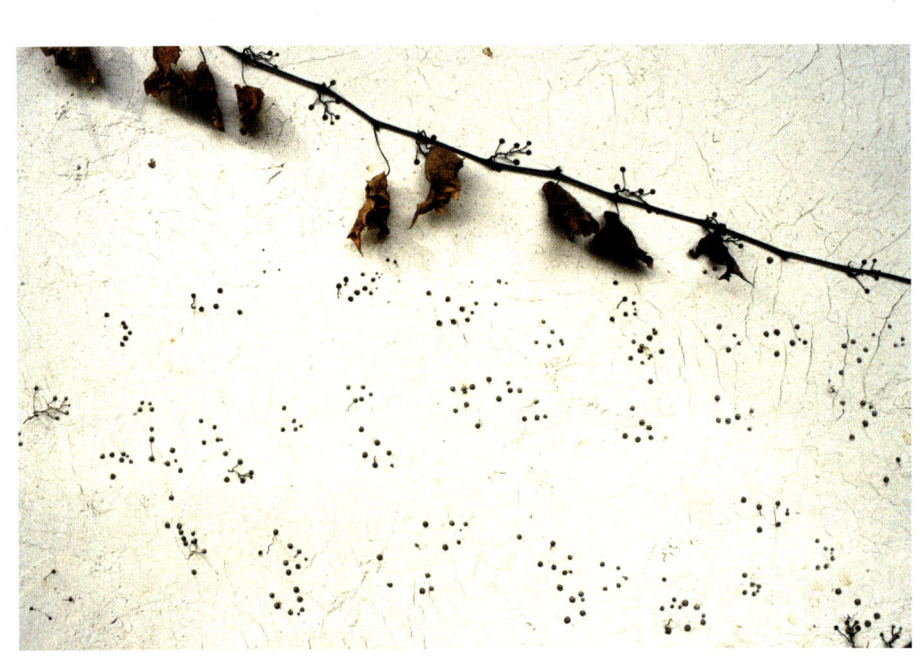

# 흔적

종종종 한 시절 살다간 발자국들
저리 고운데 아직도 매달려들 있느냐
집착이라 욕먹고 천하다 구박받던 한 시절
이제 다 지나갔으니
툭 놓아버리면 편해질 것을
훨훨 가볍디가볍게 날아갈 수 있을 것을

그래, 더 매달려 있어라
그 미련한 집착 아니었다면
종종종 한 시절 발자국들이나마
남길 수 있었겠느냐
다음 번 친절한 바람이 불어올 때 그때 실려가면
더 곱고 더 귀티 나는 한 시절 발자국 남겨질지
누가 알겠느냐

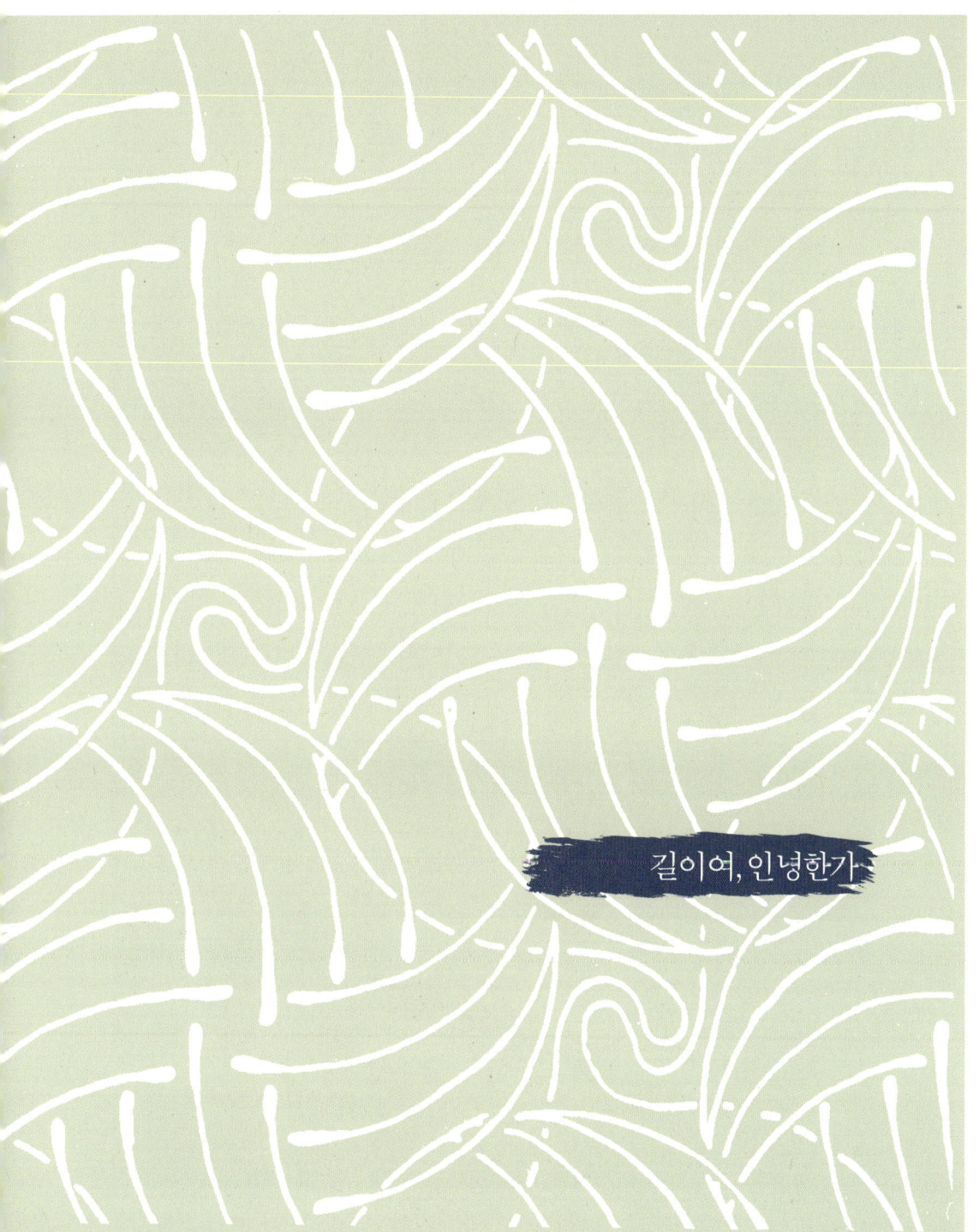

길이여, 인녕한가

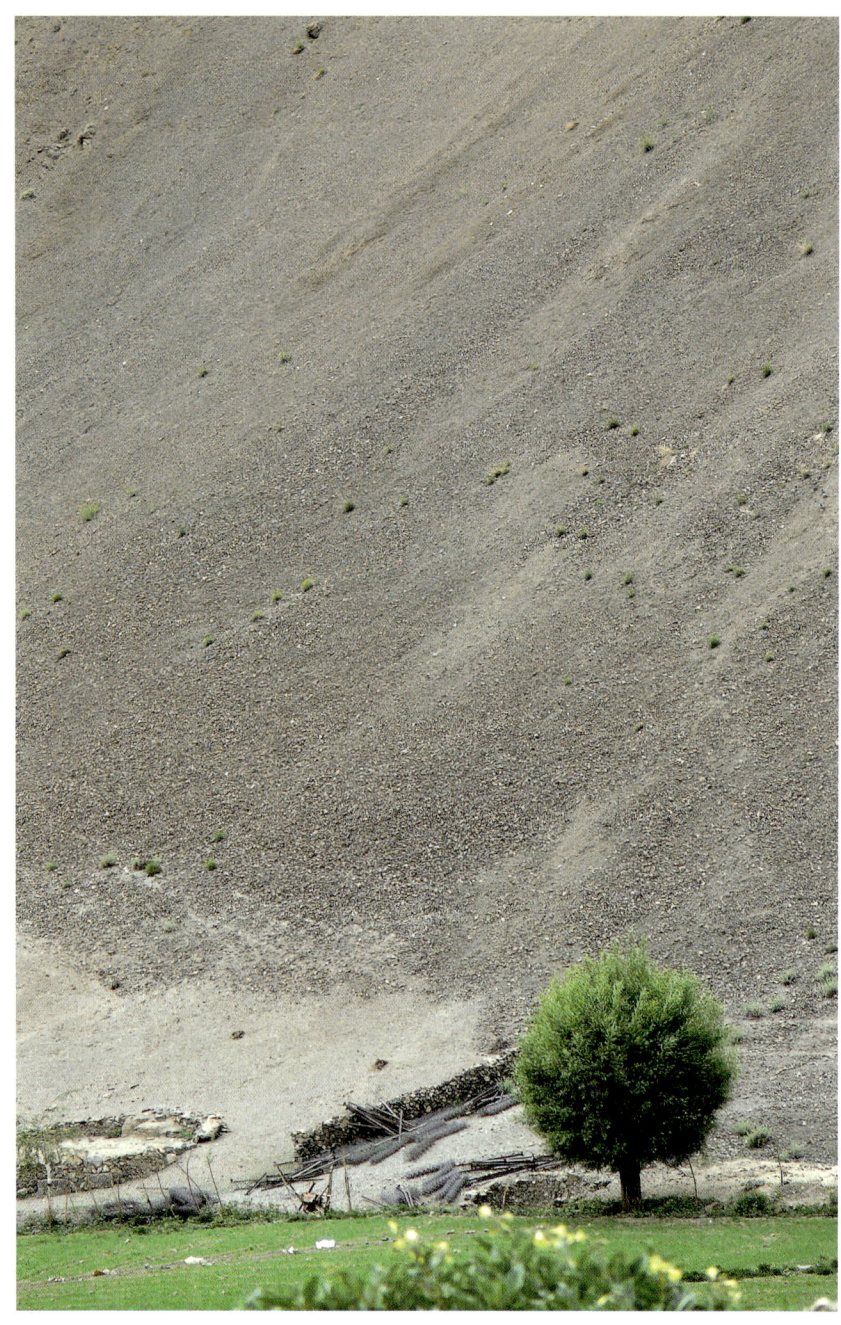

# 초록 불나무

나는 활활 타오를 거예요
하늘에 뜬 저 둥근 불덩어리처럼 활활 타오를 거예요
지지 않을 거예요
이 생과 불모의 전선戰線에 심어진 이유를 제가 모를 것 같아요?
나는 활활 타오를 거예요
이 전쟁터에 흘려진 피와 땀을 먹고 활활 타오를 거예요
어느 날엔가는
하늘의 불덩어리를 향해 바삐 달려가던 구름의 눈 속으로
내가 달려 들어갈 거예요
구름과 동맹을 맺을 거예요
구름의 지원을 받으며 나는 더 활활 타오를 거예요
저 가파른 불모의 비탈로 진격할 거예요
지지 않을 거예요

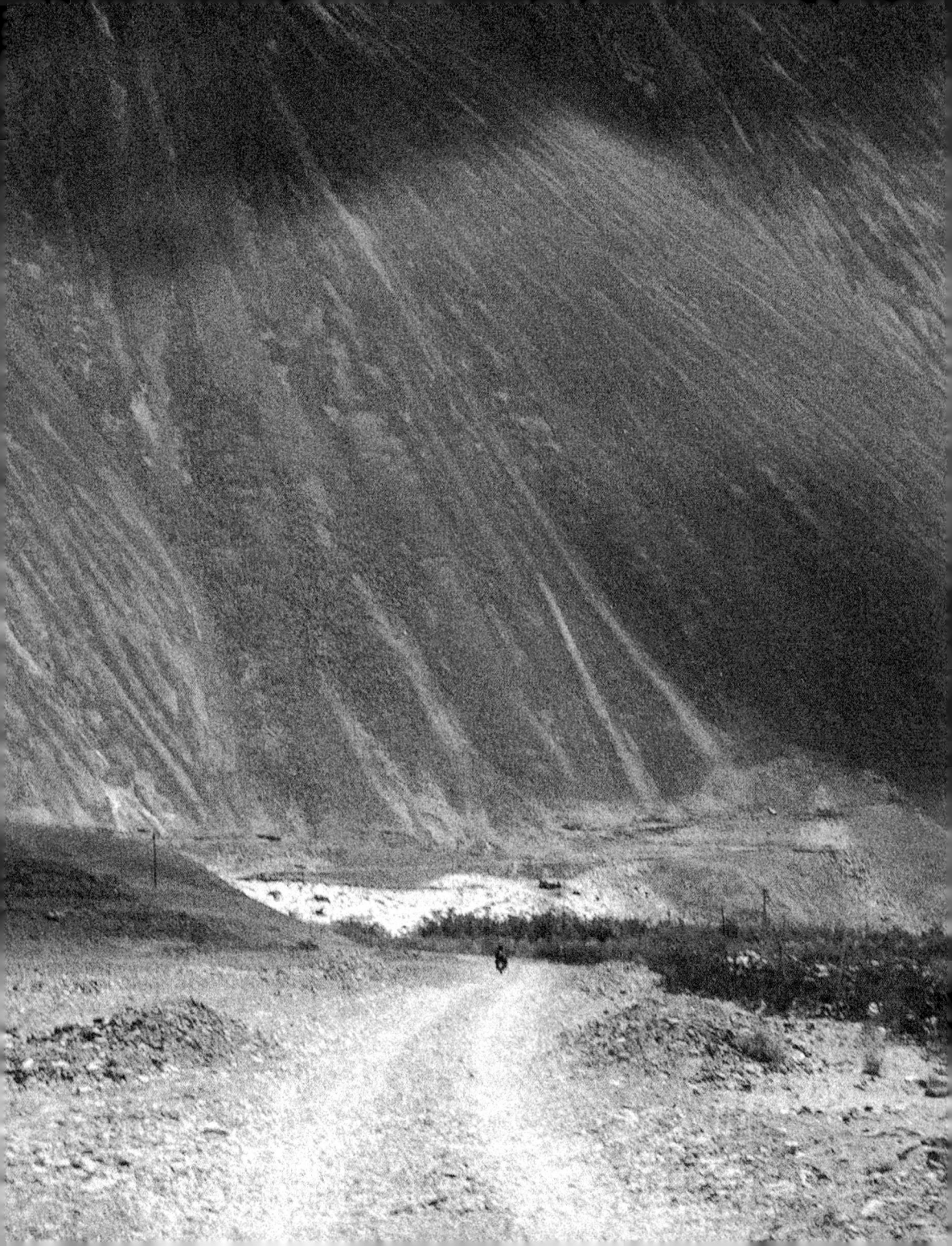

# 세상의 끝

가고 싶었어 죽도록 가고 싶었어
세상이 끝나는 자리

세상의 끝에 가면 망각의 강이 흐를 거라고 믿었어
뜨거운 역청처럼 검고 쩐득거리는 강
거기다 너덜너덜 걸레처럼 낡은 내 혼 던져버리면
다시는 내 몸 따라다니지 못하겠지
혼 끊어진 몸으로 훨훨 세상 속으로 돌아올 수 있겠지
믿었어 믿고 싶었어

맑은 강물 흐르고 있었어
어떻게 그 험한 고갯길들 넘어왔는지
어떻게 그 지독한 모래바람 건너왔는지
초록 풀들, 강물과 희롱하고 있었어
너덜너덜 걸레처럼 낡은 내 혼
던져버릴 수도, 빨 수도 없었어

등에 짝 들러붙은 혼, 떼어내지 못하고
모래바람 건너고 고갯길들 넘어
다시 세상 한가운데로 돌아왔어

잊을 만하면 혼이 귓바퀴에 대고 웅얼거려
바보야, 둥근 세상에 끝이 어딨니
천치야, 시작이 없는데 끝은 있겠니

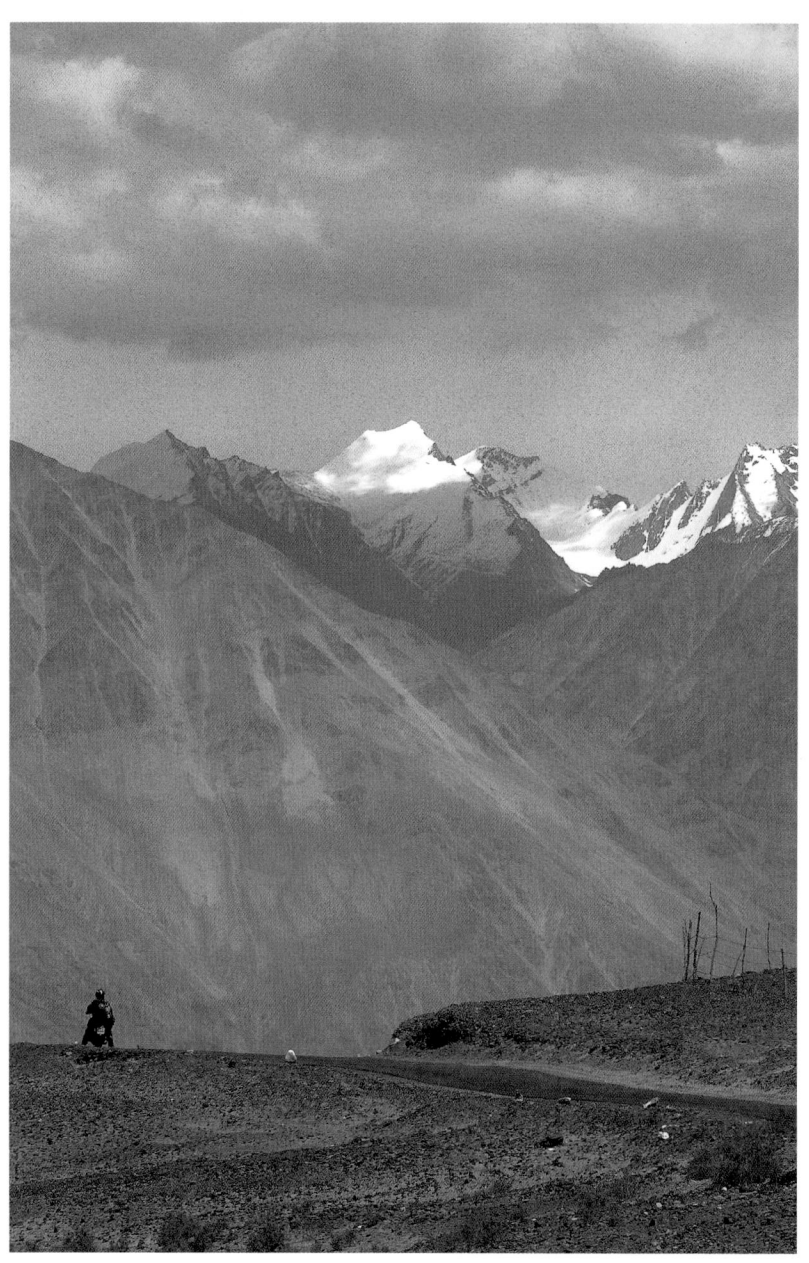

## 모터사이클 다이어리

낡은 이륜차를 타고 세상 끝으로 떠났던 사내는
늙은 당나귀를 타고 고향으로 돌아왔다
물론 사람들은 잠시 환호했고
사내의 긴 여행담이 끝났을 때
그 바뀌지 않은 교훈적 결말에 분노했다
못 박혀 죽은 사내는 두 번째 천 년 끝자락에 부활했고
총알 벌집이 되어 다시 죽었다

모든 회전하는 것들이 그러하듯
이륜차의 바퀴 또한 돌고 돌아 제자리로 돌아오는 법
세상의 끝은 또 세상의 시작
한 천 년의 끝 또한 다시 한 천 년의 시작
지긋지긋한 회전에 질린 사람들이
세상 끝에 다녀왔노라고 허풍 치는 사내들을
죽일 기회만 누리고 있었던 것을
사내들은 과연 미리 알고 있었을까
일기가 신화가 되고 신화는 다시 일기가 되는
그 놀라운 기적을 몰랐더라면
사내들은 세상 끝으로 가려 했을까

# 하늘이여, 안녕한가

당신, 이 생 내내 내 눈 시리게 할 하늘

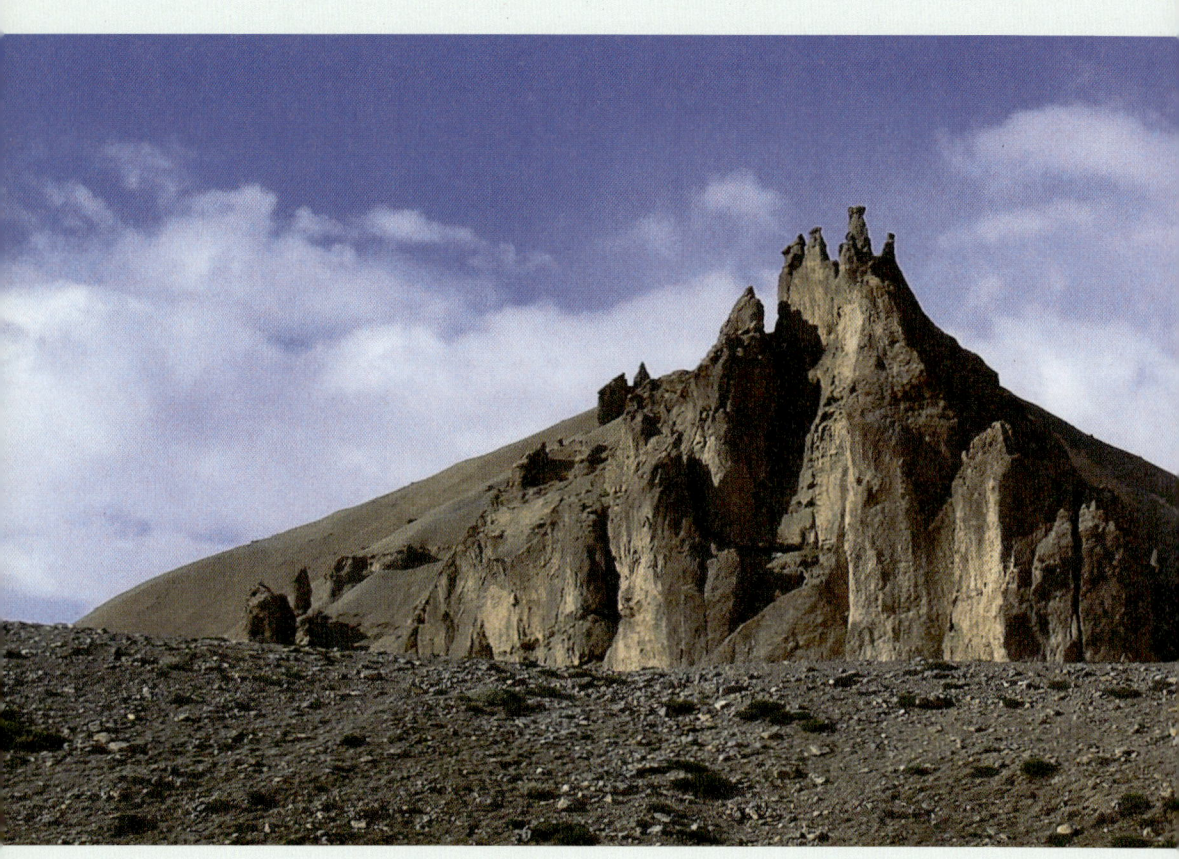

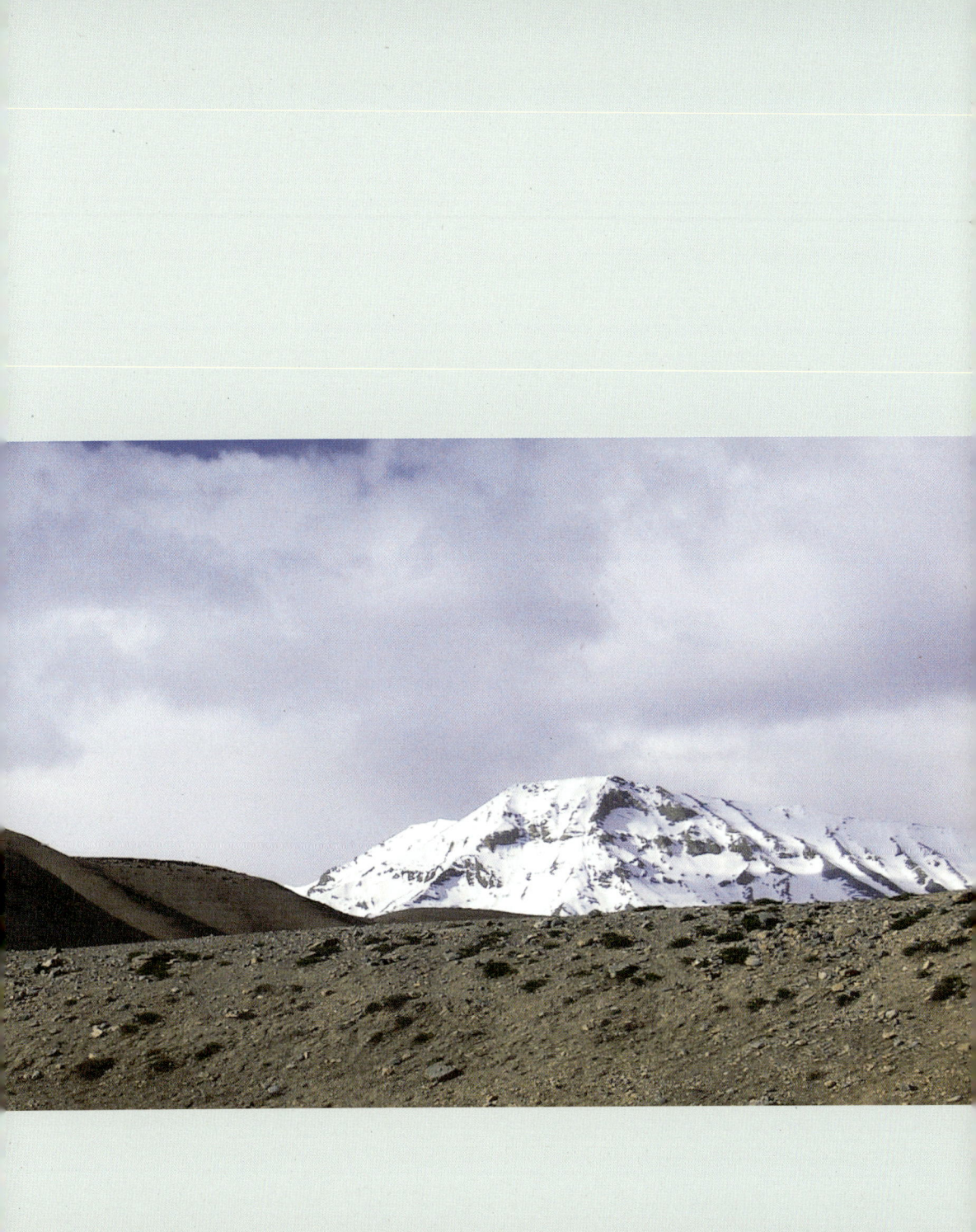

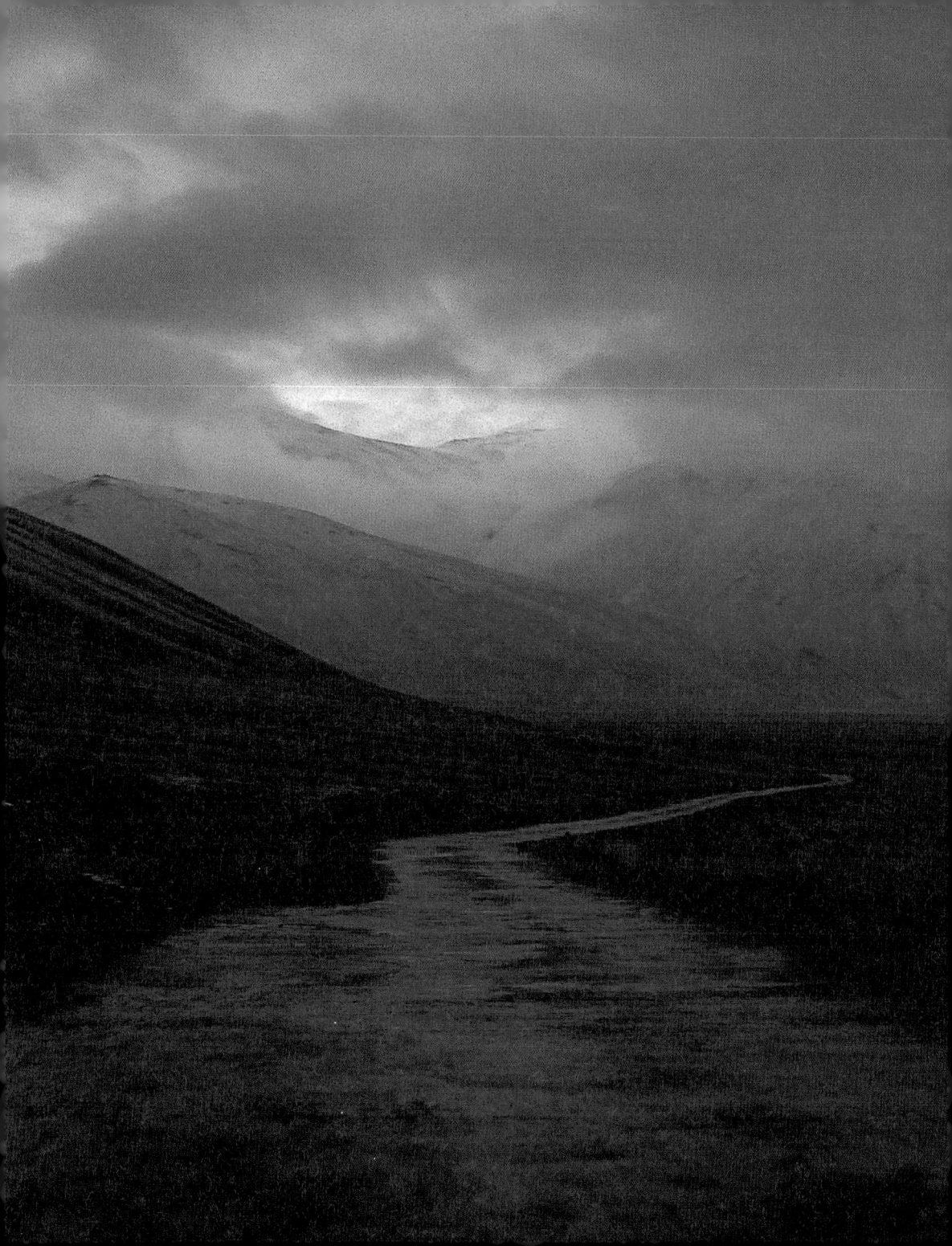

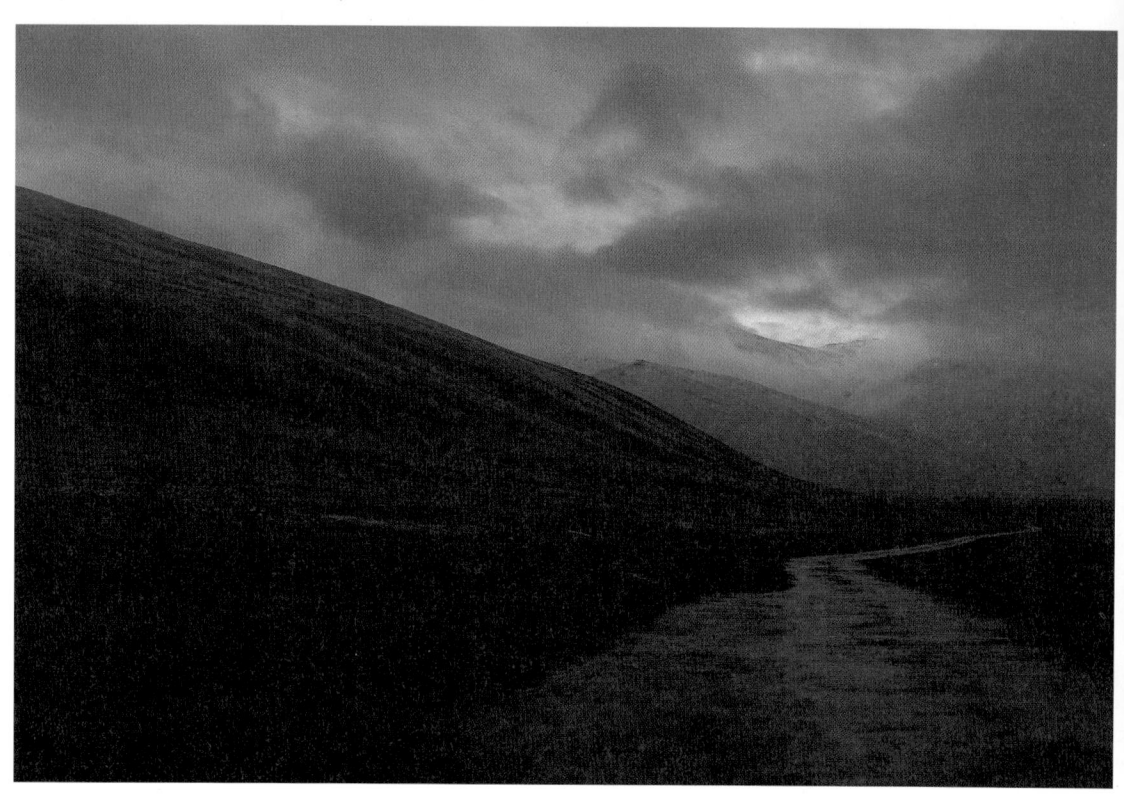

# 길이여, 안녕한가

당신, 이 생에서 단 한 번 갈 수 있었던 길

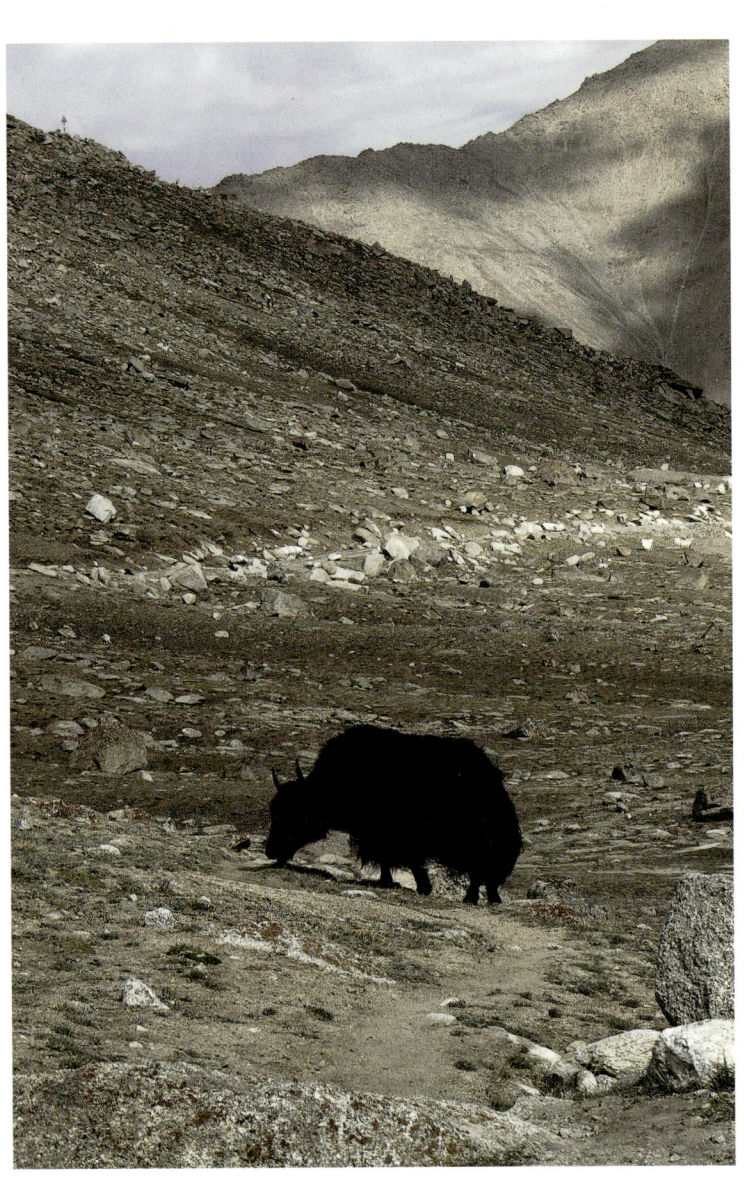

# 유목

놓아 먹일 짐승 따위 없었다.
끝내 길들여지지 않은 마음,
짐승 같았으니
한 마리는 있었다 해야 옳은가.
그 짐승 따라 떠돌던 평생,
그것도 유목이라 부를 수 있는가.
그 짐승이 뜯어먹고 또 뜯어먹어도
끝내 허기졌던 그 알량한 풀밭에
사랑,
까마득한 옛적에 비옥하였으나
아득히 먼 날까지 비루할
그 이름이 아니라면
무슨 이름을 붙여야 옳은가.

# 풍장

바람이 다 전해주어요
당신, 더 험한 고갯길 넘고 있다는 이야기
혼자 넘을 수 없으니
또 충직한 사랑 하나 데리고
그 고개 넘다가
사랑이 탈진하면 그 자리에 남겨두고
고갯길 내려간다는 이야기

바람이 눈 훑어가 주었어요
고맙지요
눈 흩어진 바위에 앉으면
그래도 따뜻해요

그러다 잠들면
다시 바람이 곱게
털과 살 다 발라내서
고운 내 뼈만 남겨줄 거예요

당신 돌아와
그 뼈 거두지 않아도 돼요

세상 모든 고갯길마다
그렇게 고운 뼈들 남겨지면
당신의 형벌도 끝날 거예요

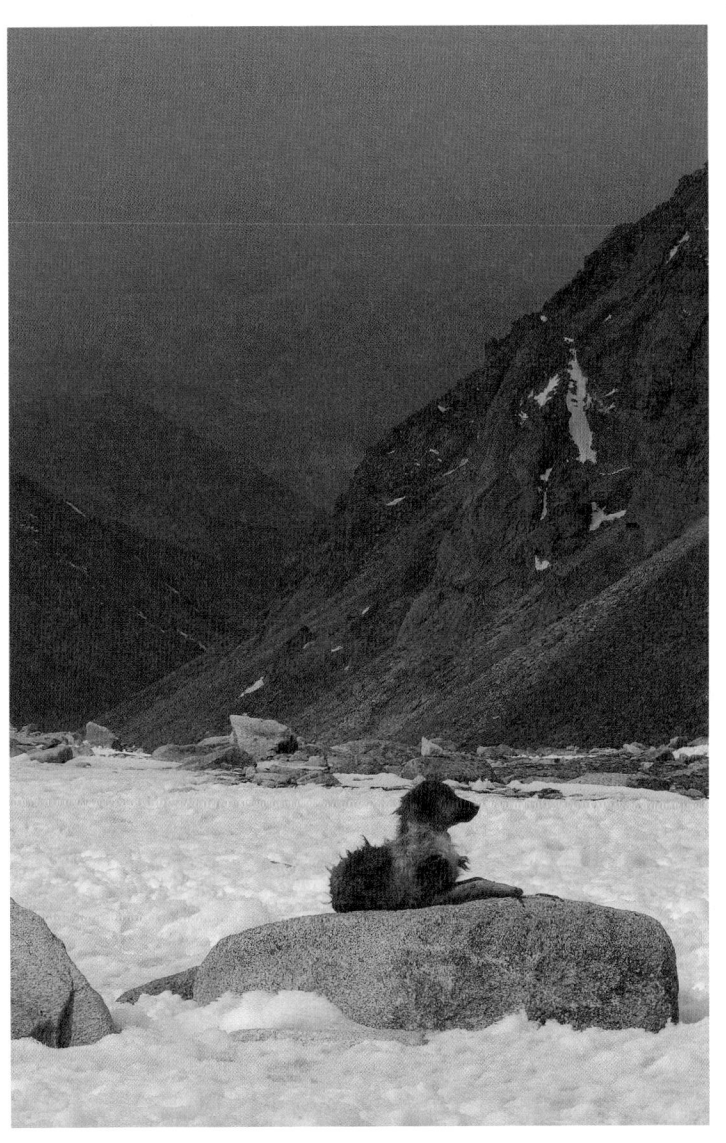

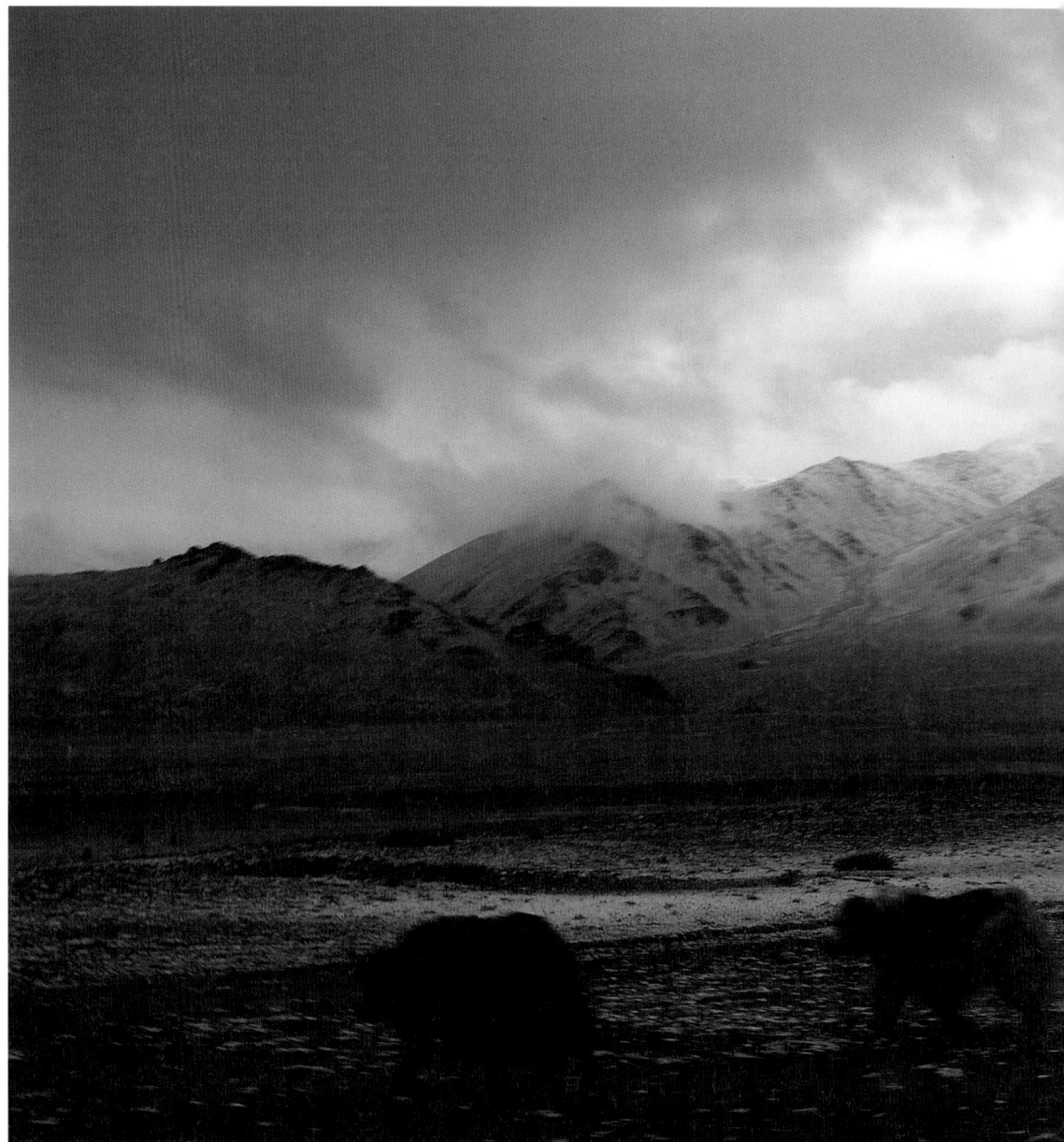

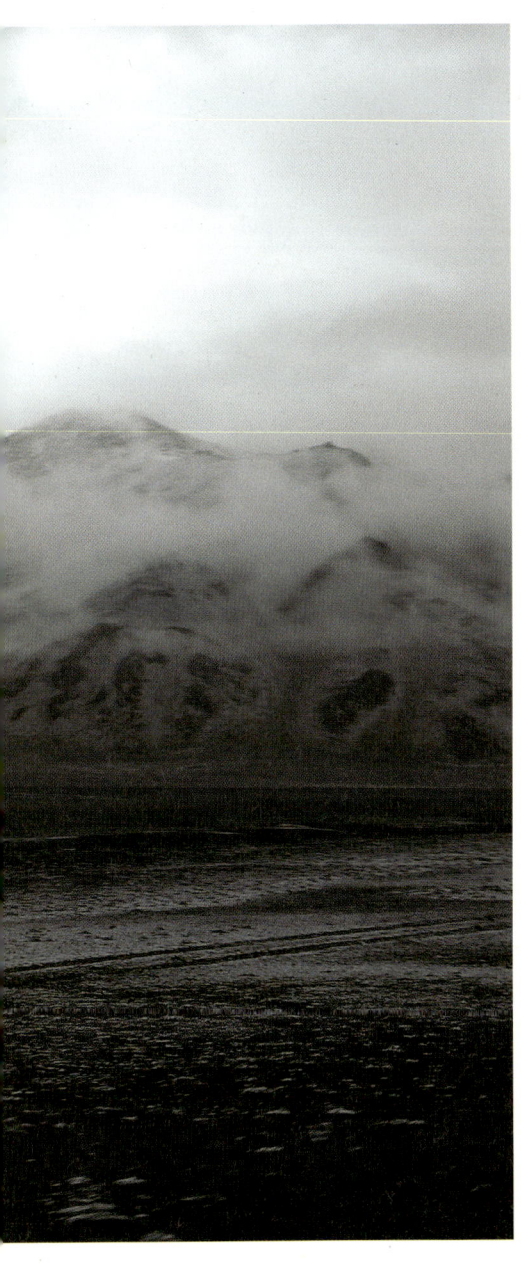

## 겨울을 건너는 법

봄여름가을겨울, 차례 지켜 오고가는 땅에
태어나지 못한 것, 탓하지 말아라.
미친 바람이 여름 한복판에 폭설을 몰고 오거든
하늘에 눈 흘기고 어금니 갈아라.
그나마 그 눈 녹고 나면
이끼라도 돋아나지 않더냐.

시 없이 때 없이 겨울인 땅에
태어났거든, 부지런히 건너라.
이끼, 가시 가리지 말고 먹어라.
한 겨울 건너면 또 한 겨울 오지 않더냐.

한 겨울씩만 넘기면 되지 않더냐.
눈 밑에서 이끼 자라지 않더냐.

still


우리 아직도
정물로 서 있어야 하는군요.

우리 밖의 세상 저렇게 휙휙 흘러가는데
우리 한 걸음도
가까워지지 못하고

아직도 정물로

고마워요. 그대, 그 자리에 그렇게 멈춰 있군요.
미안해요. 나, 이 자리에 이렇게

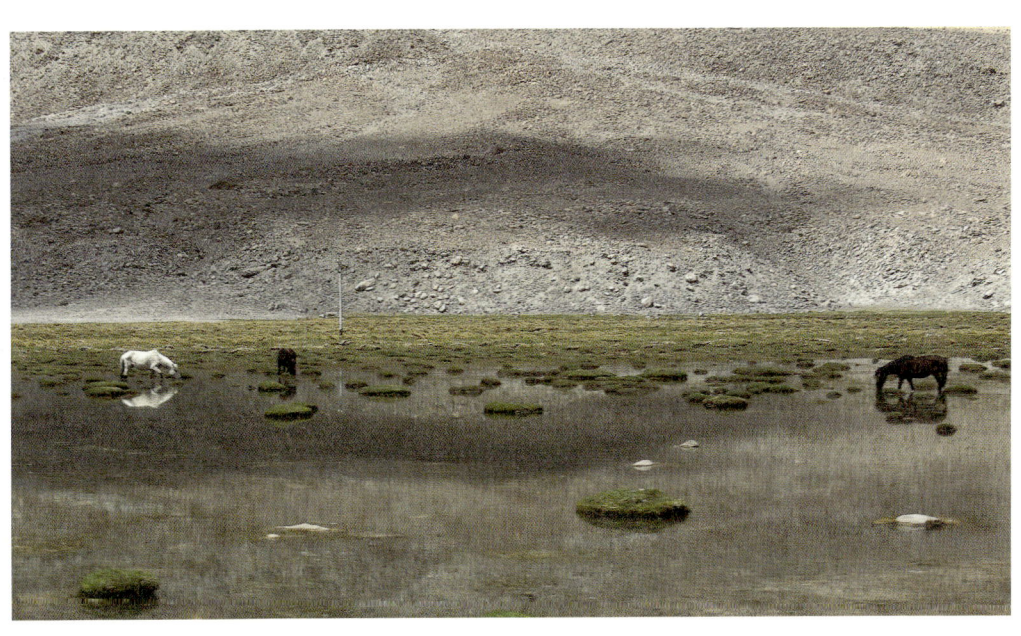

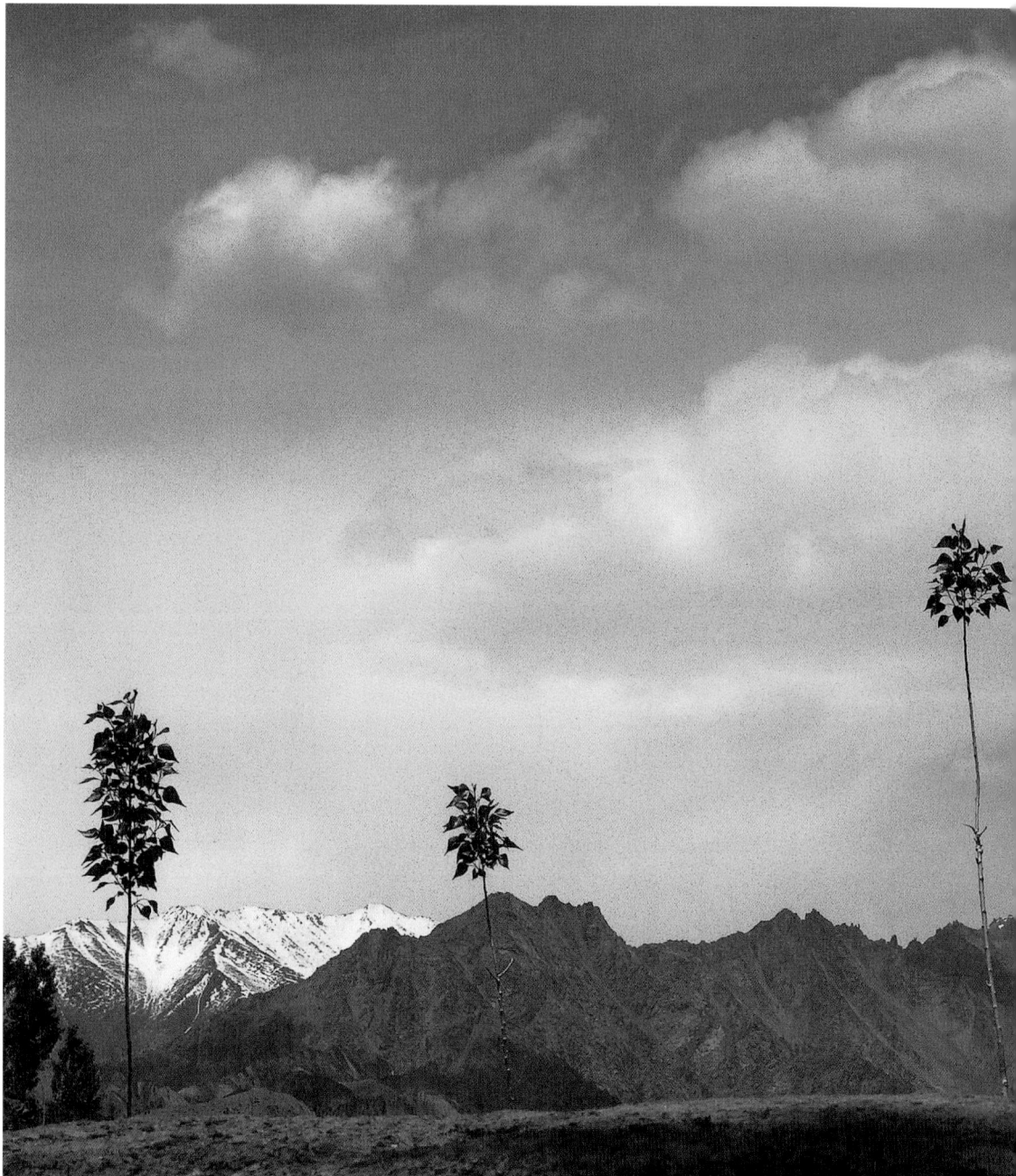

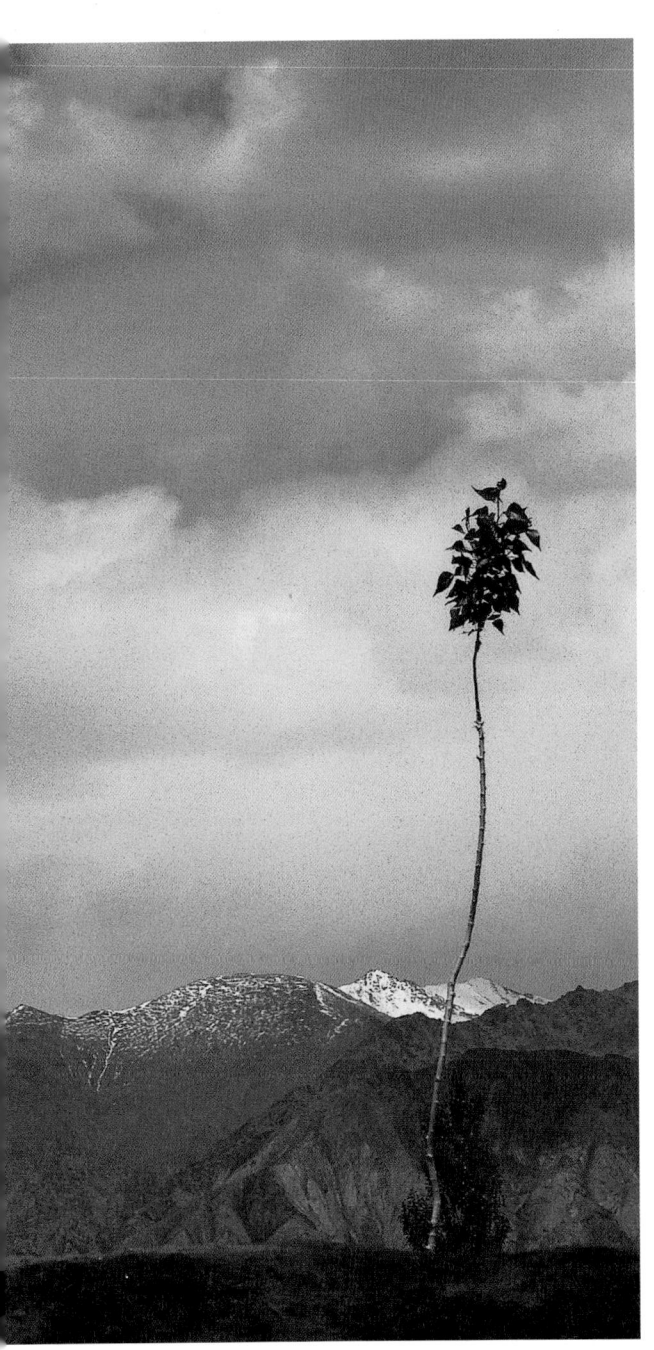

## 누이들에게

누이들아, 아프지 말아라
그대들 꺾꽂이로 심어진 땅
척박함 이루 말할 수 없음이
그대들의 잘못 아닐 터
비 한 방울 떨구지 않고 흘러가 버리는
구름 속으로 그 야윈 몸 내밀어라
비루하고 비굴하면 어떠랴
그 야무진 잎들로
알량한 물기 낚아채라
어느 날
그대들 몸에서 나온 어린 가지들
다시 꺾꽂이로 심어질 땅
또한 척박할 것이나 그러면 또 어떠랴

그러니 누이들아, 아프지 말아라
아파도 살아라

## 오름, 사람

무덤 같은 오름에
풀 같은 사람들, 오른다.
무엇하러 오르는지
나는 모른다.

아득히 멀다.

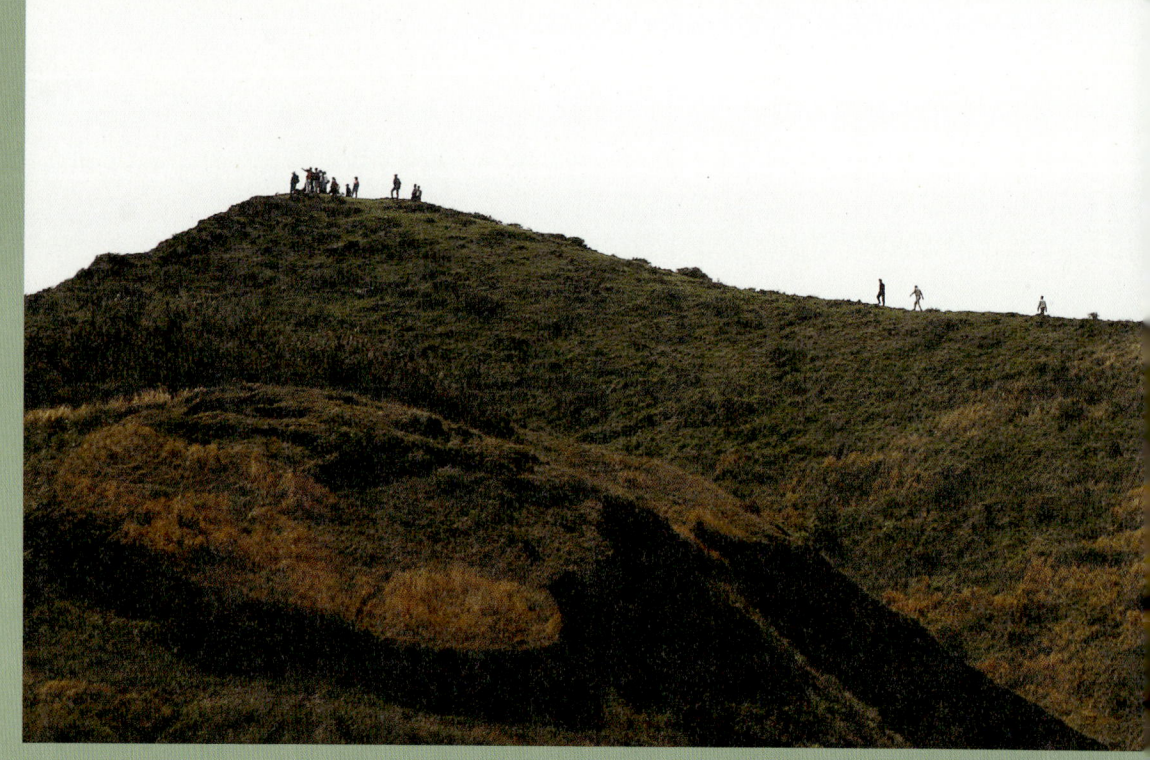

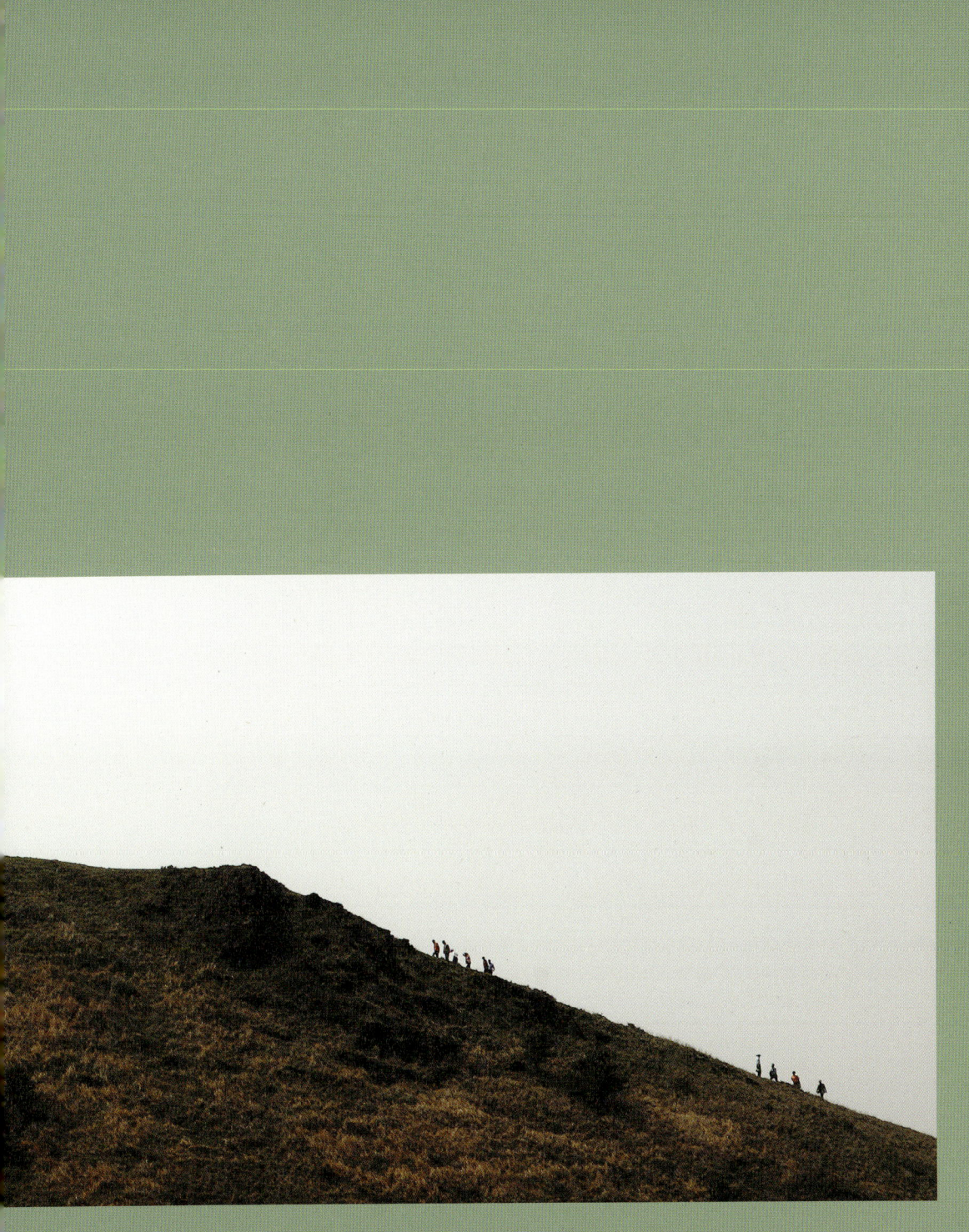

## 선셋 포인트

날마다 죽는 해
날마다 뭐 볼 거 있다고 모여드는가
날마다 죽어가는 생 확인하며 서럽기만 할 것을
죽어야 아름답기 때문이지
죽어야 또 살아나기 때문이지

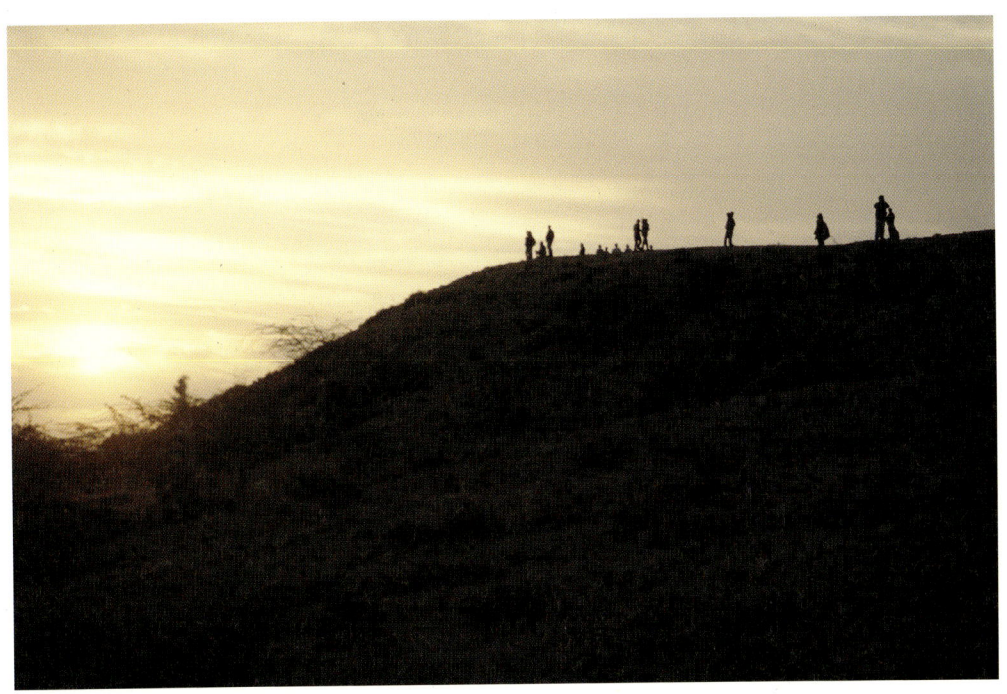

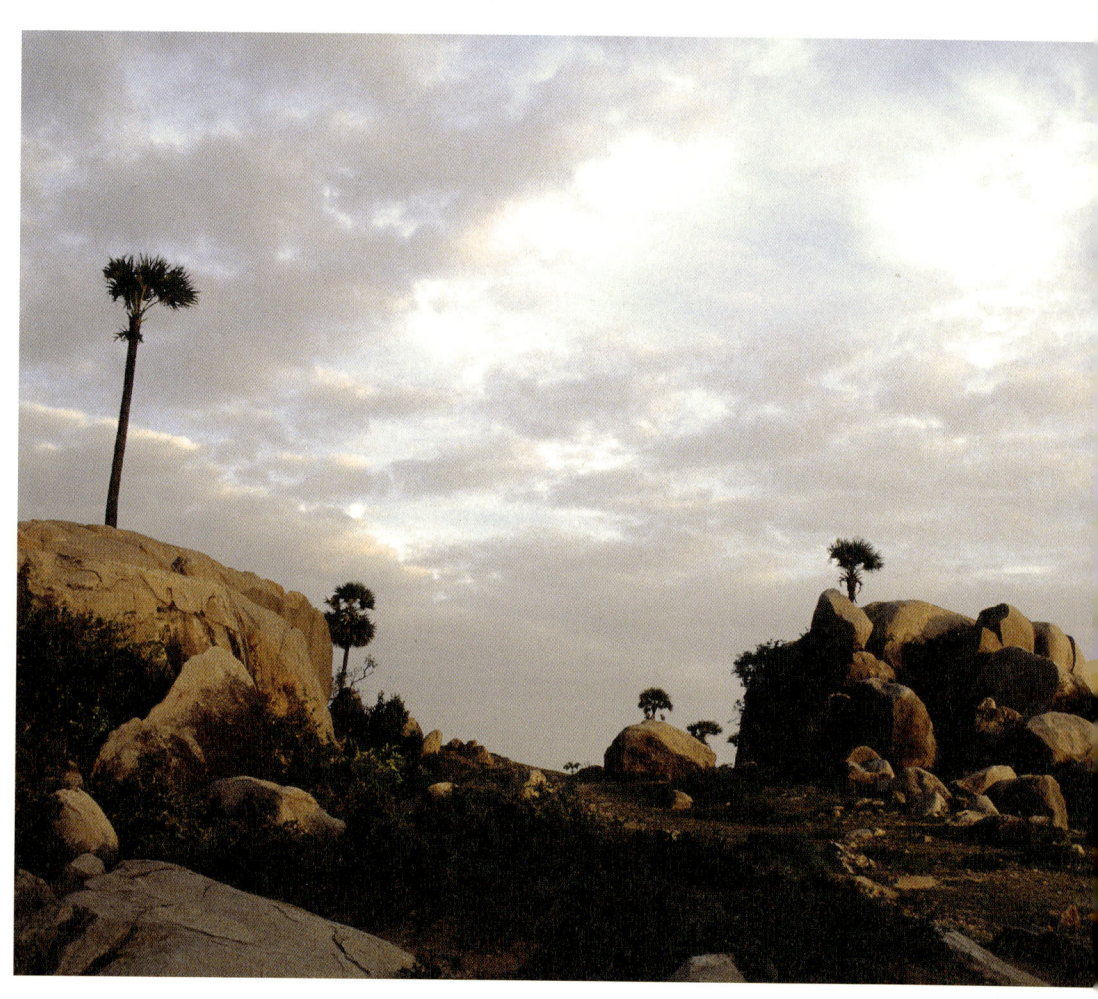

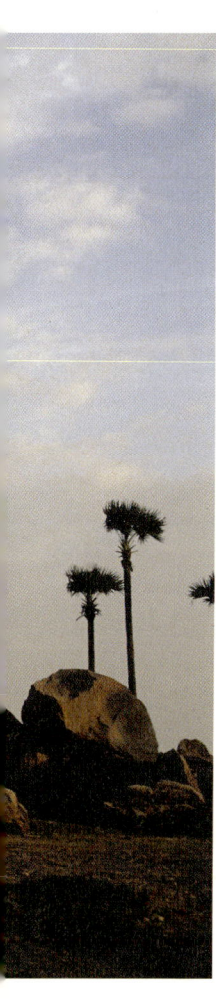

# 바위에서 쓴 엽서

그 바위에 앉아 당신에게 엽서를 썼습니다
당신 버리고 굴러다니다 만난 바위에서요
무슨 미련한 짓이었던가요
이제사 고백합니다
옹졸하고 미끈한 돌덩이로 굴러다니는 인생,
지겹다고 훌쩍이기도 했습니다
그 바위처럼 오래 제 자리에 붙박혀
햇살에 달궈지고 밤이슬에 부풀어 쩍쩍 갈라지고 싶었습니다
그 갈라진 자리에 당신이 새로 날아와 둥지들 틀어도 좋고
씨로 날아와 쭉쭉 키 큰 나무로 자라도 좋다고 중얼거렸습니다

당신에게 썼던 엽서
그 바위틈에 끼워놓고 돌아섰습니다
당신도 그 바위틈에 가두었습니다
더 반들반들해진 인생으로 구를 수 있었습니다

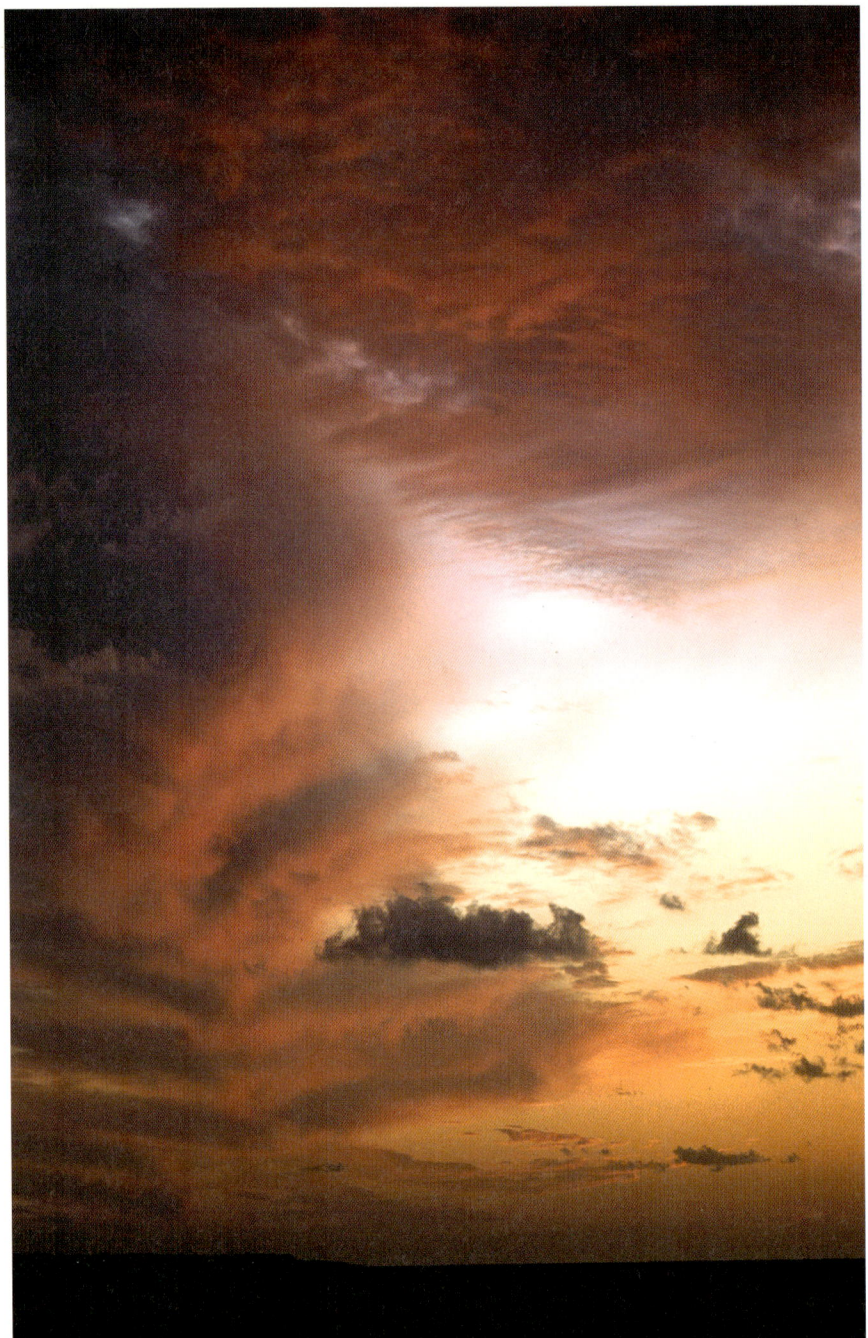

## 구름, 기억

모든 흐르는 것들은 덧없다
흐르지 않는 것이 세상에는 없다

덧없는 것들도 모이면 무거워진다
무겁지 않은 기억은 없다

구름, 흩어져 있어도 좋을 텐데
자꾸 모인다
기억, 꼭 그 자리에서 덧나
피고름으로 터진다

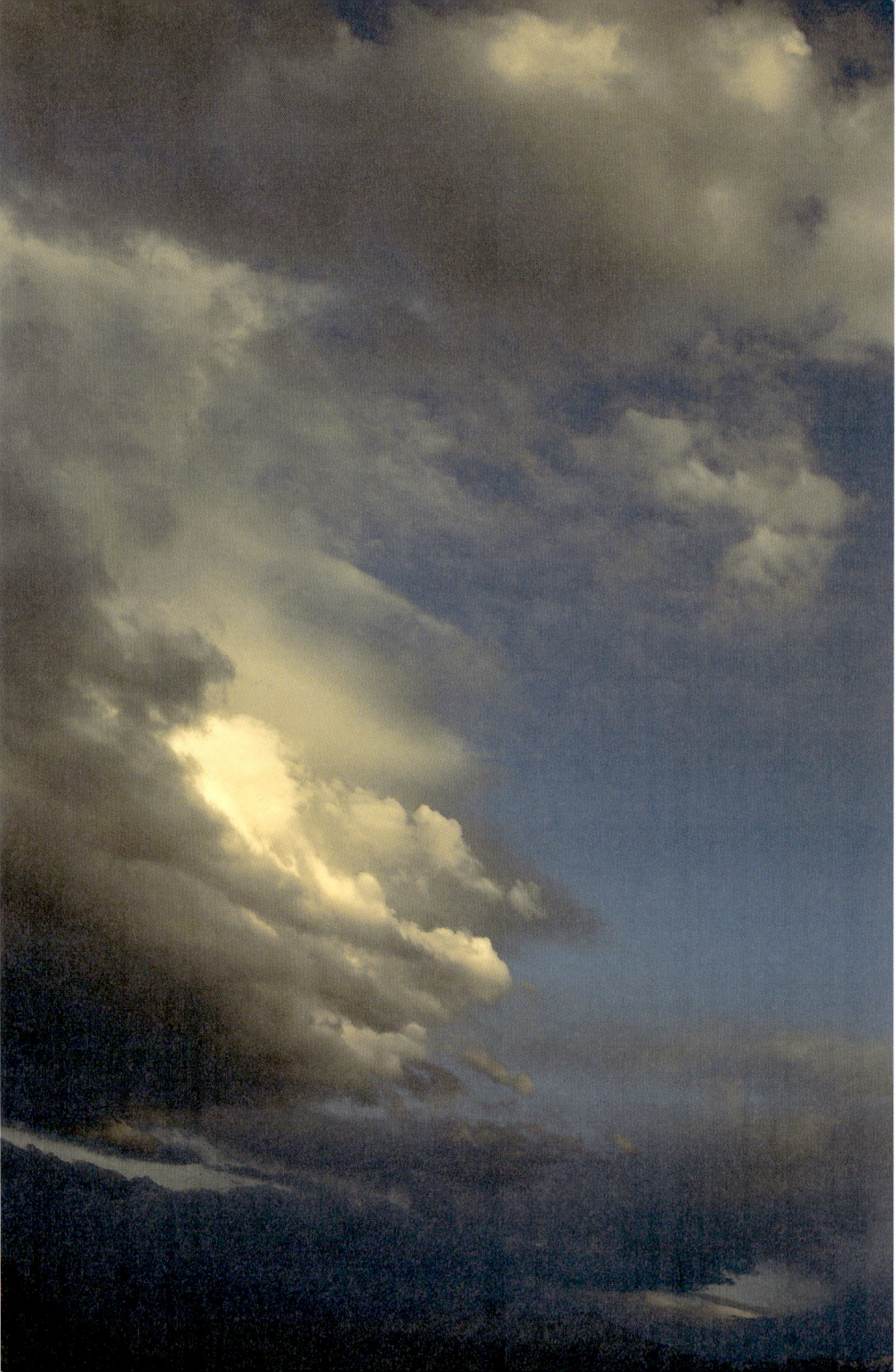

## 마른 땅을 위한 충고

믿지 말아라
바람 한 자락에 휘휘 떠밀리고
노을 한 자락에 철철 물드는
구름이 언제 빗방울 하나 떨구더냐
네 안에 있는 물이란 물
흘려보내는 족족 끌어올려
더 오만해지지 않더냐

울지 말아라, 땅아
마른 울음 아무리 울어도 들리지 않는다
쩍쩍 갈라진 가슴 내려다보지 않는다
가슴 덮어라 목울대 닫아라
짓무른 눈 들어올리지 말아라
부끄러운 한 세상살이 깊이 묻어라
다 잊어라

휘휘 떠돌다가 철철 물들다가
어느 바람 없고 노을 없는 날,
문득 기억해 낼 것이다.
문득 외로워질 것이다.
그 무거움 이기지 못하고
통곡으로 무너져 내려오거든
그 가없은 구름에게
마른 자리 한 자락 내주어라

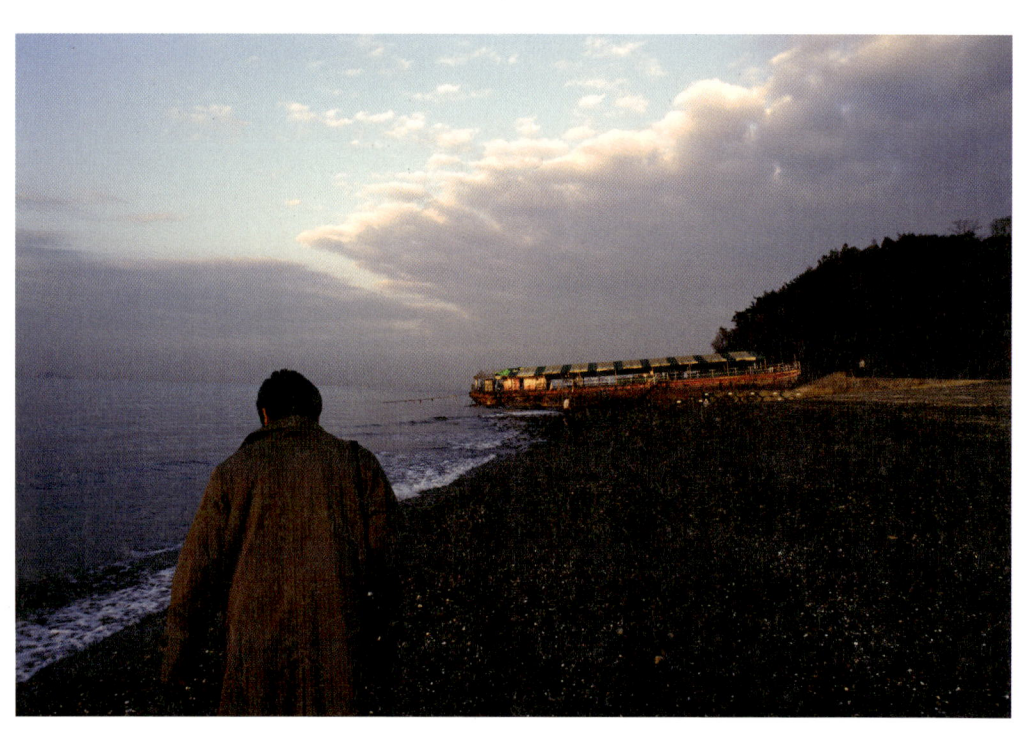

# 좌초

밀물 아무리 들어와 봤자 겨우 발목 잠기는 모래톱
폭풍이 얼마나 거셌으면 그 모래톱에 붙잡혔을지
아무도 궁금해 하거나 미안해 하지 않았다
좌초는 언제나 배의 잘못인 법이니

수치스러운 생, 노을 질 때마다 붉게 녹슨다
꼭 그렇게 수치스러울 때,
다시 밀물 시작되어 그 모래톱이 얼마나 얕은지 확인될 때,
그래서 하루라도 빨리 해체되고 싶어질 때,
누군가 모래톱으로 걸어온다

어쩌면 그들도 좌초되었을지 모른다
그들의 생 또한 수치스럽게 얕을지도 모른다
어쩌면 그들은 알고 있을지도 모른다
좌초는 무게의 문제가 아님을
깊이의 문제도 아님을
좌초는 모든 배의 숙명임을

## 어둠의 속도

어둠은 언제나 그곳에서 기다리고 있다.
그런 의미에서, 어둠은 언제나 빛보다 앞선다.*


내 안의 오래 나이 먹은 어둠 또한 빛보다 빠르다


기차가 도착한 곳마다
이미 구름의 점령지였다


* 엘리자베스 문, 《어둠의 속도》 중에서

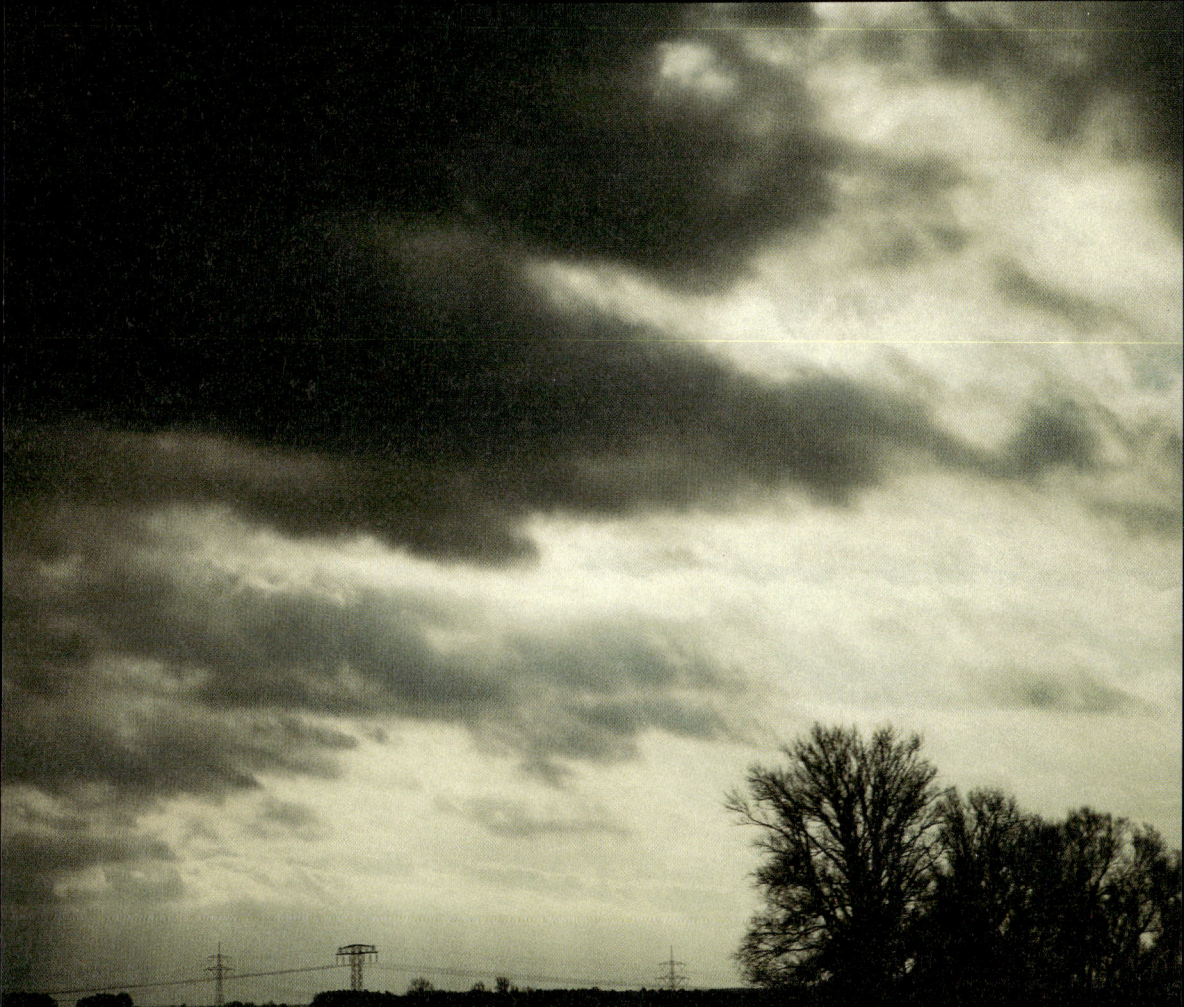

## 바람의 나무

주인은 숲을 베었습니다.
숲이 베어진 자리에 밀을 심었습니다.
주인에겐 먹여야 할 아이들이 많았습니다.
주인과 주인의 아내가 밀밭에서 노동할 때
아이들은 한 그루 남겨진 나무에서 놀았습니다.
밀빵을 먹고 아이들은 잘 자라 밀밭을 떠났습니다.
도시로 간 아이들을 위해 주인은 다시 나무를 심었습니다.
바람을 먹고 빛과 열을 키우는 나무들을 키웠습니다.
아이들은 그 빛과 열로 밀빵을 데워먹었습니다.
바람을 먹고도 아무것도 키우지 못하는 나무 한 그루가
아직도 그 자리에 서 있습니다.
언젠가는 그 많은 아이들 중 한 아이가
기억할 것이기 때문입니다.
그 바람의 들판이 원래는 숲이었다는 것을.

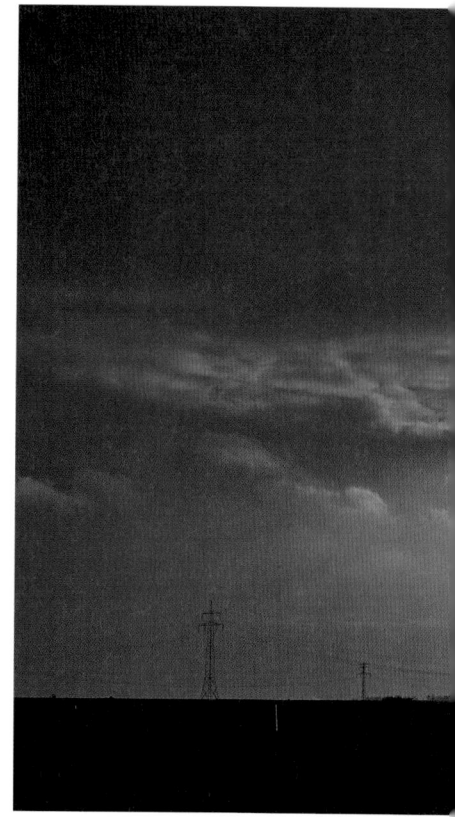

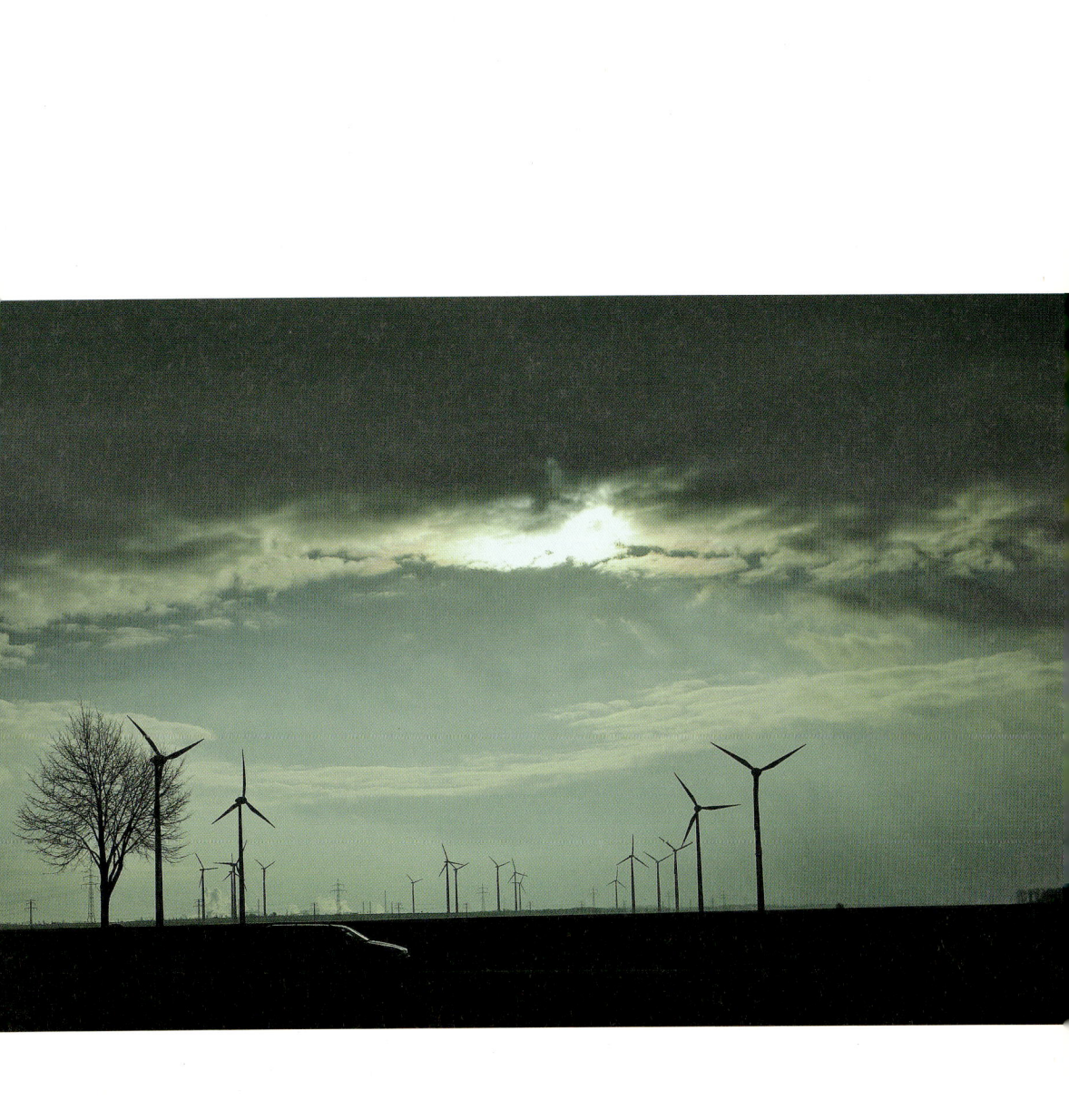

# 플라타너스

플라타너스가 되고 싶었던 시절이 있었습니다
온몸에 버짐 퍼진 채로
쑥쑥 키만 자라던 시절이었습니다

다섯 손가락 닮은 봄이파리
비 오면 우산 되던 여름잎
방울방울 대롱대롱 따고 싶었던 겨울씨
그렇게 얼른얼른 쑥쑥 자라서
무성하게 그늘 던지고
장난감 선물받지 못하는 아이들에게
방울도 되어주고 총알도 되어주고
그러고 싶었던 시절이었습니다

버짐 온몸에 퍼져도
빼빼 말라서 키만 커도
플라타너스로 살고 싶었던 시절이 있었습니다

그렇게 착한 나무로 살고 싶었던 시절,
어디로 갔는지 모르겠습니다

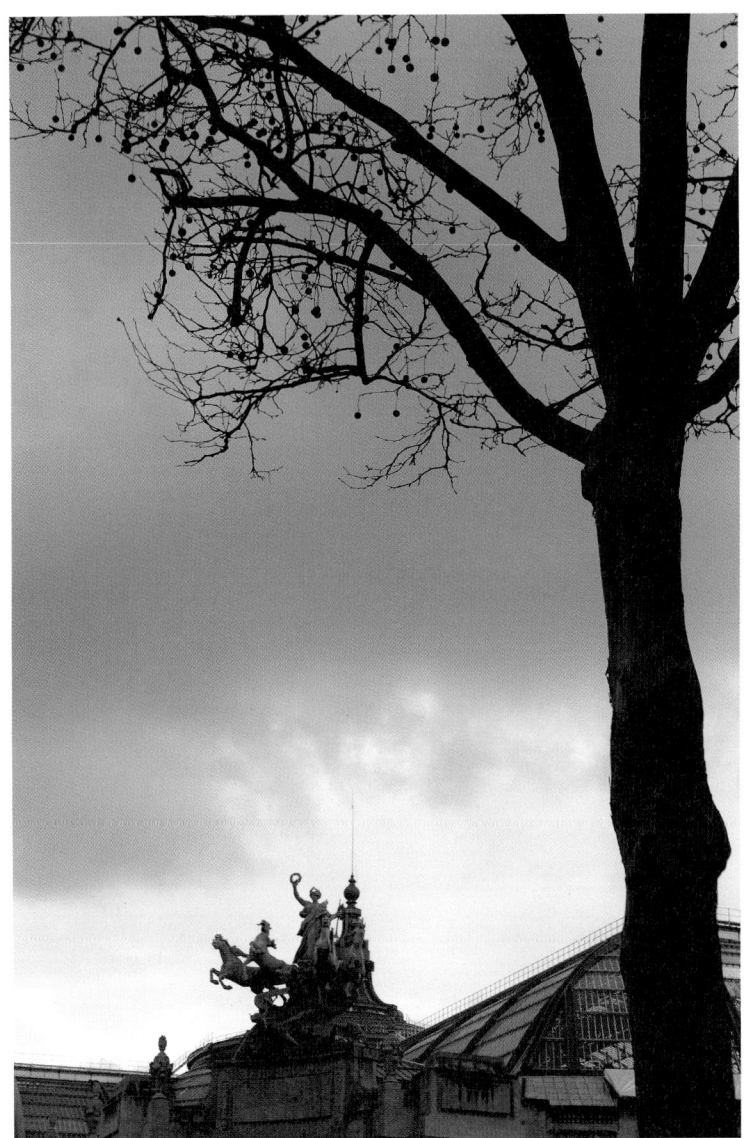

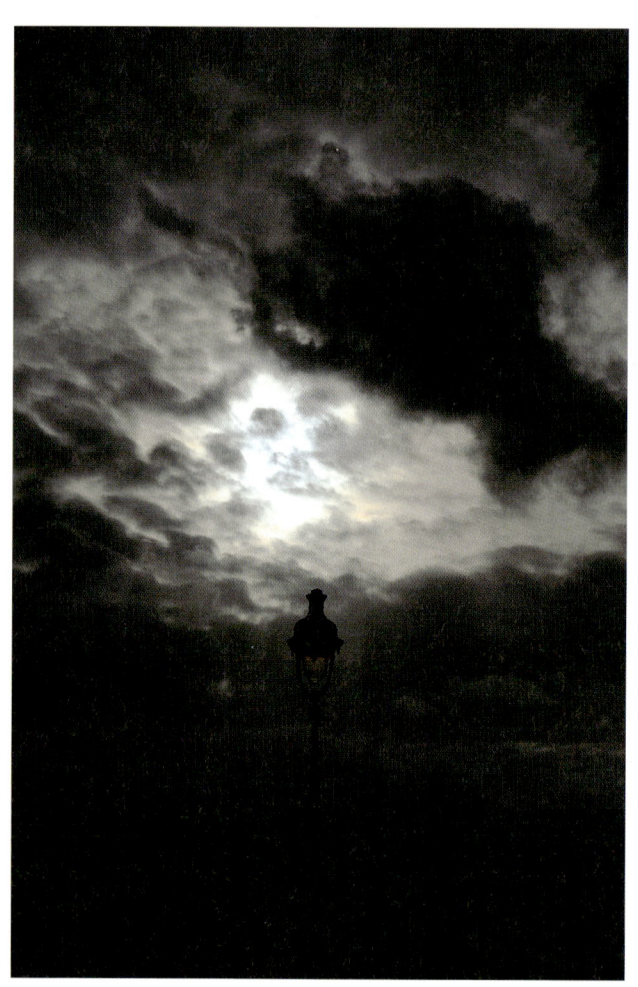

# 라임 라이트

당신의 가로등이 되고 싶었습니다
유치하지요?
내일 맑음 예보 불가능하다던
파란만장 당신의 시놉시스 앞에서
어느 스토리 하나가
먹장구름 신파로 흐른 것
또한 유치찬란이지요?

어쩌겠습니까
그것이 생의 비의,
감춰진 의미라면요

아무리 캄캄해도 낮은 낮,
가로등은 먹통일 수밖에요
오늘 흐림 예보 슬쩍 비웃으며
찬란하게 파닥이던
예측불허 당신의 반전 아래서
어느 스토리 하나가
공포와 미스터리로 떨던 것
또한 유치찬란, 폭소만발이었겠지요?

어쩌겠습니까
그것이 생의 비의,
비천한 의미라면요

# 오아시스

이미 수목한계선 넘었으니
저 나무들은 모두 신기루다
겨울에 눈 내릴 뿐
여름에 비 뿌리지 않는 고원,
초록은 모두 신기루다
그러니 저 먹장구름 또한 신기루다

그대, 내 오아시스
또한 신기루였구나
까맣게 타고 허옇게 갈라진
마음이 불러낸
환영이었구나

이제 그만 뿌리내리고 살아도 되겠거니
잠들었다 깨어보니
그대, 또 흔적도 없구나

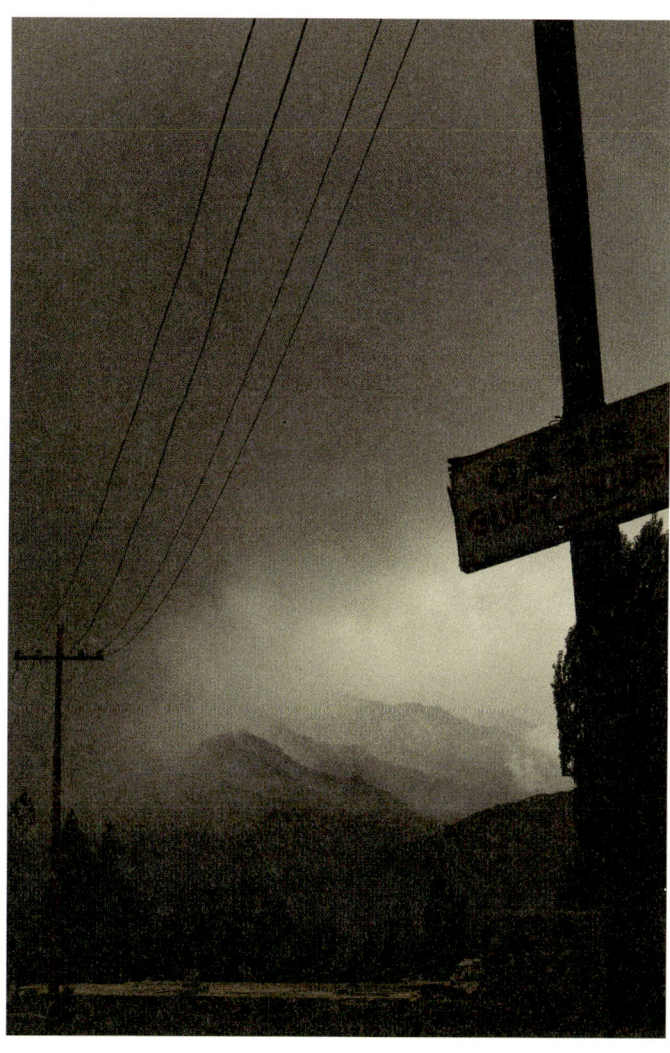

# 긴 그림자

아주 낮은 각도로 기울어진 빛,
날선 칼날처럼 세상을 가른다.
빛과 그림자의 시간.

눈물이 나도록 환했던 하루였다.
다시는 되돌아오지 않을 하루였다.
모든 빛나던 하루들이 그러했듯,
그 하루도 짧았다.

그 하루의 그림자,
아직도 길다.
빛은 짧고
그림자는 길다.

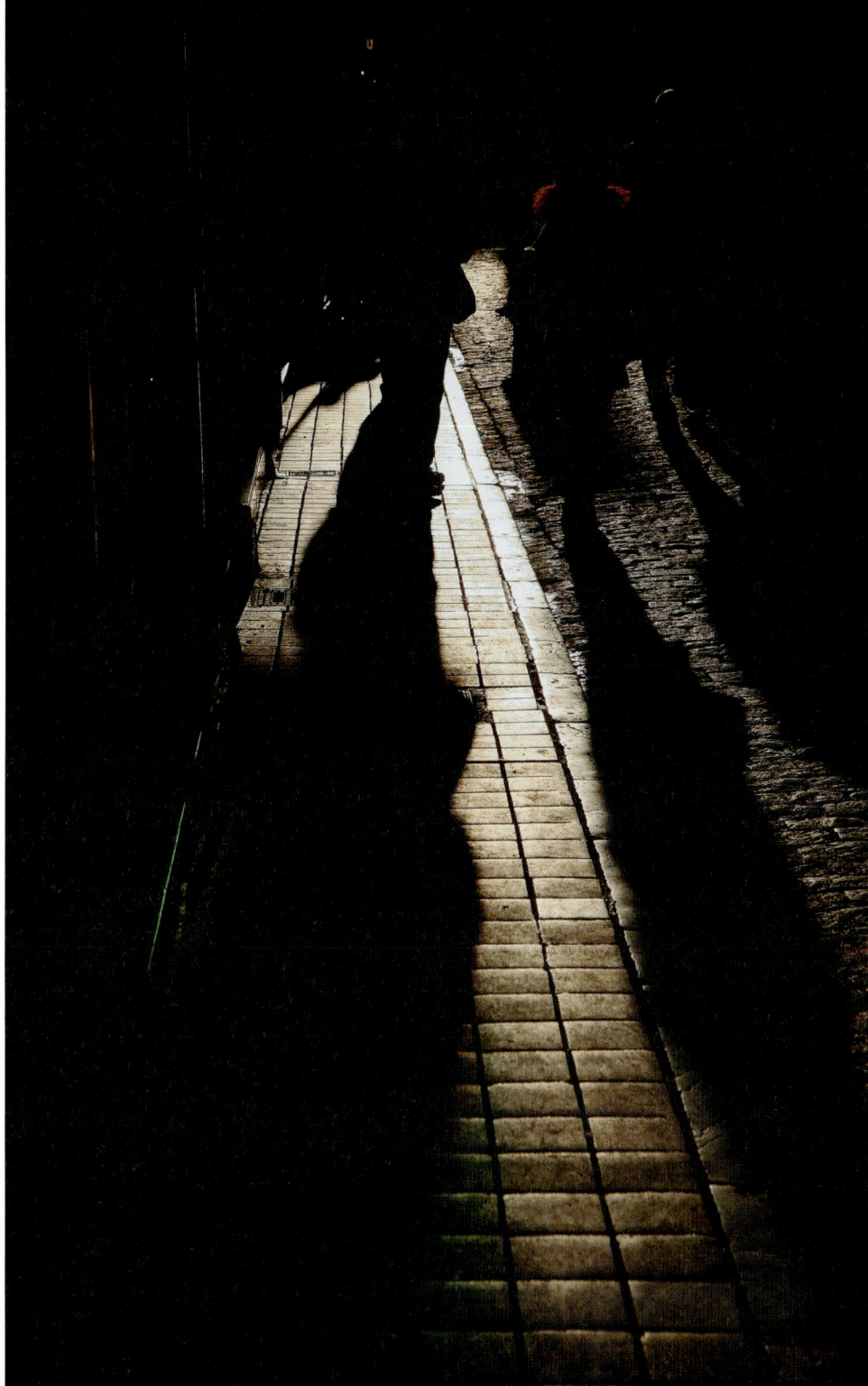

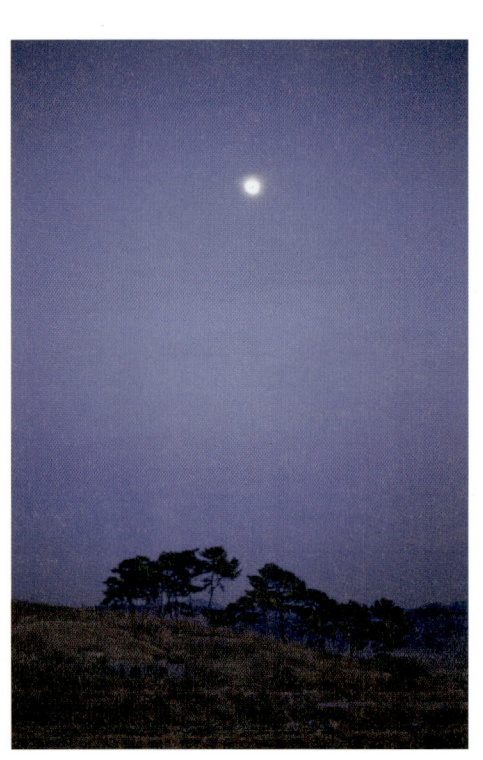

## 나무는 달의 아이

달이 해를 만날 수 있는 시간은
그녀가 어린 계집아이일 때뿐이다
달이 서둘러 성숙한 처녀가 될 때
이미 해는 고운 뼈로 잠들어 있다
달은 어쩔 수 없어 피를 흘린다
세상의 모든 처녀는 피를 흘린다

달이 흘린 피는 나무로 태어난다
세상의 모든 나무는 처녀가 낳은 아이다

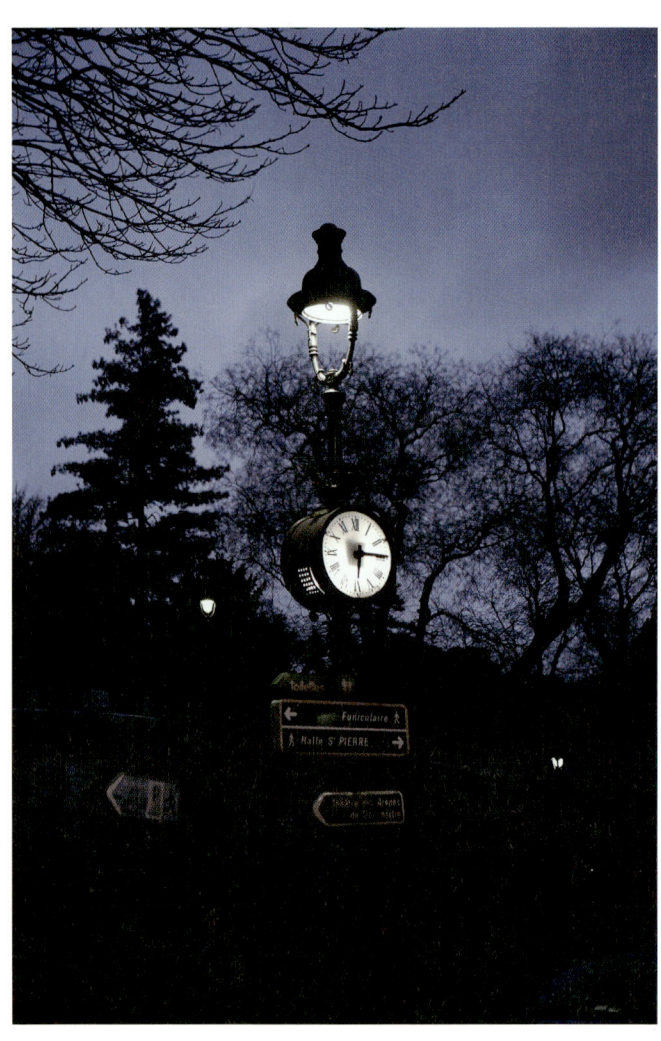

# 지문의 시간

당신의 긴 두루마리 세월에도
내 지문들 여전히 남아 있으려나요
내 몸 아주 구석진 자리에도
깊이 부식된 당신의 지문들처럼
푸른 잉크 같은 저녁 내려오면
선명하게 떠오르려나요

생의 긴 두루마리 책,
페이지마다 숨어 흐리게 배경 무늬로 바래다가
어느 예감하지 못한 저녁
다시 푸른 잉크처럼 세월이 번지면
제멋대로 펼쳐지려나요

당신 몸에 새겨진 내 지문들도
내 몸에 새겨진 당신 지문들이 그러하듯
세상 만 개의 방향으로 폭로하려나요
우리 서로를 품어안은
그 극악무도한 시효소멸 없는 죄
세상 만 개의 방향이 다 알게 하려나요

그리하여 까마득한 세월 속에서
끝내 시퍼렇게 죄의 값으로 빛나려나요

샨티의 뿌리회원이 되어
'몸과 마음과 영혼의 평화를 위한 책'을 만들고 나누는 데
함께해 주신 분들께 깊이 감사드립니다.

## 뿌리회원(개인)

이슬, 이원태, 최은숙, 노을이, 김인식, 은비, 여랑, 윤석희, 하성주, 김명중, 산나무, 일부, 박은미, 정진용, 최미희, 최종규, 박태웅, 송숙희, 황안나, 최경실, 유재원, 홍윤경, 서화범, 이주영, 오수익, 문경보, 최종진, 여희숙, 조성환, 김영란, 풀꽃, 백수영, 황지숙, 박재신, 염진섭, 이현주, 이재길, 이춘복, 장완, 한명숙, 이세훈, 이종기, 현재연, 문소영, 유귀자, 윤홍용, 김종휘, 이성모, 보리, 문수경, 전장호, 이진, 최애영, 김진회, 백예인, 이강선, 박진규, 이욱현, 최훈동, 이상운, 이산옥, 김진선, 심재한, 안필현, 육성철, 신용우, 곽지희, 전수영, 기숙희, 김명철, 장미경, 정정희, 변승식, 주중식, 이삼기, 홍성관, 이동현, 김혜영, 김진이, 추경희, 물다운, 서곤, 강서진, 이조완, 조영희, 이다겸, 이미경, 김우, 조금자, 김승한, 주승동, 김옥남

## 뿌리회원(단체/기업)

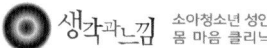

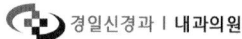

회원이 아니더라도 이메일(shantibooks@naver.com)로 이름과 전화번호, 주소를 보내주시면 독자회원으로 등록되어 신간과 각종 행사 안내를 이메일로 받아보실 수 있습니다.

전화 : 02-3143-6360  팩스 : 02-338-6360
이메일 : shantibooks@naver.com